マリアージュ・ブラン

砂村かいり

Sunamura Kairi

Mariage blanc

PHP研究所

マリアージュ・ブラン
目次

table des matieres

装丁・目次・章扉デザイン：岡本歌織（next door design）
装丁・目次・章扉写真：清水はるみ

プロローグ Prologue

やっぱり本名で登録するんじゃなかったな。

おなじみの憂鬱《ゆううつ》が体の内側をぬるりと滑《すべ》ってゆく。気を緩《ゆる》めれば重力に負けてしまいそうな頬《ほお》をめいっぱい引き上げて、講師としての笑顔と口調をキープする。たとえ画面の向こうの相手が脂《あぶら》ぎった肌と濁《にご》った白目の中年男性でも。

「英語だと二人称単数の主語は“you”だけですが、フランス語には“tu《テュ》”と“vous《ヴ》”がありま す。“tu”のほうがカジュアルな言いかたで、ごく親しい関係の人、たとえば家族とか友達とか恋人とかに使い……」

「Naho 先生は恋人いらっしゃるんでしたっけ?」

またか。

小さな虫をそっと逃がすように、マイクが拾わない程度の大きさで溜息《ためいき》を漏《も》らした。初回のレッスンでも訊《き》かれて答えたのに。プライベートな情報を言わせることがよほど楽しいのか、この手の男性は空《そら》とぼけて何度もお代わりしようとする。

「わたしは既婚です。フランス語だと、“Je suis mariée《ジュスイマリエ》”ですね」

手元のホワイトボードに青のマーカーで書きつけ、web カメラに映るように近づける。

「あー、『マリエ』ってよく聞きますもんね！」

明るく言いながらも、おじさんの口元がぐにゃりと歪《ゆが》むのが見えた。もしわたしが独身だったら、どういう反応になるんだろう。独身で、パートナーすらもいなかったら。

「そうですそうです。実際には『マヒエ』みたいに聞こえますよね」

「英語だと“I'm married”ってことですかね」

このおじさん、けっして筋は悪くないのに、さもしい好奇心に負けてわざと雑談で遠回りする。集中すればもっと早く上達するはずなのに。もったいないなあ、と思う。

「そうです。わたしは女性なので、スペルは語尾にeを重ねて“mariée”」

「Naho先生は、女性でよかったなあと思うことってありますか？」

あーあ。もう知らない。先程よりも大きめの溜息をつくと、引き上げていた頬が数ミリ下がるのがわかった。

オンラインレッスンだからまだいいものの、対面だったら耐えきれずに席を立ってしまったかもしれない。この人に「Naho先生」と呼ばれるたびに背中がぞわりとして、自分の名前が嫌いになりそうになる。せっかく仮名で登録していいシステムなのだから、もっと全然違う名前にすればよかった。

「あの、“tutoyer《テュトワイエ》”と“vouvoyer《ヴヴォワイエ》”の説明に戻ってもいいですか？　この基本を押さえていただかないと先へ進めないんで」

声のトーンを硬くすると、おじさん——小野田《おのだ》さんは肩をびくりとさせ、慌てて表情を引いには。

は"vous"は"tu"よりもかしこまった二人称です。初対面の人とか学校の先生とか、目上の人に「"vous"を使います」

愛想《あいそ》レベルを先程より落としてレッスンを続ける。不満は多くても、簡単に辞めるわけにはいかない。これがわたしの生業《なりわい》であり、貴重な収入源なのだから。

オンラインフランス語講師の仕事を始めて、三年と四か月ほど経《た》つ。わたしの結婚生活の長さとほぼ重なる長さだ。

固定給もボーナスも社会保険も福利厚生もない人生へと踏みきるのは勇気が要ることだった。第一、自分を気に入ってレッスンを入れてくれる生徒がいなければ収入にならない。賃貸の家賃も払えない日が早々に来るかもしれない。そんな怖さがあった。

それに。田舎《いなか》のほうでは前時代的価値観が地域全体に染《し》みついている。会社員でもないのにいつまでも未婚でいると、よほどの変わり者か、どこか欠陥のある者と見られる。

——結婚しない？……してくれたら嬉《うれ》しいんだけど。絶対楽しいから。

だからあのとき、尊《たける》に出会えたのは僥倖《ぎょうこう》だった。そんなに運のいいわけでもないわたしの人生を照らす光が、あのとき存分《ぞんぶん》に降り注《そそ》いだのだ。

「先生？」

ああ、来週は尊の誕生日だ。そして結婚三周年。記念品は注文してあるけど、夕食をそろそろ決めないとな。ピザパーティーはわたしの誕生日のときやったし、初心に戻って寿司《すし》か焼肉かな。高円寺《こうえんじ》に新しくできたビストロも気になるんだよな。

「Naho 先生？　大丈夫ですか？」

「あっはい、大丈夫ですよ」

「旦那《だんな》さんのことでも考えてたんでしょう」

またもプライベートな話に引き戻される。生徒から講師に対してだけでなく、講師から生徒に対しても評価システムがあることを知らないのだろうか。小野田さんのレッスンはまだこれが三回目だけど、「要注意」にチェックを入れて事務局に報告を入れなければならないかも。

ああでも、それが原因で終了になってしまったら収入源が。

「ラブラブなんでしょうなあ、先生まだ三十歳でしょ。あ、三十一？　失礼。いやあラブラブ真っ盛りですよねえ、いいですなあ、えへへ」

愛想笑いを浮かべる気力の残量が、みるみる目減りしてゆく。

わたしと尊の仲は極めて良好だ。互いを尊重し、ささやかな幸せを分かちあう満ち足りた夫婦だ。

だけど、あなたが思っているようなのとは違う。

だいぶ違う。

＊

「塩崎《しおざき》くん、もう上がっていいよ」

今日入った注文リストに目を通していると、店長の添田《そえだ》さんから声がかかった。花の開ききったリンドウを間引いて廃棄用のアルミバケツに移しながら、上体をねじり上げてこちらを見ている。花たちの放つ芳香《ほうこう》と青くささが満ちた店内は、最後の客が帰って静けさを取り戻していた。

「あっでも、レジ締めまでですよ」

「いいよいいよあたしやるから。明日誕生日でしょう」

知っていたのか。シンプルな嬉しさと同時に、少しの気まずさを覚える。今日一日わずかに浮き立っていたことや、明日が定休日と重なってラッキーと思っていたことを見透《みす》かされたようで。

「いや……でも悪いです、店長ひとりにやらせるなんて」

「中締めで誤差ゼロだったし平気だよ。それに誕生日なだけじゃなくて結婚記念日でもあるんじゃなかった？」

添田さんは口元を引き上げて重ねる。そこまで把握されていたらもう、固辞《こじ》する理由もない。それじゃあお言葉に甘えて、と頭を下げ、バックヤードに戻ってタイムカードを押す。今時ガチャンと差しこむタイプのタイムカードリーダーが、紙製のカードに19：38の数字を印字する。

今日は遅番だったので、閉店作業が完全に終わる二十時まではいるつもりだった。勤務時間は十五分刻みで計算される。早く帰れる喜びと、時給の三十分ぶんをロスしたことへの失望が等分に浮き上がってくる。

花屋という職場柄女性スタッフが多いので、ロッカールームには生きた花とは異なる人工的な香気が染みついている。

鋏《はさみ》やカッター、フローリストナイフの詰まったシザーケースを腰から外《はず》し、少し黴《かび》くさいロッカーの内側に収納する。エプロンを脱いでハンガーに掛け、ロッカーに置いてあるメディカル用ハンドクリームを手の甲に擦《す》りこむ。指の関節部分には特に丹念《たんねん》に、反対の手のひら全体を使ってぐりぐりと埋めこむように塗《ぬ》りつける。

毛玉の目立つねずみ色のブルゾンを着て、長年使いこんでだいぶよれよれになってきた帆布《はんぷ》のバッグを肩から提《さ》げ、裏手のドアから退店しようとしていると、再び呼びとめられた。

「これ。おめでとう」

花束を抱《かか》えた添田さんが立っている。バラ、ダリア、アスチルベ、それにカスミソウ。オレンジと濃いピンクを基調とした花束は、スタッフとして受けとるには充分すぎるほどのボリュームがあった。

「わ……、いいんですか？」

「うん、気持ちだから。間引いたのも入ってて申し訳ないけど」

「いえいえ、ほんとありがとうございます。妻も喜びます」

純度100パーセントの感謝で頭を下げた。おそらく俺《おれ》の休憩時間に作られ、冷蔵庫で保管されていたのであろう花束は、ラッピングペーパーごとひんやりと冷えていた。

「奥さんのセンスに合うといいんだけど。いやあ、それにしても夫婦仲がいいってすてきだよね。いいなあ」

「いやいや、そんな」

「うちなんか、記念日なんて消滅してるからね。ダンナに塩崎くんの爪《つめ》の垢煎《あかせん》じて飲ませたいよ、ほんとに」

吉祥寺《きちじょうじ》の商店街の端《はし》にある「フラワーショップそえだ」は、店長の添田さんが二年前にお父さんから引き継いだお店だ。それまでは「添田生花店」という店名だったことは、仕事情報サイトで知った。俺はリニューアルのためスタッフを増員するタイミングで雇《やと》ってもらったうちのひとりだ。

添田さんが贈り物好きの体質で、スタッフの誕生日に花束を作って贈る習慣があることは知っていた。自分の放った「わ……、」のわざとらしさに、我ながらしらじらしくて内心笑ってしまう。でも嬉しい気持ちは本物だ。奈穂《なほ》は花が好きだし、うちは自宅用に花を買うほどのゆとりはないし。

——結婚しない？　……してくれたら嬉しいんだけど。絶対楽しいから。

勢いみたいなプロポーズからこうして三年も夫婦をやっていることが、しみじみとありがたく、どこか他人事《ひとごと》のようにおもしろくもある。たとえ贅沢《ぜいたく》とは無縁のつつましい暮らしでも。

丁寧《ていねい》に礼を述べて今度こそ店を出る。店舗の裏手の駐車場、店名ロゴ入りの白い社用車の近くに停めてある自転車の前かごに、冷たい花束を斜めに差し入れた。職業柄、自宅のシンクで花をケアする自分の姿がもう脳裏《のうり》に浮かんでいる。ラッピングをほどいて、保水ゼリーを外して、シンクで水切りして。頭の中で手順を追いながら自転車の鍵《かぎ》を取り出し、鍵穴に差しこむ。

異常な暑さも十月になってようやく和《やわ》らぎ、上着を羽織《はお》っている人も増えた商店街に身を投じる。帰路につくこのひととき、この街並みにうまく溶けこめているだろうか、といつも思う。明日、俺は「三十一歳　男性　アルバイト」の身になる。

水色の自転車を押して商店街を抜けてから、住宅街を目指してペダルを漕《こ》ぎ始める。商業のにおいから生活のにおいに変わってゆく空気の中を、三鷹《みたか》方面へぐんぐん向かってゆく。前かごの中で花束がかさかさと控えめな音をたてる。

明日はデートなんでしょう？　理想のご夫婦だよ、ほんとに。――帰りがけにかけられた言葉が、吸収しきれずに肌に貼《は》りついている気がする。

俺と奈穂はたしかに円満で、仲のいい夫婦だ。笑いと安らぎに満ちて暮らし、誕生日も記念日も毎回大切に祝っている。

でもたぶん、添田さんが思っているようなのとは違う。

だいぶ違う。

第一章

モナムール

Mon amour

奈穂《なほ》

——石井《いしい》さんは、怖いものってある？
遥《はる》か昔に訊《き》かれたことが、寝起きの頭にぼんやりと蘇《よみがえ》る。それについて答えた、自分の言葉も一緒に。

——あるよ。人文字とか地上絵とかを航空撮影するやつ。あとマスゲームとか、外国の軍事パレード。

あのとき答えたものたちは、大人になった今も苦手だ。機械的な動きを強要されるもの。一糸乱れぬ動きをしなければ許されないもの。

自分が参加せずとも、ほかの人たちがさせられているのを見るだけでも肌が粟立《あわだ》ち、内臓が締めあげられたように苦しくなる。わたしなら絶対うまくやれない。どこかで間違えてしまう。列を乱してしまう。みんなを困惑《こんわく》させてしまう。そんな確信があるから。

瞼《まぶた》を開くと、窓から差しこむ朝の光がたっぷりとベッドを温めていた。

ああそっか。尊《たける》の誕生日だから思いだしていたんだ。彼と昔交わした、なんでもないやりとりを。

部屋のボイラーが稼働《かどう》し、キッチンのほうからかすかに水音が聞こえる。自分よりも先に生活空間を目覚めさせてくれる相手がいるというのは、なんて幸せなんだろう。今日もまた、この寝床《ねどこ》に戻ってくるための一日が始まる。ただしちょっとだけ、いつもより特別な一日が。

ささやかな幸福を噛《か》みしめながら枕元《まくらもと》のスマートフォンを引き寄せた。流れるような動きで漫画アプリとゲームアプリとショッピングアプリにログインし、それぞれのログインボーナスをゲットしてからようやくベッドの上に体を起こす。きっと親が死んだ翌日にも、わたしはログインボーナスを忘れないような気がする。

部屋を出ると、リビングにはかすかにアルコールとつまみ類のにおいが漂《ただよ》っている。誕生日の前夜祭と称して、日付が変わるまでだらだらと呑《の》み続けたためだ。ローテーブルにふたりが好きなものを並べL字型の黒いソファーでくつろぐ時間ほど、自分の日々において尊いものはない。湯上がりかつノーメイクで、去年の記念日に贈り合ったパジャマを着て、配信サイトでコント芸人のお笑いライブを延々流して。

輸入食材店で買ってきた安いワインがほぼ空《から》になる頃、日付が変わった。

「はいっ！　では、三十一歳になったご感想と今後の抱負《ほうふ》をどうぞっ」

グーにした手をマイクのように尊の口元に持っていくと、

「そうですね、えー、万が一にも逮捕されたら『三十一歳　アルバイト』と報じられるので、えー、犯罪とかトラブルの類《たぐい》には巻きこまれないようこれまで以上に気をつけてまいりたいと、おー、思います」

とインタビュー口調でノリよく返してきた。

「仕事のほうもですね、えー、精力的にこなしてゆきたいと思います」

「うわっ、ザ・模範解答」

「それと『ぷにぷにクエスト』をやりすぎないようにします」

「あー、尊、次のイベントガチャ回したくなってるでしょ」

「バレたか」

けらけら笑っているうちに瞼と頭が重くなってきて、テーブルの上をざっと片づけ、手を振りあってそれぞれの部屋に戻って眠った。

「おはよう」

いつもの休日よりぱりっとした服に身を包んだ尊がキッチンに立っている。

寝起きがいいというのは大きな美質《びしつ》だと思う。昨夜使ったグラスや皿がきれいに洗われ、水切りかごに伏せられている。麦味噌《むぎみそ》の甘い香りが漂い、ミルクパンの中でウィンナーが踊っている。電気ケトルの湯が沸騰《ふっとう》してピーと鳴った。

おはようとおめでとうを言い合い、わざと過剰《かじょう》に頭を下げてくすくす笑う。今日は堂々と、世間一般の夫婦に擬態《ぎたい》できる日だ。わたしたちの結婚三周年でもあるから。イベントごとにわたしたちははりきる。夫婦というものをめいっぱい堪能《たんのう》する。

「ところであのですね、えー、奈穂さん？」

「は、はい」

ぴしりと居ずまいを正して尊を見る。彼がわたしを「さん」づけで呼ぶときは、マイルドに苦情を申し立てるときだ。

「昨夜《ゆうべ》、割り箸《ばし》ごみ箱に直《じか》に捨てたでしょ。ごみ袋突き破っちゃうからやめてって言ってるじゃん」

「はいっ、すみませんっ。率直にお詫《わ》びいたしますっ」

「わかっていただければ結構です」

「ではこちらからも」

「なんでしょう」

「ハンドソープを詰め替えてくれるのはありがたいんだけど、ボトルを洗わないまま使ってると緑膿菌《りょくのうきん》が繁殖《はんしょく》するから、いったん洗って乾かしてから詰め替えようって言ったじゃない」

「あぁ……そうでした、すみませんすぐ使いたくて」

「わかっていただければ結構です」

特別な日の朝といっても、わたしたちは至って普段通りだ。

クーポンやらチラシの切り抜きやらがマグネットでごちゃごちゃ貼《は》りつけられた冷蔵庫の扉《とびら》を開き、尊が卵を取り出した。殻《から》をシンクに打ちつけるコンコンという音を聞きながら、寝起きのわたしはリビングを通って洗面所へ向かう。玄関からさわやかな芳香を感じ、昨夜飾った花の存在を思いだす。そうだった、尊が職場でもらってきたんだった。期間限定のささやかな幸せに、足取りが軽くなる。

花を管理することの大変さを知っているからこそ、尊は自宅にあまり花を持ちこまない。きっと、家でも仕事をしている気分になってしまうからというのもあるのだろう。代わりに安物のフェイクグリーンを室内のあちこちに配している。無彩色のモノトーンで統一したインテリアによく映えるその緑をわたしたちは気に入っているけれど、彼の上司や同僚《どうりょう》が知ったらどう感じるのだろうという複雑な思いもある。

自分の脱いだパジャマを突っこんで洗濯機をスタートさせ、ごうんごうんと回る音を聞きながら洗顔とスキンケアをする。尊が朝食を作り、わたしが洗濯を片づける。いつもの朝のルーティンは、特別な日も変わらない。

わたしたちの住む賃貸マンションは、JR中央《ちゅうおう》線の吉祥寺《きちじょうじ》駅と三鷹《みたか》駅のほぼ中間地点に建っている。築四十三年と古いけれど、リフォームを重ねて住みやすく設《しつら》えられており、耐震工事もなされているから特に不満はない。それどころかおおいに気に入っている。「オーナーさんの意向で、同棲《どうせい》カップルではなく籍を入れているご夫婦にのみお貸しできる物件になります」と言われたこの部屋。

広めのリビングダイニングを挟《はさ》んで対角線上に、尊とわたしそれぞれの部屋がある。玄関から入ってすぐ右手にあるのが尊の洋室。わたしの部屋にはバルコニーがついている。もともとは和室だったけれど、オーナーさんが入居を条件にフローリングにしてくれた。

「2LDKですけど、リビングがほらこんなに広いので、区切って使えば子ども部屋にもできます」

「防音もばっちりですので、お子さんが生まれても大丈夫です」

入居前の内見《ないけん》中、わたしたちが結婚間近だと知った不動産屋はお子さんお子さんと連発した。そのたびに不自然な沈黙が生まれ、尊とわたしが視線を交わしていたことに、彼は気がついていただろうか。ごく一般的な家庭のかたちにわたしたちをあてはめながら機嫌よく話していた、不動産屋のあのお兄さん。

あのとき、打ち明けてしまったらどうなったのだろう。「わたしたちは近々籍を入れますが、子どもを持つ気はないので家族はこれ以上増えません。婚約前から性交渉すらありません。そんな夫婦には、このファミリー向け物件に住む資格はありませんか?」と。

朝食後、尊が食器を片づけ洗濯物を干してくれている間に化粧をする。けっして美人顔にはならないけれど、なにもしないよりはいくらかましになる。身長が151センチしかないので、化粧で少しでも顔をきりっとさせておかないと、初対面の人にばかにされたりぶつかりおじさんに狙《ねら》われたりする。

そういえばこれ、「キスしても落ちない」っていう惹句《じゃっく》が添えられていたな。薄い唇《くちびる》に口紅《くちべに》を塗《ぬ》りこみながら思いだす。くすんだ苺《いちご》ミルクティーのような色味がかわいくて結局買ったのだけれど、なんだかその言葉に少し萎《な》えたこと。キスなんてものがわたしの日常に持ちこまれることは、きっとこの先一生ないだろう。

胸の中に小さなつむじ風が吹いた気がしたのはほんの一瞬だった。目尻《めじり》のアイライナーをいつもよりぴんと跳《は》ねあげるように引く。

「奈穂が準備できたら行くよ〜」

洗濯物を干し終えた尊が声をかけてくる。「出かける前の身じたくは女性のほうが時間がかかるから」と、朝食後から出発までの家事をいつもひとりで引き受けてくれる夫。

今日は、以前から話し合って注文した革製品を受けとりに行く。尊がキャメルのブックカバーで、わたしが深い藍色《あいいろ》のコインケース。刻印《こくいん》サービスがあり、今日の日付とそれぞれのイニシャルを入れてもらった。オンラインショップで見つけてオーダーしたのだけれど、店舗が高《こう》円寺《えんじ》にあるとわかり、近いので直接取りに行くことにしたのだ。

結婚三周年記念日には、革婚式《かわこんしき》という名前があるそうだ。夫婦になって三年も経《た》つと結婚生活にも慣れ、倦怠期《けんたいき》を迎えたり気持ちが離れたりしやすいため、「革のように丈夫でしなやかな関係性を築いてゆこう」とか「経年変化を楽しめる革製品のように夫婦の関係を続けよう」といった意味が込められているらしい。

綿婚式《わたこんしき》と呼ばれる結婚二周年の去年は天然コットン100パーセントのパジャマを贈り合ったし、最初の結婚記念日は紙婚式《かみこんしき》ということで、翌年度の手帳を買った。由来などこじつけだの、企業のマーケティングに乗せられているだけだのと友達に笑われたりもするけれど、わたしたちはお祝い事関連のあれこれに軽薄に乗っかるのが好きだ。

ささやかな贅沢《ぜいたく》をしたり贈り物をしあったりする口実は、多ければ多いほどいい。由来なんて完全に納得できるものじゃなくたっていい。そもそも恋愛結婚ですらないわたしたちに、倦怠期など訪れようもないのだし。

わたしと尊は、高校三年のときの同級生だった。三年前の夏に同窓会で再会し、その二か月後に結婚した。

シンプルにその事実だけを語れば、「昔の恋が実ったってこと？」とか、「同級生の成長した姿ってときめくよね！」とか、人は勝手にストーリーを作ってしまう。利害が一致したから、と付け加えると、「契約結婚からのまじラブ⁉」とドラマや漫画の見すぎのような言葉が返ってくる。

今わたしの隣を歩いている夫とは、手をつないだことすらない。ふたりとも、恋愛やセックスに興味がない。子どもを持つ気ももちろんない。世界でいちばん気の合う、大切な友達だ。今までも、これからも。でも親にも友達にも、好きなように想像させている。説明が面倒だし、ごくまっとうな普通の夫婦だと思われていたいから。

じじっ。振動音がした。

尊がジャケットのポケットからスマホを引き抜き、「業者かよ」とつぶやいてしまいこむ。

平日の昼間の高円寺は比較的歩きやすい。吉祥寺のそれとはまた違った雰囲気を漂わせる商店街を、尊と並んで進んでゆく。グルメにカルチャー、洗練と粗野《そや》、懐かしさと異国情緒がごちゃまぜになって街を形成している。

目当ての店はすぐ見つかった。古道具屋とカフェに挟まれ、白っぽい庇《ひさし》を通りにせりだしている小さな店だ。風雨に晒《さら》されだいぶ退色しているけれど、「本革工房　マルス」と読める。

入口の前に立っただけで、革製品特有のなめし剤のにおいがした。

思いのほか店内は奥行きがあり、売り場と仕切られた作業スペースからミシンの規則的な音がしている。ウォールラックや商品棚には、帽子や靴《くつ》、鞄《かばん》にランドセルと、ありとあらゆる革製品が陳列《ちんれつ》されている。

「えっと、塩崎《しおざき》と申しますが……」

オンラインの注文画面をスクリーンショットしたものを見せると、店員の女性の顔がぱっと輝いた。十月も下旬だというのに半袖《はんそで》Tシャツ姿の彼女は、「お父さーん、いらしたよー」と呼びかけながら奥の作業スペースに向かってゆく。やがて品物を手に戻ってきた。その後ろから作業着を身につけた老人が現れる。きっとこの人が革職人なのだろう。

「こちらでお間違いないですよね」

わたしの藍色のコインケースと、尊のキャメルのブックカバー。独特の深い風合いを持つ本革で作られたそれらは、ひと目で上質なものとわかるクオリティーだ。美しくカーブしたフォルムにも丁寧な縫製《ほうせい》にもこだわりが感じられる。今日の日付と、それぞれのイニシャルの刻印がきれいに入っている。

コインケースにそっと手を触れ「すてき」と小さくつぶやくと、老人が満足そうに微笑《ほほえ》んだ。その笑みに後押しされたように、尊も「ネットで見てあんまりにもすてきだったので、つい奮発《ふんぱつ》しちゃいました」と言い足した。そんなこと言われずとも、尊のよれよれの帆布《はんぷ》のバッグを見れば我が家の経済状況は察せられるだろうけど。花屋のアルバイト店員とフリーランスの語学講師の暮らしは、本革製品を気軽に買えるほど楽ではない。

「ありがとうございます。父が本場イタリアで身につけた技術と、品質に信頼のおける業者から取り寄せた素材で心を込めてお作りしているんです。カップルにも本当に大人気で」

若い女性が熱心に、語尾を伸ばし気味に説明してくれる。「カップル」か、と単語の意味を受けとめながら支払いをする。ちょっとずつ節約してきたことが報《むく》われる瞬間だ。ラッピングしてもらっている間、作業する手元をあまり凝視《ぎょうし》されたくはないだろうと思い、カウンターから壁に目を転じた。

依頼されるままにこだわりなく掲示しているのだろうか。さまざまなサービスや主義主張のポスターが壁を埋めつくしている。その中の一枚に目が留《と》まる。「アフリカに古着を送ろう〜サステナブルな社会の実現のために〜」

――そんなのちっともサステナブルじゃないよ。

かつて自分に向けられた言葉と、ひとりの男を思いだす。

「はい、お待たせいたしました。こんな感じになりました」

ラッピングを終えた女性店員が顔を上げたので、思わずびくりとする。商品棚のショルダーバッグに見入っていた尊がぱっとカウンターに向き直った。

「わあ、ありがとうございます」

「ありがとうございます、大切に使います」

不必要に明るい声を出しながら、一瞬、自分がなにか悪いことでもしようとしたかのような錯覚《さっかく》にとらわれている。ただ、自分が人生最後にセックスした相手を思いだしてしまっただけなのに。

「ねえ」

電車のドアの窓ガラスに額《ひたい》をつけている尊に話しかける。

「尊はさ、気兼ねなく旅行とか行っていいんだからね」

「へ？」

「ほら、わたしがあんまり遠出するの好きじゃないから、遠慮してるんじゃないかと思って」

「いやいや、遠慮とかしてないっすよ。旅行に金使うよりは、日々の暮らしのクオリティー上げたい派だし」

でも、と言いかけた声が「三鷹ー、三鷹ー」という車内アナウンスにかき消された。降車する人々と一緒に、荷物のようにホームに吐きだされる。住み慣れた町のにおいを吸い込む。

尊になんとなく足並みをそろえてもらっているように感じることが、ときどきある。夫婦ならあたりまえなのだろうか。普通の夫婦について、わたしはよく知らないけれど。

夜風を頬《ほお》に受けながら、ふたりで歩く。途中ドラッグストアに寄って、食器用スポンジと風呂《ふろ》用洗剤の詰め替えと昆布《こんぶ》ポン酢と牛乳をかごに入れた。レジに並んだところで歯磨き粉が切れそうなことを思いだし、尊を並ばせたまま売り場へ駆け戻る。

「エコバッグってやっぱりこまめに洗濯したほうがいいんだって。肉とか魚とか持ち運ぶと菌が繁殖して、食中毒の原因になるんだって」

「そうなんだろうと思って、俺、週に一度は洗うようにしてるよ」

つつましく幸福な夫婦のイベントが今年も終わってゆく。そのことに、わたしはひどくほっとしている。

どこへ出かけても、どんなに楽しんでも、心の隅《すみ》で家に戻りたいと希求《ききゅう》している。玄関のドアを開け、荷物をそれぞれの場所へ戻し、体を清めてベッドにダイブする瞬間に焦《こ》がれている。安全に帰ってこられることだけを目指して外出しているような気さえする。

自分がそのことをはっきりと自覚したのは、大学の卒業旅行でゼミ仲間と台湾《たいわん》へ行ったときだった。夜市で屋台グルメを堪能《たんのう》しながら「帰りたくなーい！」「ずっとここにいたい！」と口々に叫ぶ友人たちに同調できず、戸惑う自分がいた。え、自分の家の自分の部屋よりすてきな場所なんてある？　と。

それ以降めったに旅行をしないし、一度も日本を出ていない。同行者がいれば自分との温度差で嫌な気分にさせてしまうだろうし、ひとりで行くほどの度胸《どきょう》も情熱もない。もちろんフランスへも未渡航だ。せっかく取得したパスポートは、来年で期限が切れてしまう。

そんな自分が「旅するための実用フランス語」などというレッスンを提供しているなんて、笑ってしまう。

尊のポケットの中でスマホが何度か震《ふる》えているのは、予約していたビストロで分厚いハンバーグにナイフを入れているときから気づいていた。

じじっ。じじっ。じじっ。振動は止まらない。今度こそ業者ではない。細切《こまぎ》れに通知が来る時点で、送信者が誰だかわかる。呼吸のタイミングで区切るような短文を、集中的に送りつけているのだろう。だから尊も放っておいたのだろうけれど、玄関の鍵を取り出す頃には頻度《ひんど》が上がってきた。

「星夜《せいや》くんでしょ？　返信してあげたら？」

買い物した荷物を詰めたエコバッグと自分の体を玄関に入れながら、とうとう声をかけた。昨夜彼が活《い》けた花の香りに出迎えられる。「愛されすぎだよな、俺」と尊は扱いを心得た顔で笑っている。靴をそろえ、それぞれの鞄に除菌スプレーを吹きかけ、洗面所へ向かう。

きっちりうがいと手洗いを済ませ、花瓶《かびん》の花の水換えと水切りを行い、買ってきたものをそれぞれ然《しか》るべき場所に収納してから、尊はようやくソファーに腰を下ろしてスマホを取り出した。

液晶の上に指を走らせた尊は、「やっぱり星夜」とこちらに向けてくる。彼の隣に滑《すべ》りこみ、遠慮がちにトーク画面に目を走らせる。『誕おめ』『ビバ三十一歳』『今日は奈穂さんとデート？』『いえーい』『ちな俺はさっきベッドに足の小指ぶつけた』『痛い』『まじ痛い』『死ぬｗｗｗ』。案《あん》の定《じょう》、洪水《こうずい》のようにトークルームを流れる短文メッセージが画面を埋めつくしている。相変わらず賑《にぎ》やかな人だ。ひとりで三人ぶんくらいの存在感。尊が鼻息だけの笑いを漏《も》らす。

時折スタンプも入りつつメッセージは連綿《れんめん》と続き、最後の最後にようやく本題と思われる一文があった。『誕生祝い、俺も交ざっていい？』。次の瞬間、『なんつって』『うそうそ！　夫婦水入らずで！』と新たなメッセージが届く。画面の向こうに送信者の息遣《いきづか》いを感じるようなリズムで生成されてゆく言葉たち。

あー、と口の中だけで小さく声が出た。返信を打ちあぐねている尊を置いてキッチンに移動する。電気ケトルで湯を沸《わ》かし、今日買ってきたベトナム食器を必要以上に丁寧に洗う。尊の意識が、画面の奥とこちらを行き来しているのがわかる。

「奈穂」

スマホをダイニングテーブルに置いた尊に呼びかけられる。表情を整える間もなく、呼ばれるのを待ち構えていたような顔を向けてしまう。

「呼んじゃえばいいじゃん」

思わず先取りしてしまう。星夜くんに対して、別にあれこれ気を遣いあう必要は感じない。夫婦の記念日はもう祝ったから、残りの時間に彼の友人が訪ねてこようが別段構わない。尊への誕生日プレゼントとして買ってある帆布のバッグも、寝る前までに渡せればそれでいいし。

沸騰した湯をガラスポットに注《そそ》ぐ。こぽこぽこぽこぽこぽ。小さな音とともに、紅茶の湯気《ゆげ》と香りがキッチンとリビングを満たし始める。外でさんざん油っぽいものを食べてきたあとは、紅茶やハーブティーで体内をリセットしたくなる。どんなに疲れていても、帰宅してすぐお茶を淹《い》れる習慣だけは手放したくないと思う。

尊と星夜くんとの付き合いは、わたしたちの夫婦としての年数よりも一年ほど長い。大人になってからできた貴重な友達として、尊は彼の存在をいたく大切に思っている。この部屋にも、かなりの頻度で彼は現れる。

常識的な線引きはきちんとできる人だ。爆撃のようなＬＩＮＥもたまにしか送られてこないとわかっている。それに星夜くんは楽しい人だ。話題が豊富で、甘いものや脂っこいものが好きで、テンションが高くて。

「……奈穂」

さらに追加されたメッセージを見たらしい尊が、再び呼びかけてくる。

『ちなみに今年のプレゼント、生き物でもＯＫ？』って言うんだけど、どうする？」

日曜の昼過ぎに星夜くんはやってきた。大量のドーナツと、小さな灰色の猫を抱《かか》えて。

光沢感のある被毛《ひもう》をまとった小さな猫の前足が、キャリーケースから我が家の床の上にとん、と下ろされたとき、なんとなくわたしはアポロ11号の月面着陸を思った。

「かわいい……」

思わず熱っぽく放ってしまったそのひとことが事実上、うちで飼うという宣言になった。正直なところ、星夜くんから事前に送られてきた写真や動画を見て、わたしたちの心は既に決まっていた。それでも猫側のほうの都合もあろうということで、まずはいったんうちに連れてきて数時間過ごさせ、様子を見てから最終決定しようということになったのだ。

猫はオスで、隣人からもらい受けたのだと星夜くんは説明した。アパートの隣室でひとり暮らしをしていた若い男と星夜くんは、顔を合わせれば雑談を交わす程度の関係だったらしい。男は先月ペットショップで子猫を買った。星夜くんの部屋のベランダや共用の通路にも時折顔をのぞかせることがあり、愛着が湧《わ》いていたという。

尊の誕生日だった木曜の夜、隣人は突然星夜くんの部屋のチャイムを鳴らした。星夜くんが尊に嵐のようなメッセージを送りつけてきていた頃だ。母親の介護のため急遽《きゅうきょ》部屋を引き払って田舎《いなか》へ戻ることになったが、実家の人間はみんな動物アレルギーで猫が飼えない。見知らぬ他人に譲《ゆず》るのも嫌だから、よかったらあんたがもらってくれないか、と相談されたという。

「友達のとこなら飼えるかもって答えちゃったんだ。俺もほら、ひとり暮らしでいっぱいいっぱいだからさあ」

そう言いながら、星夜くんは猫を引き寄せて名残惜《なごりお》しそうに小さな背を撫《な》でた。ぬいぐるみが動いているかのような小ささなのに、その佇《たたず》まいには既に気品がある。ビロードのような毛並みが星夜くんの手の動きに合わせて輝き、淡いブルーの瞳《ひとみ》が光を宿しては放つ。ロシアンブルー。猫の種類に詳《くわ》しくはないわたしでもさすがに知っている。まともに買うと、わたしたちの月収より高いはずだ（ああ、なんでもかんでも自分たちの収入を基準に計算してしまう思考をやめたい）。

ロシアンブルーには人見知りで神経質なところがあるらしいと事前に知り不安だったものの、猫はすぐに我が家に慣れたようだった。リビングを歩き回ったかと思うと、バルコニーに面した窓に爪《つめ》を立て、そのままころんと床に横になって前足を舐《な》め始めた。「かわいすぎる」とわたしはまた、ほかに語彙《ごい》を持たないかのようなつぶやきを漏らしてしまう。

猫とわたしたちの様子を見て最終意志を確認し、星夜くんは車に積んできていた飼育グッズ一式を次々に部屋に運びこんだ。猫用トイレ、猫砂、ケージ、爪とぎ付きベッド、ペットシーツ、それに大量のキャットフード。

半分は隣人から譲り受けたもので、半分は尊への誕生日プレゼントとして買いこんだものだという。そのあまりの豪華さに、わたしが尊の誕生日プレゼントとして渡した新しい帆布のバッグは霞《かす》んでしまいそうだ。

「あとはキャットタワーがあるといいかも。運動不足になると肥満しやすいらしいから」

「なるほど」

「混合ワクチンの一回目は打ってあって、そろそろ二回目を受けるのがいいみたい。この辺って動物病院ある？」

「あるある、近所に」

星夜くんが教えてくれたのは既に本やネットで調べて把握していた情報が多かったけれど、でも神妙《しんみょう》にうなずいておいた。これからはわたしたちがこの小さな命の健康と生活を管理するのだ。これまでに感じたことのない緊張感が体を走る。生後六か月くらいになったら去勢手術が必要になってくるらしい。去勢。子どもを持たないと決めているわたしたちが、ペットの繁殖さえも阻《はば》むなんてなんだか生き物として傲慢《ごうまん》なような気がするけれど、大丈夫だろうか。

リビングの隅、わたしの部屋の隣にあたる部分を猫のスペースと決めた。入居前の内見のとき、不動産屋が「区切って使えば子ども部屋にもできます」と提案した部分だ。わたしたちが即決する気配を感じとっていたのか、やたら気を許した様子で滔々《とうとう》と語っていたあの担当者、このスペースが猫のものになるとは思わなかっただろうな。あれから一年後に尊が会社員ではなくなって、それでも夫婦ふたりでなんとか生活を回していることも。

猫が無事に我が家での最初のおしっこを済ませ（猫砂が合わなかったり猫自身がストレスを感じていたりするとうまく排尿《はいにょう》できないため、これは極めて重要なことであるらしい）、水と食事を与えてひととおり落ち着くと、星夜くんの買ってきたドーナツを三人で食べた。星夜くんは甘いもの、中でもドーナツがとびきり好きで、いつも山ほど買いこんで持ってきてくれる。

新しく持ちこまれた生き物のにおいと、砂糖や油のにおいが混ざり合う。星夜くんのお気に入りの外資のドーナツチェーンのドーナツは、チョコが全面に塗られていたりクリームがぎっしり詰まっていたりして、その甘さはしばし思考を麻痺《まひ》させる効果がある。

「名前、どうしよう」

リビングでくつろいでいる猫に視点を据《す》えたまま、尊がつぶやいた。ドーナツの油で唇がてかてか光っている。

「『セイヤ』にしてよ」

微量の本気を冗談でくるんだような口調で星夜くんが言った。わたしたちがリアクションする前に、「なんつって」と瞬時に取り消してけらけら笑う。

それには触れず、「隣人さんはなんて呼んでたの？」と訊いてみる。それなんだけどさ、と星夜くんは指先についた砂糖をぺろりと舐めた。ウエットティッシュのケースを押しやると、一枚抜き取って指先を拭《ぬぐ》った。

「自由に呼んでやってって言われたんだけどさ、あの人がさ、ときどき『グリ』って呼んでるの聞こえたんだよね」

「『グリ』……？　『ぐりとぐら』からとったのかな」

尊がつぶやく声に、わたしが息を呑む音が重なった。

「フランス語かも。『gris』って『灰色の』って意味だから」

「おお」

「さすがフランス語講師」

男ふたりにぱらぱらと拍手を送られ、「いやいや」と笑いながら新しいドーナツに手を伸ばしたとき、脇に置いたスマホがメッセージを受信する。

『来週日曜1時、よろしくね！』

十二月に結婚式を控えた衿子《えりこ》からだった。しばらく会っていなかったから再会がいきなり挙式会場でということになるのを避けるため、お茶でもしようと誘われている。

けっして交友関係の広くないわたしだけれど――目の前のふたりに視線を戻しながら、ふと感慨《かんがい》に打たれた。

本当に恵まれている。

恋愛を経ていなくても。子どもなんか産まなくても。

夫の友達が我が家を気にかけてくれて、ゆるく長く続いている友達もいて、かわいい猫まで家族になった。

これ以上、なにを望むことがあるだろう。

尊と十年ぶりに再会したのは、黙っていても全身の毛穴から汗が吹きだしてくるほど暑い八月の終わりだった。

新型コロナウイルスが蔓延《まんえん》し、勤めていた食品加工会社を退職して生活が行き詰まっていたわたしのもとに、メールが届いた。「『上京組でひっそり呑もうの会』のお誘い」。高校三年のときの同級生たちが企画したものだった。夏の盛りだった。

同級生のひとりが都内にワインバーをオープンしたものの、東京都の徹底した感染対策により来客が見込めず、早くも経営の危機に瀕《ひん》しているという。その救済も兼ねて企画されたものらしい。

オンラインでもいいんじゃないかな。まじめにステイホームを続けており、さほど心が動かなかったわたしを説得したのは衿子だった。「こんな機会でもなければ一生みんなに会えないままかもよ！　薫《かおる》も行くって言ってるし！」と熱心に誘われて、半ば思考を麻痺させたまま参加の旨《むね》を返信した。

衿子、薫、花音《かのん》、そしてわたし。高校時代に行動をともにしていた四人グループのうち、花音は下妻《しもつま》を出ることなく卒業後早々に家庭を持ち、彼女の子どもに会う以外の目的で四人が集まる機会はほとんどなくなっていた。

酒類を提供する店の営業は二十時までとされていたため、上京組の会とやらは昼間からの開催だった。それでも複数人で集まって会食すること自体が世間から白い目で見られる時期だったから、いくばくかの背徳感《はいとくかん》を抱えての参加となった。

出席対象者、つまり下妻から上京してそのまま東京周辺に居ついている人間は十七名。うち十三名が真昼のワインバーに集まった。

その中に塩崎尊の姿を見たとき、懐かしさが胸にこみあげた。彼と過ごした時間のかけらが脳裏《のうり》を駆《か》け抜け、その鮮やかさに一瞬立ちくらみそうになった。

けれど、その胸のざわめきはただの感傷であり、恋やときめきとは区別されるものだった。恋愛というものに、わたしは二十八歳にして興味を失っていた。異性になにか期待すること自体がひどくエネルギーを消耗《しょうもう》する行為だと気づいてしまってからは、ひとりの日々を謳歌《おうか》していた。

店でいちばん大きなテーブルに盛りつけられた料理やおつまみを分け合いながら、みんなでワインを呑んだ。ワインの銘柄《めいがら》に詳しくないわたしはその良し悪《あ》しを判別できる舌を持っていなかったけれど、山梨県甲州《こうしゅう》市の赤葡萄酒《あかぶどうしゅ》のおいしさだけはよくわかった。芳醇《ほうじゅん》なアルコールとジューシーな果実の甘味が舌にじんと沁《し》み、疲れが癒《いや》されるのを感じた。あまり味わったことのない類の創作料理も丁寧な味がして、食べる楽しさに満ちていた。

ワインにかぎらず、お酒は次々に運ばれてきた。黄金色《こがねいろ》に輝くコロナビールが運ばれてくると、みんな大はしゃぎでライムのくし切りを瓶の口に挿《さ》した。

「『コロナ』だなんて因果《いんが》な名前だねえ」

「風評被害って出てるのかな、出てるのかな、こんなに美味《うま》いのにもったいないよね」

普段はほとんどビールを呑まないわたしにも、きんきんに冷えたコロナビールのおいしさはわかる気がした。くし切りのライムを親指で瓶の中に押しこむと、果汁と反応した炭酸がシュワッと音をたてて泡立《あわだ》つ。それがおさまるのを待って、瓶を傾け口をつけた。南国系のビールだからなんとなくさっぱりした印象があったのだが、意外にがつんと麦の香りがした。でもライムの果汁と合わさって飲みやすい。

それにしてもなぜ、人が集まると話題は色恋へと流れてゆくのだろう。

参加者のうち既婚勢は五名で、自然とその五名で固まって結婚や子育てについての話で静かに盛り上がっていた。残りの独身勢は恋人とのエピソードや、高校時代好きだった相手の曝露《ばくろ》を始めた。

薫は既婚グループに属していたし、衿子は独身グループを束《たば》ねるようにして輪の中心で話していたので、わたしは主に聞き役に徹することにした。繰り広げられるエピソードを笑顔や驚きの声を交えて受けとめながら、話題の矛先《ほこさき》が自分に向かないよう注意していた。けれど、とうとう名前が呼ばれてしまった。

「石井さんもたしか、彼氏いたんじゃなかったっけ？　ほら、食品会社の」

幹事のひとりである川口《かわぐち》さんが、わたしの顔を見て言った。高校時代とりわけ親しい間柄《あいだがら》でもなかったのにどこからそんな情報を得るのだろうと、内心驚いた。当時のわたしはＳＮＳ

をほとんどやっていなかったし、交際相手について玲子や薫に話すようなこともなかったから。

　とはいえ、川口さんの持つ情報は少し古いものだった。

「え……えっと」

　気づけばみんなの顔がこちらを向いている。この場かぎりで消費されるわたしのプライベート。心の底から興味があるわけではないことがありありとわかって、胸がワインよりも苦くなる。カラオケでうっかりマイナーなアーティストのマイナーな曲を入れてしまい、おざなりな拍手を受けているときのよう。無意味に頬が火照《ほて》った。

「今はひとりだよ。特になんもない」

　二年前に別れた相手のことを律儀《りちぎ》に思い浮かべながら、結局わたしはありのままを答えてしまう。こちらから差しだせる情報はなにもありません。

「えー、じゃあ俺、立候補しちゃおっかなー」

　隣に座っていた菅谷《すがや》が、へらっと手を挙げた。流行《はや》らないワッフルパーマの髪をわずかに揺らしながら。

　立候補。その言葉が、ざらりと腹の底を撫でた。

　いつだったか実家の父から届いたＬＩＮＥのメッセージを思いだしていた。直属の上司の娘さんが若くして癌《がん》で亡くなり、葬儀に参列したという。地域的にも年代的にも珍しく独身を通していたから、葬儀は実家で執《と》り行ったという話。

痛ましい話だけれどわたしになんの関係があるのかと思ったら、父が言いたいことは最後の一文に集約されていた。

『おまえももしこのまま独り身だったら何かあったときうちが葬式出すことになるんだからな、立候補してくれる奇特な人が現れたら逃《のが》すなよ』

独り身だったらなぜ「立候補」されなければならないのだろう。そこからしてもう理解不能だし、理解しようとも思えない。ましてや「奇特な人」を逃すまいと猛禽類《もうきんるい》のように目を光らせて、ものほしげに生きていけとでも言うのか。独身とは、人生の未完成な状態なんだろうか。

けれどももし本当に、自分になにか不測の事態が起きて、親が葬儀を出すとしたら——。たしかにそれは、受け入れられがたいものに思えた。とりわけ、閉鎖的《へいさてき》な田舎の価値観では。たとえ死んでも、親の世間体《せけんてい》を悪くしてはならない。そんな前時代的な考えが自分の心のどこかにも染《し》みついているような気がして、ひどく情けない気分になったのだ。

「ね、石井さん。いいよね」

尻《しり》を撫でられて、ぎょっとした。酒で顔を赤くした菅谷がにやにや笑っている。

高校時代からお調子者で有名だった菅谷は、恋愛方面にだらしがなく、軽薄と不誠実をアイデンティティーにしているような人間だった。それでもその人懐っこさやマイペースさがみんなに愛され、なにをしても「スガヤンだからしょうがない」でまかり通っていた。そういえば、他校の生徒を妊娠《にんしん》させたとかいう噂《うわさ》がたったこともあった——急によけいな記憶が蘇ってくる。

「おおー、スガヤン、行っちゃえ行っちゃえ」

「意外な組み合わせだけどいいじゃん！　クラス会でカップル成立とかエモい！」

みんなが囃《はや》したてた。菅谷は黄色っぽい歯を見せて笑い続けている。わたしの意志は問われない。誰からも。

「じゃあ石井さん、このあと俺とホテルで決まりね。式はどこで挙げる？」

「ちょっとちょっと」

困惑しながらも、わたしは脊髄《せきずい》反射で愛想笑いを浮かべていた。この場かぎりとはいえ自分を評価してくれている相手に、恥をかかせてはいけない。堂々と痴漢《ちかん》されてさえ、そんな思いが先行するのがひどく情けなかった。

みんなの興味がほかへ逸《そ》れた隙《すき》を突いて、わたしは逃げるようにトイレに立った。この店が入っているビルの共同のトイレだったので、いったん店外に出る必要があった。不必要なくらい念入りに化粧直しをして、席に戻るまでの時間を稼いだ。

束《つか》の間《ま》どこかに置き忘れていた厭世感《えんせいかん》が、自分の中に戻ってきているのを感じていた。菅谷に、みんなに、媚《こ》びるような態度をとってしまった。そのことに、じわじわと心を削《けず》られていた。きっぱり言ってしまえばよかった。「恋愛にも結婚にも興味が持てないから、そういうのいらない」って。

――でも。

それは自分の、本心だろうか。そんな疑問が、胸に重たく沈んでいた。

世間体のためでもいい、親に嫌みを言われなくなるためでもいい、結婚できたらそれはすてきではないだろうか。コロナ禍《か》で孤独死をするのだって怖い。一緒に住む相手がいたら、そのリスクはかなり減るだろう。

でもわたしは、結婚を目的とした恋愛をしたくない。恋愛を目的とした結婚ができないのと同じように。

気持ちが散らかりすぎて、再びバーのドアを押すのにどうしてもためらいがあった。わたしはビルの共用スペースの、バルコニーのように外側へ半円状にせりだしたスペースでぐずぐずと時を過ごした。真新しい銀色の灰皿スタンドが一台置かれていて、喫煙スペースになっているらしいものの、その空間にまだヤニ臭《くさ》さは染みついておらず、喫煙者もいなかった。

同じ階にテナントとして入っているイタリアンレストランの、バジルやオリーブオイルの独特の香りが漂ってきていた。その香りをかぎながら、湿っぽい夏の真昼の風に吹かれるままにした。冷房に晒された肌がじんわりと熱を取り戻してゆく。同じようなビルが延々続く退屈な風景。今、世界でたったひとりだと、不意に強い孤独を感じた。

カランコロンとドアベルの音がして、バーからひとり出てくる者がいた。塩崎尊だった。なにも言わずにこちらに向かってくる彼を、なにも言わずに待った。まるでここで待ち合わせをしていたみたいに。

わたしの隣にやってきた尊は、わずかに息を切らしていた。

「石井さん、さ」

「まだ人文字とか苦手？」

「うん」

そのひとことに、わたしは吹きだした。

「うん、苦手。ますます苦手。社会主義国家のマスゲームも軍事パレードも」

「わかる」

あのときと同じように、尊は共感してくれた。表情と一緒に、心の筋肉もじわりとほぐれるのを感じた。

烏龍茶《ウーロン》色の髪の毛はさっぱりと短く、スポーツブランドのロゴが小さく入った紺色《こんいろ》のポロシャツとオリーブグリーンのコットンパンツには清潔感が感じられた。若さの塊《かたまり》みたいだったあの頃と違うのは、社会に揉《も》まれた疲労や諦《あきら》めをまとっていることで、それはきっと自分自身もそうなのだろう。

――石井さんは、怖いものってある？

――あるよ。人文字とか地上絵とかを航空撮影するやつ。あとマスゲームとか、外国の軍事パレード。

「……ほんとにますます苦手。人と足並みをそろえるのって」

口が自然に動きだしていた。退屈な景色に向かって吐きだすように。

「でもそれって結局さ、自分がうまくやれるんだったら怖くないんだと思う。悪目立ちしない、普通の、つまらないくらい普通の存在だったら。でも実際はそうじゃないから」

喉《のど》に引っかかったかけらが取れるような感覚で、言葉がするする生まれていた。

「なんでみんな普通なんだろ。うらやましい。普通になりたい」

そうか、わたしは「普通」になりたかったのか。自分で言いながら気がついて驚く。子育て談義に花を咲かせている薫や、恋愛トークで盛り上がる衿子を見て、わたしが感じていたものの正体は羨望《せんぼう》だったのか。二年前に妹の美穂《みほ》の、一年前にその下の妹の里穂《りほ》の結婚式に出たとき、パートナーを伴わずに親族席に座っているのがしんどく感じられた理由も、つまるところそうなのか。

「なんか……恋愛とか結婚を人生の主軸《しゅじく》に置いて一喜一憂《いっきいちゆう》する人たちを見てると、すごく息苦しくなるの。親もね、簡単に結婚しろとか言うけど、男性に人生の主導権を明け渡してしまうようですごく怖いの」

尊はなにも言わず、わたしと同じ方向に目をやっている。沈黙だけで、存在だけで、わたしを肯定《こうてい》している。

「だからって、ずっとひとりでいいって思ってるわけでもなくて。結婚妊娠出産、ってライフイベントをシームレスにこなしている人たちがやっぱりまぶしいし、自分は……自分が誰にも認めてもらえない異常者みたいに思えることもある。誰かと干渉しあいたいわけじゃないのに、孤独死したらどうしようって怯《おび》えてる。ばかみたいだよね」

「ばかみたいじゃないよ。俺も同じだから」

尊が言葉を発した。茶色っぽい瞳が、まっすぐにこちらを見ていた。

心の中に、一陣の風が吹いた。


待ち合わせが十三時だと、ランチには少し遅いしおやつには少し早い。どちらにしてもドリンクは頼むことになるだろうからと、フォトアルバムのような形態のメニュー表をめくる。

渋谷駅《しぶや》からほど近いビルに入ったカフェは、シックな色調に統一されたインテリア以外はこだわりの感じられない店だった。ほぼ女性客ばかりが埋めつくすフロアにはチルアウト系のBGMが小川のせせらぎほどの音量で流れ、座席はカップルシートみたいなL字型のソファー椅子《い》になっている。価格帯はいつも自分が利用する店より高めだ。グルメな衿子が指定するくらいだから、有名なおいしいメニューがあるのかもしれない。

待ち合わせから十分ほど遅れて衿子がやってきた。遅刻だから駆けこんでくるかと思いきや、店内をゆうゆうと歩いてくる。ラメ入りのストールを首に巻きつけた衿子は前回会ったときよりシルエットがほっそりしていて、そうかブライダルダイエットってやつか、と思い至る。

「お待たせー。ごめんね、ランチ会が長引いちゃって」

「平気平気。久しぶりだよねー」

そうか、この待ち合わせの前に別の予定をこなしてきたのか。内心驚きつつ、それだったらケーキでもパフェでも食べてそれを昼食にしてしまおうと思う。どんなふうになってもいいようにお腹を空《あ》けておいたのだ。

「じゃあスイーツでも……」

「あ、とりあえずあたしコーヒーでいいや。すみませえん」

わたしがまだ決まっていないのに、衿子は手を挙げて近くにいた店員を呼びとめてしまう。立て爪タイプの指輪がきらりと光った。

そうか、挙式を控えてそんなにばくばく食べるわけにはいかないよな。自分の想像力の足りなさを思いながら、慌ててチーズケーキと紅茶のセットをオーダーする。

「あらためまして、ご結婚おめでとうございます」

「ありがとうー。っていうかやっと奈穂に会えたよ〜。元気だった？　髪、伸びたねえ」

「衿子こそ髪伸ばしてる？」

「うんほら、当日すごい派手めに結い上げてもらわなくちゃいけないから、ボリュームが必要でさあ」

微笑む衿子のぴんと跳ねあがった眉尻《まゆじり》を見ていると、懐かしさが胸に満ちてくる。独特のメイクも、ちゃきちゃきした話しかたも、昔から全然変わっていない。

『ジューンブライドってさ、ヨーロッパの文化なわけでしょ。向こうの六月は雨量が少ないからベストシーズンかもしれないけど、日本は真逆で、六月って梅雨《つゆ》でしょ。ジューンブライドとか言って六月に挙式とか披露宴《ひろうえん》をやったら高確率で雨に降られることになるじゃん。だから、あたしは六月になんか絶対やらないんだ』

高校時代、衿子は事あるごとに繰り返していた。薫に「そもそも必ず結婚できるっていう確信はどこから来るのお？」とからかわれながら。

四人組の中で、頭の回転が速く雑学が豊富な衿子はみんなのまとめ役でもあった。きょうだいの多い衿子がもたらす雑多な知識を、わたしたちは感心し驚きを示しながら吸収していったものだ。メイクの流行がどんなに変遷《へんせん》しても眉尻をぴんと跳ねあげた眉毛をキープし、そのブレのなさは衿子という人間を表してもいた。

その衿子が、とうとう結婚する。

短い恋愛を繰り返すばかりで運命のパートナーには出会えないと嘆《なげ》いていた衿子は、今年の頭に一人旅をしていた小豆島《しょうどしま》で電撃的な出会いをしたのだという。

花音、薫、次いでわたしと結婚してゆく中「今の時代、ひとりで生きていける力をつけるほうが大事かもね」などと方針を軌道修正しつつあった衿子からその話を聞いたときは、心の底から祝福の気持ちがあふれた。四人の中で最も結婚に対して憧《あこが》れを持っているのは衿子だと、口には出さねどみんな知っていたのだ。

「ね、それ婚約指輪？　見せて」

自分が結婚したとき衿子にそうせがまれたことを思いだし、それがマナーであるかのように思われて、彼女の左手に視線を注ぐ。衿子はわざわざ薬指から指輪を抜きとり、右手でつまんでテーブルの上で見せてくれた。

「そうだ、奈穂ってたしかフランス語やってたよね？」

「え、うん。やってたって言うか」

それで生計を立ててるんだけど。そう答えようとして言いよどむ。最後にふたりで会ったのはわたしの結婚祝いに個別に来てくれたときだから、もう三年も前だ。コロナ禍もやりとりはあったとはいえ、自分の最新情報を彼女に把握してもらっている自信がふと、揺らいだ。

「これってなんて読むんだっけ、っていうかどういう意味だっけ。フランス語だってことまでは覚えてるんだけどさ」

大事な指輪を急に差しだしてくるので、びくつきながら受けとった。角度を変えながら目に近づけると、ダイヤモンドが嵌《は》めこまれた台座の裏側に、筆記体で記されたフランス語の刻印が見えた。

「"Mon amour《モナムール》"。つまりは"My Love"だよ。わたしの愛する人って意味」

「あー、そうだそうだそんなこと言ってた。もう、テツくんってば意外にロマンチストなんだなあ。やだー」

まるで指輪自体が「テツくん」であるかのようにいとおしげに目を細める衿子は、わたしの知らない顔をしていた。

「あ、彼の写真見る?」

わたしが返事をする前に、衿子はもうスマホのフォトフォルダを開いて画面をこちらに向けている。ランチ会とやらでもさんざん披露してきたことが窺《うかが》える、滑《なめ》らかなふるまいだった。

どこかの展望台だろうか。見晴らしの良さそうな景色を背景に、風に髪を乱した長身の男性が写っている。一見アスリートかと思うほど筋肉質で、健康を絵に描いたような体つきだ。黄色っぽいTシャツの生地を胸筋《きょうきん》や上腕二頭筋《じょうわんにとうきん》が盛り上げていて、肌は浅黒く日焼けしている。衿子から「趣味はアウトドア関係なんだ、キャンプとか」という情報が差しこまれ、星夜くんをひと回り大きくして強そうにしたような感じだな、という勝手な印象を持った。

感想を求められている気配を感じて「強そうだね」と言いそうになり、直前で「なんか頼りになりそうだね」に差し替えた。他人のパートナーを評価する行為には、きまりわるさがつきまとう。

「うち最近、猫飼い始めたんだよね」

自分からもなにか新しい情報を差しだしたくなってそう言うと、衿子は目を輝かせた。

「嘘《うそ》っ、いいなあ。うらやましい！　奈穂と猫って全然結びつかなかった。描種は？」

「ロシアンブルー。の、オス」

「ええーっ、いいなあいいなあ！　うちも昔、実家で猫飼ってたんだよねえ」

温度感の高い反応に気をよくして、自分もスマホを取り出して写真を見てもらおうと足元の荷物かごに手を伸ばしたとき、アイスコーヒーとケーキセットが運ばれてきた。メニュー表の写真で見たよりずいぶん細くカットされたチーズケーキには、ホイップクリームとブルーベリージャムがひとさじぶんずつかけられている。

「薫も花音も来るんだよね？　結婚式」

チーズケーキの先端を切り取って口に運びながら、気になっていたことを訊いてみる。チーズの酸味が口に広がる。昔ながらの家庭のチーズケーキみたいな素朴《そぼく》な味だった。

「ううん」

ずるずるとアイスコーヒーを啜《すす》り、衿子はゆるく首を振った。

「え、来ないの？」

「うん」

「ええっ」

思わず叫んでしまう。でも、どこかでちらりと予想していたことでもあった。薫や花音から不自然なくらいその話題が出てこないし、四人で作っているＬＩＮＥグループもいつからか動いていないから。

「招待状は送るつもりだったんだけどさ。ふたりとも子どもの世話がーとか、預《あず》け先がーとか言うんだもん。招待したら迷惑なのかと思ってやめといてあげたわ」

「そうなんだ……」

友達の結婚式とは万難《ばんなん》を排して駆けつけるものだろうと思っていた。母親になったら優先順位が変わってしまうのだろうか。子どものいる生活というのがそんなにも自由のないものなのであれば、やはり自分には到底無理だとあらためて感じてしまう。

「だからね、申し訳ないんだけど、奈穂にはあたしの職場の人たちと一緒の席に座ってもらうことになっちゃうんだ。もう席次表も刷っちゃった。ごめんね。今日はそれを伝えておきたかったんだ」

謝りながら衿子は再びフォトフォルダを開き、わたしが同席することになるという人たちの顔を指し示してゆく。コールセンターに勤める衿子の同僚はみんな女性だった。これが山田《やまだ》さんでこれが五十嵐《いがらし》さんでと名前を教えられても覚えられる気がせず、ふんふんとうなずくに留《とど》める。

「準備ってやっぱり大変？」

「ああ、奈穂は式も披露宴もやらなかったもんねえ」

言いながら、衿子は腕時計にちらりと目をやった。

「大変だよ、なかなか。式場の担当者とか司会の人と打ち合わせしてふたりのプロフィール把握してもらって、ドレス選んで予約して、花束の色とかイメージとか決めて、美容師さんとヘアスタイルの打ち合わせして、入場曲とか退場曲とか流すタイミング決めて編集して、ムービー作って……」

「ひええ」

「直前になったらまつエクして、ネイルして、美容院でカラーリングするんだ。整体もエステも予約入れてるし、あと歯のホワイトニングもしようか迷ってる」

タスクを指折り数えながら衿子は語る。高校時代、四人で東京へ遊びに行く計画を立てるたびに、衿子は回りたいカフェやアパレルブランドをそうやって確認していた。あのときとまったく同じ仕草《しぐさ》に、心がなごむ。

「男ってそこまでやることなくてうらやましいよね。だからＢＧＭとムービーはほぼ任せることにした。あ、食事は絶対おいしいはずだから楽しみにしててね。奈穂、食べられないものとかアレルギーとか特になかったよね？」

「うん、なんでも食べれる」

「よかった。あたしの友達なんかさあ、きのこが嫌いなうえに魚介類アレルギーがあるの。だからメニューほとんど差し替えてもらうんだ。せっかくの蟹《かに》のビスクがコーンクリームスープになっちゃうの」

「へえ、そういうの個別対応してもらえるんだね」

「そうなの。ちなみに妊婦もふたり来るから……や、彼のほうも入れて全部で三人かな？　うん、三人だ。だから食後もコーヒーとか紅茶だけじゃなくてハーブティーも用意してもらうんだよ」

「ああ……なるほど」

妹たちが妊娠中にひたすらカフェインを避けていたことを思いだし、かろうじて話の意味を理解する。妊娠とか出産とかの方面に、わたしは女性としては驚かれるほど疎《うと》いのだ。

「あたしの友達で今妊娠五か月の子がいるんだけどさ、あ、安定期に入ってるから式にも来てくれるんだけどさ。カフェイン中毒だから大変そうだよ。タンポポコーヒーっていうの？　カフェインレスのコーヒーあるじゃん、ああいうのだとやっぱり全然ものたりないんだって」

コールセンターのオペレーターらしい滑舌《かつぜつ》のよさで話しながら、衿子はまたちらちらと腕時計を見ている。その手首に巻きついたシルバーの鎖《くさり》が、空色のブラウスの袖からこぼれるようにのぞいている。

「衿子、なんか予定あるの？」

思いきってたずねてみる。今までなら昼から会えば夕食まで一緒にいるのがあたりまえだったから、わたしはそのつもりで夜まで空けていたのだけれど。

「うん、このあとパフェの会があるんだ」

「パフェ……？　大丈夫なの？」

「平気。三時からだし、この近くだから。でももう少ししたら出るね。奈穂はゆっくりしてていいから」

大丈夫かというのはダイエット的にという意味だったのだけど、衿子は取り違えたようだった。

そうか、今日って衿子は三本立てだったのか。そりゃあ花嫁は忙しいよね。

口に出せば皮肉っぽく響く気がしてやめた。怒濤《どとう》のスケジュールの中で二時間弱割《さ》いてもらえただけでも、きっとありがたいことなのだ。

「塩崎くんによろしくね！」

テーブルにコーヒー代を置いた衿子が風のように去ると、店のざわめきが急に大きく感じられた。グリの写真を見せ損《そこ》ねたことに気づく。紅茶はすっかりぬるくなっていて、店内に満ちる甘いにおいが濃くなっている。

“Mon amour”。衿子のプラチナリングに刻まれていた言葉をふと思う。きっと結婚とは本来、そうやって甘く純度の高い愛の言葉で飾りたてるものなのだろう。自分はそんな言葉を贈られることのないまま結婚したけれど。それで問題なく夫婦をやっているけれど。

店員がチーズケーキの皿を下げに来てテーブルが寂しくなると、わたしはますますわたしをもてあます。ゆっくりしていていいと言われても、この店ではくつろげない。のろのろと荷物をまとめる。会話の相手を失った唇をマスクで覆《おお》う。

せっかくだから買い物していこうかな、特にほしいものもないけれど。そういえば星夜くんが働いているブックカフェみたいなお店ってたしかこの辺のはず、そっとのぞいてみようかな。

あれこれ考えながら腰を浮かせたとき、はっとして座り直した。レジで会計をしているふたりの男性のうちのひとりに見覚えがあった。

寿司《すし》とチョコレートと耳あたりのいい言葉が好きな男。自分が人生最後にセックスした相手。田瀬匡弘《たせまさひろ》。

前の会社で入社三年目に付き合い始めた田瀬くんとは、一年ももたずに別れていた。それだけの関係なのに、いまだに思いだすことがある。心の中に土足で入られ、体まで差しだしていた日々の切れ端を。

けっして無理やりというわけではなかった。でも、わたしが断りづらい雰囲気を作りだすのが上手《うま》い人だった。わたしの両手首を押さえつけて気持ちよさそうに腰を振っていた男が今、数メートルの距離にいる。スマホ決済をしながら、機嫌よく店員となにがしかの言葉を交わしている。連れの男と顔を見合わせて笑い、レジに背を向ける。グラフチェックのネイビースーツの内側に白いカットソーを合わせたカジュアルな着こなし。その姿が、ゆっくりと視界から消えていった。

——そしたら、奈穂になにができるの？

投げつけるように言われた最後の台詞《せりふ》が、しみのように心の端に居座っている。自分の能力や可能性について考えるたび、それは呪《のろ》いの言葉のように蘇ってはまた隅っこに戻ってゆく。もう五年も経っているというのに、まったくばかげている。

スマホが鳴って、メールの受信を知らせる。中腰のまま固まっていたわたしは我に返って画面に目を落とした。新しいレッスン予約が入ったことを知り、ほっとする。自分が世界に必要とされている存在だと思わせてくれるものが、ありがたかった。

〝世界中の生徒に、あなただけのユニークなレッスンを！〟

オンラインで語学のレッスンを提供するサービスの講師募集を見つけたとき、わたしは二十八歳になっていた。田瀬くんと別れた二年後の、梅雨の季節だった。新卒で入った会社を辞めてごりごり仕事探しをしていたら、ふっと目に入った案件だった。

オンライン語学講師。これなら少しばかり得意な英語やフランス語を活かしつつ、密《みつ》にならない環境で働けるのではないかとぴんときた。少なくとも、同期入社の子の訃報《ふほう》に弔電《ちようでん》を打つようなことにはならないだろうと。

仕事のやりがいとか待遇《たいぐう》の改善なんてそこまで求めることもなく、五年間黙々と働いてきた。けれど、未曾有《みぞう》のパンデミックでリモートワークが社会に定着しても出勤を命じる社長や、唯々諾々《いいだくだく》とそれに従う管理職たちを見ていると、違和感が危機感へと変わってゆくのを止められなくなった。そんな折に同期の男の子の訃報が入ってきた。俗に言う、孤独死。

わたしと同じように都内でひとり暮らしをしていた彼は、コロナに感染したという報告を最後に欠勤が続いていた。沖縄の実家から誰かを呼ぶこともできずに症状を悪化させて亡くなったのだと、あとからわかった。

ぞっとした。ひとり暮らしの自分も、明日は我が身だと思った。既に医療崩壊していると言われるほど首都圏の医療機関は逼迫《ひっぱく》していて、陽性になったくらいで入院させてもらえる状況にはなかった。自宅で療養している間に容体《ようだい》が急変したら——そこに誰も頼れる人がいなければ、そこで終わりだ。

彼にうつしたのは自分かもしれないと疑心暗鬼《ぎしんあんき》になる者もいれば、なぜ電話でもＬＩＮＥでもして様子を確認してやらなかったのかと自分を責める者もいて、職場はパニック状態に陥《おちい》った。誰も動かないのでわたしが弔電を打った。打ち終わったあと、そのままパソコンに向かって自分の退職願を作成した。

新しい仕事は、とにかく通勤する必要のなさそうなものに絞《しぼ》りこんで探した。感染症だけでなく、満員電車の不快感も痴漢も遅延トラブルも、もうすべてが憂鬱《ゆううつ》で疎ましくなっていたから。もしまたストレスまみれで出勤する日々を送ることになっていたら、わたしは東京をすっかり嫌いになっていたかもしれない。

オンライン講師の募集に行き着いたことは幸運だった。習い事に通うのもままならないご時世、リモートで語学を習得したいと思う人たちが増えているらしかった。

運営しているのは外資系の会社で、面接してくれたのはイタリア人の女性だった。よくある自社のテキストを買わせるシステムではなく、レッスンの内容は完全に講師のオリジナルというのがよかった。世界中の生徒を対象に独自の授業を展開できる。自由度が高くておもしろいし、元手がなくても始められる。一定のレベルの語学力と、web カメラのついたパソコンさえ持っていれば。

講師プロフィールを編集し、対応可能なスケジュールをアップし、提供できるレッスンの内容やひとコマあたりの時間、料金を自分で設定してゆく。久しぶりにわくわくした。講師一覧を見ると英語講師は飽和《ほうわ》状態だったので、比較的競争率の低そうなフランス語に限定してレッスンを用意した。ネイティブの講師が人気であることは自明のことだったけれど、日本語話者から日本語ベースで外国語を学びたい日本人の生徒も一定数いて、その点については心配は不要だった。

あれから三年と五か月ほど経ち、微増と微減を繰り返しながらレギュラーの生徒が定着していった。わたしのレッスンを気に入ってくれる人たちが、わたしの暮らしを支えている。

「では先週の復習です。こちら発音してみてください」

リングノートをめくって、開いたページを web カメラに向ける。使いこんだノートはだいぶぼろぼろになってきている。

“J'ai soif”

Towaさんが画面に向かって顔を近づけ、目を凝《こ》らしている。

「ジェ……ソイフ」

生徒が見込んだ通りのミスをするというのは、教える側として相手の能力を正しく見立てることができているということを意味する。どこを補《おぎな》ってやればいいかすぐにわかるのもありがたい。

「Towaさん、惜しいです。“oi”は『ワ』の発音になりますから……」

「ジェ　ソワフ」

「そうですそうです」

「ああーそうだった、やだわあ」

Towaさんが口元を押さえて恥ずかしそうに笑う。頬骨の上に塗られた薔薇色《ばらいろ》のチークが、顔の動きと一緒に上に引っ張られる。

「ちなみに意味は覚えてます？」

「ええと……『暑い』」

「えっ」

「ああ、違う違う、あれだ、ええとほら……『喉が渇《かわ》いた』」

「そうです！　正解！」

少し大げさなくらいのテンションで褒《ほ》めつつ、「『暑い』は“Il fait chaud《イルフェショー》”でしたね」と言いながらすばやくノートをめくり、該当《がいとう》のページを開いて見せる。「喉が渇いた」と「暑い」をなんとなくイメージの連想から混同してしまう気持ちはわからなくもない。

　この時代にこんなアナログのレッスンについてきてくれる生徒というのは、本当にありがたいものだ。別ウィンドウを開いてスライドやwebデータを提示することもあるけれど、生徒のほうでも既存のテキストより講師との会話を通じて学びたいと希望している人が少なくない。なのでわたしの仕事の相棒《あいぼう》は専《もっぱ》らホワイトボードとリングノートだ。

「ではこちらは？」

　リングノートをめくり、「C'est super!」のページを見せる。品のいいTowaさんの顔が、品のよさを保ったまま画面に近づいてくる。

「セ……ス……」

「ちなみに意味は英語の〝スーパー〟そのままです」

「セ……スーパー……」

「ああ惜しい！　セ　スペーウ、って感じです」

「セ、スペール……」

「Rはラ行でもないし巻き舌にもならないので、ちょっと難しいですよね」

　Towaさんは今年で七十二歳になる女性だ。覚えが早いほうではないけれど、仕草や表情が上品で、まじめな生徒。こんな感想を持つのは失礼で不適切かもしれないけれど、とてもかわいらしくてレッスンのたびに癒される。

春先に配偶者を亡くし、ひとりの時間が大量にできたとき、昔から憧れていたフランスへ旅行するという夢を思いだしたのだそうだ。旅先で案内板を読んだり、現地の人と簡単な会話ができるようになりたいという目標はとてもまっすぐで、徹夜明けの朝日のようにまぶしい。

遠い昔に英語を習ったきりだというTowaさんとのレッスンは、アルファベットから始めて（フランス語では「Alphabet」と書いて「アルファベ」と読む）、いくつかの単語と簡単な文法を経て短いフレーズにまでたどりついた。スピードはゆっくりでも、まずは基本的な発音と、一レッスンで二、三程度のフレーズを覚えこんでもらえば充分だと思っている。本当はもっと細々《こまごま》とした文法や語法をみっちり教えたい気持ちもあるのだけれど、フランス旅行を目的とした人であれば、すぐに使える便利なフレーズの手持ちが早めに増えたほうが自信につながり、学びの楽しさが持続すると思うから。

「はい。そしたら今日は、とっても重要な動詞"avoir《アヴォワール》"についてやっていこうと思います。"avoir"は英語の"have"に相当する動詞で、使いこなせるようになることで表現の幅がぐんと広がりま――」

とてとてと小さな足音が近づいてきたと思ったら、右の肩がずんと重くなった。画面の小窓に映る自分の顔が、灰色の生き物に隠《かく》される。

「こら、グリ」

グリが肩に飛び乗ってきたのだ。

「ごめんなさい！　レッスン説明にも加筆したんですけど、ときどき猫が邪魔することがあって……」

「いいのよいいのよ。かーわいいわねえ、猫ちゃん。お名前は？」

Towaさんは目を細めて微笑み、画面に向かってねこじゃらしのように人差し指をくねらせている。とりあえずほっとしながら、半月でずいぶん重くなった猫を肩からべりりと剝《は》がすようにして床に下ろす。

仕事中はリビングの隅、グリのためのスペースに設置したキャットタワーで遊んだり昼寝したりしてくれていればいいのだけれど、動物にそんな都合のよいことは期待できないと思い知らされる日々だ。外で働く尊よりも在宅時間の長いわたしにグリは懐いていて、こうして仕事中にもやってくる。ロシアンブルーは孤独を嫌がる性質であると知って、扉を完全には閉めずにレッスンを行うわたしが悪いのだけれど。

グリに邪魔されたときは、そのぶんだけレッスンを延長することでお詫びとしている。それでもなんだか申し訳なくて、グリを飼い始めてからわたしは各レッスンの消費ポイントを10パーセント安く設定し直した。

この初級者向けレッスン「初めての楽しいフランス語」は、ひとコマ二十五分設定と五十分設定のもの、二種類を用意している。Towaさんは二十五分のほうを選択しているので、時間はあっという間だ。休憩なしでレッスンを進め、宿題を出して「A la prochaine《アラプロシェーン》（また次回に）！」と画面越しに手を振りあい、ZOOMから退室する。終わり際、Towaさんは「先生、お爪きれいね。ネイルアートって言うの？　とってもすてき」と褒めてくれた。衿子の結婚式に出るためネイルサロンで塗ってもらった、真っ白な雪原をイメージしたジェルネイル。

オフラインにしたらそこでひとコマ完了、とは講師はならない。すぐにサイトに戻って、今日の簡単なフィードバックをメッセージフォームに打ちこみ、「Towaさんに送信する。レッスンで扱ったキーフレーズや、間違えやすいポイントなどを簡単にまとめたものだ。もちろん、飼い猫がレッスンの進行を妨げたお詫びを書き添えるのも忘れない。

あくまで任意とはいえ、フィードバックを送るのと送らないのとでは生徒の満足度が全然違う。きっと自分が生徒の側だったとしても、送られてきたほうが嬉しいだろうと思う。

だから二十五分きっかりでレッスンを終えたとしても、前後のあれこれを含めると四十分近く費《つい》やすことになる。生徒ごとの指導スケジュールを立てたり、宿題を準備したりする手間もあるため、とても割のいい仕事とは言えない。

それでももう、会社勤めはしたくない。組織の中で居場所を確保しなければならない日々には、戻れない。わたしはマスゲームの中のコマのひとつにはなれない。

自分に似合っているのかよくわからないまま着続けているシャンパンゴールドの膝丈《ひざたけ》ドレスの上にカーディガンとコートを着て、薄暗がりの中を歩く。会場はホテルだからクロークくらいはあるのだろうけれど、参列者用の更衣《こうい》スペースが用意されているかどうかまではわからず、現地で簡単に着脱できるような恰好《かっこう》で家を出るしかない。

雨降りの六月よりはいいかもしれないけれど、十二月の披露宴というのもまた微妙なものだと思ってしまう。とにかく寒いから。

北風がコートの裾《すそ》をめくりあげるたび、ストッキングにハイヒールの足元から冷気が這《は》い上ってきて震えてしまう。美容院でセットしてもらった髪は、既にあちこちほつれている。今日のために美容院やネイルサロンで費やしたお金を思うと少しだけ胃がきゅっとなり、おめでたい日にふさわしくない感情を慌てて追い払った。

グーグルマップを頼りに会場のホテルにたどりついたときには、すっかり凍《こご》えきっていた。クロークに荷物を預けてふと目を転じると、男女別に用意された更衣室の案内板が立っていて、ちょっとばかり損したような気分になった。

ともあれ、身軽になってロビーの革張りのソファーに腰を落ち着け、ウェルカムドリンクとして供されたホットワインを口にすると、ようやく人心地ついた。まだ参列者は疎《まば》らで、会場への入口は閉ざされている。

早く帰ってベッドに潜《もぐ》りこみたい気持ちを意識の奥へ引っこめて、祝福ムードに心を浸《ひた》そうと努める。

ラグジュアリー感あふれるトイレで化粧と髪を直して出てくると、ちょうどロビーに人がわっと押し寄せてきたところだった。隣接する大聖堂のほうから移動してきたようだ。寒いね、寒かったね、でもすてきだったね。口々にささやき交わしながらソファーを埋めてゆく。ロビーはたちまち人の声とにおいであふれる。

ああ、そうか。わたしはようやく気づく。

彼らは、挙式から参列していたのだ。披露宴から招待されているわたしとは違って。このホテルへ向かっているとき、正装した人たちがもっとたくさん歩いているだろうと見込んでいたのにそうでもなかったのは、多くの参列者はもっと早くから大聖堂に集まっていたからだ。

気づけば披露宴の受付が始まっていた。こみあげてくる戸惑《とまど》いをどう扱えばいいのかわからないまま列に並び、ハンドバッグから御祝儀《ごしゅうぎ》の入ったふくさを取り出した。桃色《ももいろ》とすみれ色の中間のような色合いの、つやつやしたシルク素材の華《はな》やかなドレスを着た女性ふたりが受付に座っている。まるで双子《ふたご》のような彼女たちのひとりに御祝儀を手渡し、芳名帳《ほうめいちょう》に筆ペンで記入し、席次表を受けとって会場へ進む。

花嫁以外に知り合いのいない披露宴に出席するのは初めてだったものの、心細さはさほど感じずに済んだ。同席した衿子の同僚たちは気さくに話しかけてくれたし、サービス精神旺盛《おうせい》で人脈の広い衿子らしく参列者を飽きさせないプログラムや余興《よきょう》があれこれ用意されており、孤独を感じる暇もなかった。

それに料理。「グリンピースのムースと青野菜のヴィシソワーズ」とか、「ドーマン蟹の冷製ビスクスープ」とか、「金目鯛《きんめだい》のスチームとスキャンピのソテー」とか食べつけないものばかりで、わくわくしながら口に運んでは舌鼓《したつづみ》を打った。

家でひとり過ごしている尊の顔が自然と浮かぶ。今日は土曜日で、尊は早番シフトだった。今頃もう帰って、グリに餌《えさ》をあげて、ひとりで御飯食べたかかな。なにげなくハンドバッグに手を入れて、スマホに届いているメッセージに気づく。

『楽しんでるー？　こっちは冷凍御飯でチーズリゾット作りました。長岡《ながおか》さんによろしくね。もし可能だったらでいいんだけど、装花の写真撮ってきてもらえると助かる！　参考にしたいから』

尊らしさのあふれる文面に、くすりと笑ってしまう。ジュースや酒類を載せたトレイを持ったボーイさんが席に回ってきたので、シャンパンのグラスをもらう。

衿子は美しかった。純白のマーメイドドレスが、十一月に会ったときよりさらに引き締まった体によく似合っていた。プロの美容師にメイクを施《ほどこ》された顔はこれまでのどんなときよりも華やかで今っぽく整えられていて、それでもぴんと跳ねあがった眉尻は健在であることがなんだか嬉しかった。新郎はタキシードの上からでもわかるほど筋肉質で、その友人たちも同じようにマッチョで日焼けしている人ばかりだった。

桃色とすみれ色の中間のような色が、衿子の周りを蝶《ちょう》のようにひらひらと飛び回っていた。受付をしていたスタッフや、彼女たちとおそろいのドレスを着た女性たちだ。新婦のドレスの裾や髪の乱れを直したりグローブを預かったり飲み物のグラスを取り替えたりと、献身的に細々した世話を焼いている。なんだか大きな妖精《ようせい》たちがいるみたいだった。

「それでは皆様、いったんここで集合写真を撮らせていただきまーす」

衿子がお色直しに入る直前、写真タイムがやってきた。いつのまにか会場の隅が撮影のために整えられ、パイプ椅子や花が並べられている。その中央に新郎新婦が座った。両家の親たちがそれぞれの横に、親戚と思われる人たちがさらにその横に座る。

「はーい、カメラに向かって左側が新郎様のご友人、右側が新婦様のご友人になりまあす」

カメラマンの男性が、三脚の前で声を張る。シャンパンを呑みすぎてぽわぽわした気分になっていたわたしは、陽気な足取りでそちらのほうへ進んだ。新婦のすぐ後ろ側、つまり中央の目立つ位置に陣取る。手の込んだ衿子のヘアスタイルを真後ろから見下ろすかたちだ。

と、衿子がくるりとふりむいた。華やかなメイクに不釣《ふつ》り合いな、ドライな声が放たれる。

「あ、ごめん、そこブライズメイドだから」

え？　と、間抜けな声が喉から漏れた。

桃色とすみれ色の中間のような色合いのドレスに身を包んだ女性たちがこちらへやってきて、わたしはようやく意味を理解する。

彼女たちの後列に下がりながら、じわじわと顔に血がのぼってくるのを感じていた。

何度フラッシュが焚《た》かれても、一度強張《こわば》った顔の筋肉はもうほぐれることはなかった。


「おかえりー！　寒かったでしょ」

夫の開け放った扉の向こうに、住み慣れた部屋が広がっている。

「……え、奈穂？　大丈夫？　なんか顔色が」

とてとてと小さな音をたてて、ロシアンブルーの猫がやってくる。青いキリムの玄関マットの上で、夫と同じ角度に首を傾《かし》げてわたしを見ている。

「ごめん」

「え？」

「装花、撮れなかった」

「ああ、いいよいいよそんなの。俺もお願いするタイミング遅すぎたし。とりあえず風呂沸《わ》いてるから、温まってきたら？」

「……食べたい」

「え？」

「尊のチーズリゾットが食べたい」

もちろんいいよ、多めに作ってあるから。穏《おだ》やかに微笑まれて胸がいっぱいになり、鼻の奥がツンとした。グリを抱《だ》きあげてふかふかの冬毛に顔を埋《うず》め、そのまま深呼吸する。猫を吸う、というやつだ。

入浴の準備をして洗面所の鏡の前に立ち、美容院でセットしてもらった髪をほどいてゆく。Uピンにアメリカピンに細いヘアゴム。予想以上にたくさんのアイテムが、自分の頭からどんどん出てくる。次はいつ着ることになるかわからないドレスを脱ぐ。これはクリーニングに出さなければならない。また出費、と考えてしまうことに、もう罪悪感は覚えなかった。

退場の際にプチギフトとして渡されたバスボムの包装をぺりぺりと剝がし、湯船にどぼんと投げこんだ。溶けきるのを待たずにざぶんと身を沈める。ラベンダーの香りだというその球体は湯の中で溶けながら、シャンパンみたいに大量の気泡《きほう》を吐きだす。今日ブライズメイドの人たちが着ていたドレスみたいな色に湯が染まってゆく。その泡と香りに包まれていると、ようやく脳内に散らかっていた言葉がまとまり始めた。

なんなのよ、ブライズメイドって。「ヨーロッパの文化なわけでしょ」とは言わないんですか。信頼と親しみと結束感。素晴らしいですね。けど、わざわざあんなふうに優先度の違いを見せつけられるとなんか、鼻白《はなじろ》んでしまうんですよね。

どうやら、傷ついているらしい。人工的な色の湯の中で膝を抱えて、わたしは認めることにする。

自分にとって価値のない人間には、煩《わずら》わされることはあっても、傷つけられることはない。対等でない人間は、わたしを傷つけることはできない。でも、衿子は違う。

学校で毎日顔を合わせていられる日々とは異なり、卒業後も友達を続けるというのはエネルギーの要ることだ。互いに意識して定期的に連絡を取りあい、顔を合わせる機会を設けていかないと、友情はだんだんそれぞれの新しい人間関係に上書きされていってしまう。

地元から出ずに結婚した花音と、上京して大学卒業後に結婚した薫は、子育てという共通点を絆《きずな》にして高校のときよりも密に連絡を取りあっているようだ。そのこともあって、三年前に結婚したものの子どものいないわたしと独身の衿子は、距離を縮めたように思っていた。

都内で落ち合って映画を観《み》に行ったり、話題の店の情報を仕入れては食事をしに行ったり。友情の火が絶えないよう、互いに努めていると思っていた。たしかに近年、会う頻度はがくっと落ちていたけれど。

そっか。思えば、衿子と会うたび「友達がね」と、顔も知らない友達の話をされることも多かった。幼稚園時代から中学まで一緒だったという、幼なじみたちの話。きっとその子たちにブライズメイドを依頼したのだろう。高校の一年間だけ同級生だったわたしとは、最初から彼女の人生にとっての重要度が違ったのだろう。

バスボムが完全に溶けきって形をなくす頃、わたしの友情の小さな供養《くよう》も終わった。湯船からあがり、ラベンダーの香りを落とすように丁寧にシャワーを浴びてバスルームを出る。チーズやバジルの香りが漂っていることに気づき、急いで全身を保湿してパジャマに着替え、髪にドライヤーをあてる。アコーディオンカーテンを開けると、おいしいにおいはさらに濃厚になる。

熱々のチーズリゾットは、結婚記念日に高円寺で買ったベトナムの食器に盛りつけられていた。紅茶もちゃんと添えてある。目頭が熱くなり、涙がこぼれる前に慌ててスプーンを握った。

ひと口掬《すく》うと、チーズがどこまでも伸びた。にんにくが効《き》いていて、バジルやブラックペッパーが風味を引き立てている。わたしの大好きな、気取らない味つけ。

「……おいひい」

ダイニングテーブルの向かいに座った尊は、「無理して感想言わなくていいよ」とグリを撫でながら笑った。

贅沢なコース料理を詰めこんできたはずの体は、冷凍御飯で作られたチーズリゾットを歓迎した。ようやく正しい夕食をとった気がした。ヴィシソワーズもビスクスープもスキャンピのソテーも敵《かな》わない。

テレビデッキの脇に置いたポトスの鉢《はち》が目に入る。本物のポトスではなく、フェイクグリーンだ。

本物の植物であれば、どんなに大切に手入れしたっていつかは枯れて、捨てなければならない日が来る。でもフェイクグリーンは違う。本物じゃないからこそ、永く手元に置いておくことができる。

「あのさ」

「うん」

——これを言うのは、何か月ぶりだろうか。少しだけ緊張を覚える。

「夜さ、一緒に寝てくれない？」

尊はゆっくり瞬《まばた》きをしてからうなずいた。

「いいよ、もちろん。どっちの部屋にする？」

尊の部屋に行く、とわたしは答えた。

去年の記念日に贈り合った天然コットン１００パーセントのグレーのパジャマを着て、布団《ふとん》に潜りこむ。尊のにおいがする。布団も、この部屋も。

玄関を入ってすぐ右側にある尊の個室は、わたしの六畳間と広さは変わらないものの、物が少ないぶん広く感じられる。耐震処理のしてある本棚には、小説、コミックス、花関係の専門書。ペットボトルを挿して使うタイプの加湿器が、ライティングデスクの上でこぽこぽと小さな水音をたてている。目を閉じてその音を聞いていると、水族館のクラゲゾーンにいるような気がしてくる。

「消すよ。あ、本とか読む？」

照明から垂《た》れる紐《ひも》を握った尊に問われ、ふるふると首を振る。尊は軽くうなずいて紐を引っ張り、常夜灯《じょうやとう》のみにした。

布団の端がめくりあげられ、自分の枕を抱いた尊がわずかな冷気とともに入りこんでくる。わたしのほうを向いて横になる。ふたりで「門」の字の形になる。

尊の使っているメントール入りのシャンプーの香りが、鼻腔《びこう》にするりと流れこむ。シャンプーやボディーソープの類はめいめい好きな銘柄のものを使っているから、髪のにおいはおそろいではない。尊にも今、わたしのシャンプーが香っているだろうか。

普段はそれぞれの部屋で眠るわたしたちだけれど、年に何度か、こんな夜がある。まるで普通の夫婦みたいに同衾《どうきん》する夜。指さえ触れはしないけれど、誰かの気配を濃厚に感じながら眠りたいときがある。ふたりの距離が近づいたあのラブホテルの二時間を再現したい気持ちも、どこかにあるような気がする。

リクエストするのは、わたしからのこともあれば、尊からのこともある。祖父母が亡くなったときや、残酷《ざんこく》なニュースに接したとき。世界の不平等や不均衡《ふきんこう》に耐えられなくなったとき。

心の奥に抱えている小さな皿が、ぱりんと割れそうになったとき。

「しりとりとか、する?」

「しりとり」

尊の提案に吹きだしてしまう。

わたしたちは、よく言葉遊びに興じる。混雑したスーパーのレジや遊園地のアトラクションの長い列に並んだときなんかの、暇潰《ひまつぶ》しとして。それにしてもずいぶん久しぶりだった。

「なに縛《しば》りがいいかな」

「じゃあ食べ物縛りで。林檎《りんご》」

尊は決めていたかのように言って、間髪《かんはつ》を容《い》れずに始める。

「胡麻団子《ごまだんご》」

「ゴルゴンゾーラ」

「らっきょう」

「う……ういろう」

「鰻《うなぎ》」

「ぎ……銀杏《ぎんなん》……入りの茶碗蒸《ちゃわんむ》し」

「ちょっと、ずるい」

くすくす笑っていると、尊が安心するのがわかった。

こうしたかったんだ、と気づく。あの披露宴会場でも、帰りの電車でも。泣きたいほどの安《あん》堵《ど》が湧いてくる。

心臓の鼓動、胃腸が動くくるくるという音。森林のような尊のにおい。絶対的な安心感。

この人は、わたしを粗末に扱わない。

「うそうそ。じゃあえっと、餃子《ぎょうざ》」

「ザンギ」

「また『ギ』かよ！　えっと……ギ……あ、ギー！」

「え、ギー？」

「そう、ギー。バターオイルの一種の乳脂肪分」

「はいはい。でも『銀鱈《ぎんだら》』とか『ギムレット』とかあるのに」

「ちょ、敵に塩を送るなよ」

「ギーだったら、『イ』かな。じゃあ……石狩鍋《いしかりなべ》」

「べ……べ……べったら漬《づ》け」

「ケバブ」

「ああ、ケバブ食いてえ」

やさしい闇《やみ》の中で、ぼそぼそと言葉を交わし合う。尊の声は日中よりも低めのトーンで、魅力的だな、とわたしは思う。この声だけで尊に恋する人がいたとしても、おかしくないかもしれないな。集中力が落ちてきて、思考がぼんやりしてくる。

「ブ……ブ……ブルガリアヨーグルト」

「豆腐《とうふ》」

「奈穂はなんでそんなに迷いがないの？」

「だって食べ物縛りじゃん。生き物縛りとか地名縛りだったら頭使うけど」

「くっそー、地名縛りのほうが俺、楽勝かも。ええと豆腐ね、ふ……フカヒレ」

「レンズ豆」

「ちょ、『レ』ときたらレモンとか蓮根《れんこん》とかレーズンとか言っちゃって負けるのがセオリーでしょうが」

「知らないよそんなの」

「め……め……」

「あのさ」

「め……うん」

「レッスンで、小野田《おのだ》さんっていうおじさんがいるんだけど。四十代くらいの」

「うん」

「『Naho先生は恋人いらっしゃるんでしたっけ？』とかちょいちょい訊いてくるの。『旦那さんとラブラブ真っ盛りなんでしょうなあ』とか」

「うわあ、キモッ」

「キモいって思っちゃっていいよね？　顧客のことを悪く言うなんて講師として失格だろうけど……」

「いいんだよ、家庭でぼやくくらい」

「でも一応、お金払ってくれてる生徒なわけだし」

「夫婦間はノーカウントだよ。どんな国家機密だって、夫や妻にくらい漏らすでしょ」

「そういうもんかな」

「知らんけど」

「知らんのかい」

「けどさ、人間はやっぱりひとりでは抱えきれないように設計されているんだと思う。この世界はあまりにも複雑だし、大人になればなるほど重い荷物は増えていくでしょ。だからやっぱり誰かとシェアっていうか、支え合うために結婚ってものがあるんじゃないかな。いちばん最初に結婚制度を考えた人は、すごく弱くて脆《もろ》い人だったんじゃないかと思う」

「なるほどね」

さらさら。さらさら。手作りの焼き菓子の仕上げに振りかける真っ白な粉糖《ふんとう》のように、尊の言葉がわたしの上に降り積もってゆく。

「ありがとう、いろいろ」

「うん。めざし」

私と尊は、それぞれ独立した宇宙なのだ。引き寄せあってもけっしてぶつからない宇宙。

「『し』だよ、奈穂」

ごちゃごちゃ考えているうちに、瞼がじわりと重くなった。自分の体と寝具の境目《さかいめ》が曖昧《あいまい》になり、やがて眠りがわたしをとらえた。

夢も見ずに眠った。星の光に包まれているような心地で。


時計を見る。十四時四十四分。首を左右に倒すと、ゴキッと硬質な音がした。

小野田さんに"avoir《アヴォール》"の活用を叩《たた》きこんで、充実感を覚えている。一般企業の会社員だそうだけれど、土曜日のほかにも有休や代休をやりくりして平日の昼間にレッスンを受けてくれるのだから、大切にしなければならないと思う。多少の不快感は飲みこんで。

今日はあとひとコマだ。次のレッスンは十五時から。ふっと肩の力を緩《ゆる》めたとき、尊と眠った時間が蘇る。わたしのための平凡な平穏《へいおん》が。

あれほど心地のいい時間をくれる尊に添い寝してもらっても、触ってほしいとか体でつながりたいなどといった欲求は湧いてこない。そんな自分は世間から見たらやっぱり、どこか欠損《けっそん》があるのだろう。

検索をかければきっといろいろなことがわかってしまいそうで、自分を規定する言葉が見つかってしまいそうな気がして、わたしはまだ怖くてなにも動くことができていない。

自分のことをごく一般的な異性愛者なのだろうと、なんとなく思って生きてきた。高校生になっても彼氏どころか好きな人さえできないのは、単純に運やタイミングの問題だと思っていた。どうやら少し違うらしいと気づいたのは、高校三年生になった頃だった。

ふたつ下の妹の美穂が、高校に入学するなり彼氏を作った。四つ下の妹の里穂が、それをあたりまえのようにうらやましがることに驚いた。それだけではない。ふたりが両親のいないときにこそこそ話しているのを聞いてしまったのだ。「避妊はちゃんとしてるの?」「してるよ、当然じゃない」――。

あらゆる意味で衝撃《しょうげき》だった。妹がもうそんな経験をしているということ。交際と性行為はセットであるらしいこと。そして少女漫画にも恋愛映画にもぴんとこないわたしは、高一と中二の妹から恋愛話に入れてもらえない存在であるということ。

恋人同士なら、会えば性交をするのがあたりまえ。それは自分には到底なじめない文化だった。誰かを好きになることと、誰かに体を開くことは、まったく別物であるように思えた。

東京の大学に入学し、何度目かのクラスコンパでわたしを気に入ったらしい同級生を思いきって受け入れてみた。妹にできるなら、自分にもできるのではないかと思った。

求められるままに応じてみた結果、わたしは自分が絶対にセックスができないわけではないことと、しかし自発的にしたいと思うことはまったくないことを知った。わたしがデートに応じなくなると連絡は途絶え、夏休み明けには別の女の子と手をつないで歩く彼をキャンパスで見かけた。

「この人と個人的に親しくなるのは構わないが、終始プラトニックな付き合いでいたい」という態度は、許されないらしい。気が向かないかぎりは何年でも何十年でも性交しなくてもいい、という恋人関係は、世界に存在しないのだろうか。

それ以前に、わたしは恋愛というものがよくわかっていなかった。たとえ誰かを好ましく思っても、その温度を保ったまま一対一で付き合い続けたいという感覚はわからなかった。独占したいとかされたいとか、ましてや裸に剝《む》かれて抱かれたいという気持ちに発展することはない。その人が憂《うれ》いなく健《すこ》やかに暮らしていてくれれば、それでいい。

ときめきとか恋心とか、そんな実体のないあやふやなものを胸の中で熱心に育て、なんなら生活や人生まで賭《か》けてしまう人たちのことが、どうしても理解できずにいる。それゆえに、人を傷つけたり疎まれたりを繰り返してきた。

でも、尊は。尊には傍《そば》にいてほしい。恋愛も性愛も、自分と感覚がぴたりと合う奇跡のパートナー。尊がいなくなったら、わたしは本当に天涯孤独《てんがいこどく》だ。

——ああ、だめだ。

気持ちを切り替えたくなり、同時にひどく喉の渇きを感じて、机に置いてあるサーモマグに手を伸ばす。小野田さんのレッスンの前に淹れたブラックティーは、もうだいぶぬるくなっている。里穂の結婚式の引き出物だったそのサーモマグをつかんで、部屋を出た。グリはキャットタワーの中ほどで丸まっていた。

キッチンでお茶を入れ替える。食器棚の上に置きっぱなしのダンボール箱から、梨《なし》がほのかに青くさい香りを放っている。とびきりみずみずしくて甘酸っぱい梨。梨農園を営む妹一家から秋に送られてきたものの残りだ。

梨は大好きだ。けれど、その香りは胸を苦しくさせる。

もうずいぶん帰っていない実家のことをぼんやり思う。母や妹たちにはこの仕事のことは詳しく話していない。甘いだの、人生を舐めるなだのと難じられるに決まっているから。苦労や挫折をしなければ人は成長できないなどと、臆面もなく語る人たちだから。尊が今アルバイトの身であることも、伝えてはいない。そもそも、わたしたちが賃貸物件に住んでいることさえも快く思っていないのだ。

映画の舞台になったことでなにかと話題にされる茨城県下妻市で、わたしは生まれ育った。市の中心地の両側に河川が走り、自然豊かで公園も多く、空気の澄《す》んだ町だった。わたしは川遊びの大好きな野生児だった。いつも真っ黒に日焼けしていたし、爪には常に泥《どろ》が詰まっていた。

二歳のときと四歳のときに妹が生まれ、両親の興味やケアの対象が徐々にそちらへ移ってゆくのをいいことに、勉強よりも遊びに命をかけていた。思えばよく死なずに済んだなと思うほどの危険なこともしていたように思う。川遊びで子どもが溺《おぼ》れたニュースを目にするたびに、今でも震えあがってしまう。

母の家系が地主の一族だったこともあり、実家はやたらと大きな一軒家だった。現在のように開発が進む前は、近所の人に待ち合わせスポットにされることもあって恥ずかしかった。小学生の頃、クラスの男子たちに「石井んち、でかすぎるんだよな」と笑われてからは、コンプレックスになったくらいだ。

実家から少し離れた場所に住む母方の祖父母は、梨の生産農家として地元では有名で、子どもの頃はわたしもよく広大な畑に遊びに行っては授粉や摘果《てきか》を手伝わせてもらった。優良な品種は評判が高く、梨の研究者や県内外の梨生産者が見学に来たり、メディアが取材に来ることもあって、そんなときは子どもながらに誇らしさを覚えたものだった。

つくばエクスプレスが中学一年のとき運行を開始し、映画でも取り上げられたジャスコが高校三年のときイオンになった。利便性とひきかえに人々ののどかさのようなものが失われたようにも感じたけれど、買い物や交通が快適になったのはやっぱり嬉しかった。

コロナ禍の始まる少し前、祖父が他界した。わたしはそのとき、東京で社会人四年目の秋を迎えていた。

母方の親戚たちも父もごく一般的なサラリーマンで、農家を引き継ぐ気概《きがい》と覚悟と条件を併せ持つ者はおらず、梨農園は存続の危機に晒された。繁忙期や台風の前後にはアルバイトを雇《やと》ったり母や親戚が手伝ったりしてきたものの、経営の担《にな》い手が祖母だけではとても回らない。

そんな折、救世主となったのが妹夫婦だった。二歳下の妹美穂はその年の春に結婚したばかりで、夫婦はしばらく水戸《みと》市で暮らしていたのだけれど、祖父の葬儀の翌月に突然義弟が「梨農園を引き継ぐ」と宣言したのだ。会社に希望が持てず、都会の空気も合わなくて転職先を探していたのだという。

なんだか自己実現の道具にされてはいないか。農業ってそんなに甘いものじゃないのではないか——。

周囲の誰もが不安視する中、妹夫婦は祖母を助け、すんなり梨農家の跡取《あとと》りにおさまった。

祖母宅を増築して同居を始め、年間の生産スケジュールと発生する業務を洗い直して、人材配置の効率化を図《はか》った。ホームページを手入れし、SNSを駆使《くし》して、老夫婦ではカバーしきれなかったプロモーション面にも力を入れた。「若い力が梨農園の存続の危機を救う」といういかにもメディアに好まれそうなエピソードは、やはり地元のテレビ局や新聞社の食いつきがよく、新たな販路《はんろ》の呼び水となった。

その翌年には四歳下の妹里穂が二十三歳で結婚し、夫婦で梨農園経営に加わった。田舎というのはどうしても結婚が早くなりがちだけれど、それでもずいぶん早いと感じられた。

「美穂姉のとこと同じように、おばあちゃんを助けてくれる人を選んだの」

両家の親族が顔を合わせた結納《ゆいのう》の席で、そう言ってにっこりと微笑んだ里穂をなぜか怖いと思ったこと、その感情を誰にも悟られまいと思ったことは、今でもひた隠しにしている。

甥《おい》や姪《めい》が次々に生まれる中、どんどんシステマティックになって発展してゆく梨農園を、わたしはほぼノータッチのまま見ていた。経営に関《かか》わってくれる夫を持つどころか結婚の気配すらなく、東京で漫然《まんぜん》と暮らし続けるわたしに、家族が冷ややかな目を向けていることは知っていた。意地でも下妻に帰る気はなかったけれど、あのまま独身でいたらさらに風あたりが強くなっていたことは想像に難《かた》くない。

わたしにだって、結婚を希望してくれる相手がいた時期がある。もしかしたら自分にもそれが可能なのかもしれないと思ってみたりもした。けれど彼との交際期間は、自分が普通の結婚に向いていないことを確認するための時間となった。

きっと一生独身を貫《つらぬ》いていただろう。尊と再会しなければ。

わたしと結婚することになるなんて、尊のほうでも夢にも思わなかったことだろう。高校時代にたった一度、ラブホテルで過ごしたわたしたち。三年前にあの再会がなければ、卒業後のふたりの人生は一生交わらないままだったと、確信を持っている。

地元の公立中学から公立高校に進んだわたしは、三年生のとき理系クラスのひとつに振り分けられた。理数科目が好きだったし、祖父母の梨農園のこともあって、農業工学を学べる大学に進もうとなんとなく考えたのだ。

そのクラスで、塩崎尊と同級生になった。

最初の頃の印象は淡い。教室という狭い社会では、どうしたって目立つ者とそうでない者が明確に分かれる。尊もわたしも、どちらかというとあまり目立たないタイプだった。正確に言えば、あまり目立たないように心がけているタイプ。

男女一名ずつで組まされる委員会活動で、わたしたちはじゃんけんで負けて美化委員になった。「美化」というとなんとなく聞こえがいいけれど、つまるところは清掃係だ。割り当てられた日に校庭周りのごみ拾いをしたり、ごみステーションで自分のクラスのごみを分別したり、清掃用具をチェックしたり。トイレ掃除もあった。今思えば、業者を雇えばいいのにと思うような地味で気の滅入《めい》る仕事ばかりだった。

最初の委員会活動の時間に、初めてまともに顔を合わせた。ほかの男子と違ってがさがさした粗野な印象がなく、覇気《はき》はないけど不思議と居心地がいいなと感じたことを覚えている。必要最低限の会話しかしなくても、ちっとも気づまりではなかったから。

校内の掲示物の剝がれがないかをチェックして回るという比較的楽な仕事のとき、初めて長い会話をした。委員会活動についてのちょっとした愚痴《ぐち》に始まり、流行っている音楽や漫画についてなど、たわいもない話題だったと思う。

彼の背があまり高くないため視線が合わせやすいことになんだか安心感を覚えて、それに会話のテンポが妙に心地よくて、女友達と話すときのような気安い空気感が生まれた。それ以降、週に一度の委員会活動が苦ではなくなった。ちょっとした癒しの時間ですらあった。緊張も警戒もしないで済む男子というのはそれくらい貴重な存在だった。

受験学年である三年生は二学期の半ばで活動を免除され、わたしたちはただのクラスメイトに戻った。三人姉妹の長女であるわたしは両親から「国公立に受からなかったら就職して」と半ば脅《おど》しのように言い含められていたため、苦手科目を作らないようにするのに必死だった。あとから聞いたところによれば、私立大学に進んだ兄を持つ尊のほうも同じような理由で追い詰められていたらしい。

「受験生リフレッシュイベント　星空を見る会」という、今思えば怪しさ満点の企画にたやすく乗っかったのは、精神的に疲労がピークに達していたせいだろう。

年上のきょうだいを持つ同級生数名が企画したイベントだった。それぞれの親には「ファミレス勉強会」と伝え、実際にファミリーレストランに集まって食事をするところまでは普通だった。参加者は男女合わせて十名程度で、その中に尊もいた。

食事が終わると、数名の同級生が兄や姉を呼びだした。やってきた三台の車に分乗した。わたしはクラスの委員長の女子と副委員長の男子、それに尊と一緒に白いボックスカーに乗った。

子どもの頃よく遊んだ川沿いで星を見るはずだったのだけれど、車はそのまま国道125号を筑波《つくば》方面に進み、気づけばラブホテルの点在するエリアまで運ばれていた。

え、え、え、と心の中で困惑の声を発していたのに、ささやかなプライドが邪魔をして、妙に物慣れたふうな顔を作ってしまった。わたしには昔からそういうところがあった。動揺を隠すためについ、へらへらしてしまう。一種の防衛本能なのかもしれない。

ほかの二台とは違うホテルの前で降ろされると、クラス委員コンビが先に手を取りあい、すたすたと自動ドアの奥へ入っていった。車は走り去り、わたしたちは星空を霞《かす》ませるほど明るいネオン看板の前に呆然《ぼうぜん》と立ち尽くした。ウシガエルの鳴く声がした。

「え、ど、どうする?」

尊が弱りきった声で問いかけてきた。「帰ろうか」と言われたら帰るつもりだった。でも、「どうする?」は選択肢《せんたくし》を残した問いかけだった。

セックスなんかしたくないけど、あなたと過ごすことは嫌じゃないよ。それを伝える必要があった。この人には、望まぬ行為を強要されることはないだろう。美化委員としてともに活動した時間は、それを確信させるのに充分だった。

だから「とりあえず入ろっか」と言ったのだ。できるだけ、さりげなさを心がけて。

尊

めやすき人なめり。

そのフレーズを、なぜだか時折思いだす。教室のカーテンから差しこむ日差しのまぶしさと一緒に。

高校三年生だった。白髪《しらが》の目立つ天然パーマの髪とまんまるなレンズの眼鏡《めがね》が印象的な初老の女性教師が担当していた古文、その授業で扱われた『源氏物語《げんじものがたり》』。

俺は古文も漢文もついでに現代文もまったく得意ではなかったけれど、古《いにしえ》の時代と現代との境目がゆらゆらと曖昧になる古典作品を学ぶのは嫌いじゃなかった。

その時期、自分にしては運よく窓際の席をゲットしていて、はちみつ色のカーテンから差しこむあたたかな日差しでたびたび頭がボワーッとなった。でも前の席に座っていた奴《やつ》が先に居眠りしているのを見ると自分は意識が冴《さ》えて、上体をゆっくり揺らしながら喋《しゃべ》る先生の声がするする入ってきた。

髪ゆるるかにいと長く、めやすき人なめり。

閉じこめておいた雀《すずめ》の子が逃げてしまって悔《くや》しがる少女に寄り添う年配の女房《にょうぼう》を、垣根《かきね》からのぞき見る光源氏《ひかるげんじ》の視点で描写したものだ。

稀代《きだい》のプレイボーイである光源氏が、まだ年端《としは》もゆかぬ少女、後の紫《むらさき》の上《うえ》を見染《みそ》める「若《わか》紫《むらさき》」のくだり。なんというロリコンかとドン引きしたからよく覚えている。その脇にいる大人の女性の容姿まできっちりジャッジしていることにも。

「『めやすき』は『めやすし』、つまり『見やすい』の意味です。人に対して使われるときは、見苦しくないとか、感じがよいとか、そんなニュアンスですね」

終始穏やかなトーンで続けられる解説に、寝落ちする奴は続出した。授業の終盤は、顔を上げている者のほうが少ないくらいだった。

光を反射して真っ白に見える教科書と、制汗デオドラントのにおい。白髪交じりの髪をかきあげる先生の仕草と、黒板に書かれた美しい文字。

そうした諸々《もろもろ》と一緒に頭に入ってきた「めやすき人なめり」が、奈穂にぴったり当てはまる表現だと思い始めたのは、その頃からだ。

進路別にクラス分けされた三年生で、初めて同級生になった。石井奈穂。じゃんけんで決められた委員会選出で同じ美化委員になり、最初の活動の時間に一緒に教室を移動しながら初めてまともに顔を見た。

あ、「めやすき人」だ。

反射的にそう思ったけれど、もちろん口にはしなかった。

特別な美人というわけではない。男子にしては小柄な俺よりさらに小柄で、目を引くようなスタイルでもない。けれど、嫌みのない顔立ちや化粧の施されていない健康そうな肌、きれいに梳《す》かされた肩までの黒い髪や加工されていない制服が、どこにも見苦しさのない「めやすき」雰囲気を作りだしていた。

そのときどんな会話をしたのか、あるいは沈黙したまま移動したのか、細かいことはほとんど覚えていない。ただ、奈穂が胸に抱えていた筆記用具やノートが色鮮やかで、花束みたいに見えたことは印象に残っている。

ひとつだけ、よく覚えている会話がある。

何度目かの活動の時間だった。校内に貼りっぱなしの古い掲示物を剝がして回るという、美化委員の活動としては比較的楽なものだった。各クラスの委員がペアになり、割りあてられたエリアを回っていた。

黴《かび》くさい校舎の片隅で、褪《あ》せた交通安全ポスターの四隅に刺さった画鋲《がびょう》を引き抜いていたとき、俺はなんとなく話しかけていた。

「石井さんは、怖いものってある？」

それはきっと、「注意すれば防げる！　怖～い交通事故」だとかなんとか、怖さについての標語が書かれていたからだと思う。何代も前の先輩によって描かれた、制服姿の男女が万歳《ばんざい》のポーズで車に激突しているイラストがちっとも怖くなかったので、思わず口走ったのだ。画鋲のぎっしり詰まったケースを持って横に立っていた奈穂は即答した。

「あるよ。人文字とか地上絵とかを航空撮影するやつ。あとマスゲームとか、外国の軍事パレード」

あ、同じだ。あのときそう思ったんだ。

生き物として自発的に動くことが許されないものが、俺も小さな頃から怖かった。幼稚園のお遊戯《ゆうぎ》の練習で、腕を振り上げる角度を先生に何度も修正され、悔しさと息苦しさに身を震わせた。社会主義国家の軍事行進をテレビで見るたび泣く子どもだったと、母に教えてもらわずとも記憶していた。自分の中でことさら意識して言語化したことはなかったから、奈穂が口にしてくれたことがよけいになにか、清涼感のあるタブレットを飲みこんだような気分をもたらした。

まさかその数か月後に奈穂と一緒にラブホテルに入ることになるなんて、そしてその十年後に結婚することになるだなんて、いったい誰が予想できただろう。

一度も体の関係を持たずに夫婦をやってゆくことになるだなんて。

「いやあ、すごいんすよ」

野太い声に、現実が体の中に引き戻される。

「仲卸《なかおろし》業者さんのブースが長い通路にずらーっと横並びになってて、奥のほうなんか全然見えないくらいなんすよ。花はもうこの世の花が全種類あるんじゃないかっていう勢いだし、花瓶とか包装資材なんかの充実してる店もあって、本当にもう圧倒的で」

「……へええ、そんなすごいんですか」

ダリアの茎《くき》をカットしていた俺は、フローリストナイフを持ったまま相槌《あいづち》を打つ。店長の添田さんは、午後の業務に備えて更衣室で仮眠をとっている。

「いやあ、めっちゃ貴重な経験だったっす。二時起きした甲斐《かい》がありました」

興奮気味に喋っているのは、同僚の熊倉《くまくら》さんだ。今日、早朝から店長に同行して市場に仕入れに行ってきた彼は、その初めての経験を熱っぽく語っている。

熊倉さんはこの店が「添田生花店」だった頃からの古参《こさん》アルバイトで、花のことも業務のことも添田さんのことも、アルバイト仲間の中では誰よりも詳しい。ホテルの催事やレストランの活《い》け込みなど、大きめの仕事で添田さんの代理として動けるのは熊倉さんだけだ。

自分よりいくつか年下でまだ二十代後半のはずだが、体格がよく知識も経験も豊富な熊倉さんに、俺は敬語と失礼のない態度を崩さずに接している。本当は、年下に強気に出られない自分が少し歯痒《はがゆ》くもあるのだが。

この店は店長の添田さんが個人事業主として経営していて、俺たち従業員は全員アルバイトだ。定休は木曜日。営業時間は十時から十九時まで。準備や片づけにどうしても時間がかかるので、早番は八時から十五時まで、遅番は十三時から二十時までというのが基本のシフトになっている。

そして最近、「幻《まぼろし》のシフトと呼ばれていた「超早番」が復活した。朝の三時から十時まで。花の仕入れ日に、店長と一緒に市場へ行くためのシフトだ。

この何年か、添田さんはひとりで仕入れに行っていた。けれど最近、取り扱う花の種類が増えたことや、自分の身に万一のことが起きた場合を考え、仕入れ業務のできるアルバイトを育成することにしたらしい。

「塩崎さんも行くんすか？　仕入れ」

添田さんが寝ているバックヤードのほうに確認するような視線を投げてから、熊倉さんは顔を寄せてたずねてくる。

熊倉さんの意図はわかる。俺が添田さんに打診《だしん》されたのか否《いな》かを確認したいのだ。

人あたりがよくてリーダーシップもあって明るい彼が、この職場のナンバー2の座を誰にも譲るまいという固い意志を持っていることは、従業員の誰もが知っている。フラワーコーディネーターの資格も持っているという。だからといって特に待遇は変わらないらしいのだが。

熊倉さんの生ぬるい息が頬のあたりに吹きかかるのを感じながら、「ううん、ちょっとまだわからないですね」と曖昧な顔を作ってやり過ごす。仕入れになんか行く気はないが、それを明言するのもなんだかためらわれた。

もうすぐ十時だ。開店までに、店長が仕入れてきた花をすべて水揚《みずあ》げし、その日の注文分の花束をすべて作っておかなければならない。早番はこういうのがプレッシャーだけれど、超早番の人には敵わない。俺にはとてもできない。午前二時に起きて三時に出社するなんてありえない。こんな俺のことをライバル視する必要なんて1ミリもないのだ。

まだなにか言いたげな熊倉さんが唇を開いたとき、添田さんが起きだしてきた。この人はいつも眠りたい時間だけをきっちりと眠ることができる。その恐るべき睡眠コントロール力を分けてほしいものだといつもうらやんでしまう。

店長の添田さんにはシフトのようなものはなく、仕入れ日である月・水・金曜日はほとんど丸一日ぶっ通しで働いている。ほんの一時間ほど仮眠を挟んだだけで。

「ああ花束できてる、ありがとうね」

「堤《つつみ》さんのやつ、こんな感じでいいっすよね」

「うん、ばっちりばっちり。そのダリアいい色でしょ、アクセントになるよね」

「堤さん、ダリアお好きですしね」

十時五分前になったらシャッターを開ける。入口のドアを開いて固定し、鉢植えの花たちを表に出す。北風がまともに吹きこんできて、思わず身震いする。

先週末くらいからがくんと気温が下がって、本格的に冬が始まった。花たちを傷《いた》ませないよう、店内は暖房を入れることができない。花屋で働く人間にとって厳しい季節の到来だ。とにかく重ね着とカイロで乗りきるしかない。

先端が鉤型《かぎがた》になった棒で、庇をくるくると張りだす。冬の陽光に照らされた商店街の、両隣や向かい側の店の人たちの存在を確認する。挨拶《あいさつ》を交わすことはほとんどないが、目線で互いにいたわり合っている気がする。どんな業界だって、客商売というのは大変なものだから。

「熊倉くん、もう時間でしょ。お疲れさま」

添田さんの声がかけられる。開店準備が済んだら、超早番の退勤時刻だ。寝不足のはずの熊倉さんは、それでもレジ内の小銭《こぜに》とお札をチェックしたり、ディスプレイを直したりしながら居残っていた。定時になったらさっと帰ってくれたほうが、後輩たちにとって働きやすい環境になるのだが、この人はそれがわかっていない。悪い人ではないのだけれど。

こんにちはあ、という品のよい高い声が、開店したばかりのフラワーショップそえだに響き渡った。堤さんの白髪頭が、ディスプレイされた花々の間からのぞいている。

「いらっしゃいませー。できてますよ」

「まあまあ、すてき」

まるでカラー補正したかのように鮮やかなレッドパープルのダリアをメインにあしらった小ぶりな花束を、堤さんは宝石に触れるかのような手つきで受けとった。

堤さんはうちの常連客で、定期的に花束を予約してくれる。推《お》しの演歌歌手のコンサートがあるたびに、この店で買った花束を持参するのを習慣にしている、ロマンチックなおばあさんだ。既に来月ぶんまでのコンサートの予定表を渡してくれており、俺たちはそれに合わせて花束をこしらえる。

受けとりの時刻を過ぎても来店しない人も珍しくないことを思えば、きっちり開店と同時に取りに来てくれる堤さんは良客だ。花束の構成についても面倒な注文はせず、ただ「明るいイメージで作ってちょうだい」とだけ希望するので対応しやすい。花束をオーダーする客の中には、「あんまり見ないような珍しい花を入れて」だの「値段は安く、高見えするようにして」だのと注文をつける人も多いのだ。まあ、それはそれで作りがいがあったりもするのだが。

これからコンサートへ向かう堤さんの、仕立てのよさそうなツイードのコートに包まれた体が商店街の奥へ消えてゆくと、ようやく熊倉さんがタイムカードを切った。お先に失礼しまあすと声を張りあげて、エプロンをむしり取りながらバックヤードへ下がってゆく。店内が急に静かになった気がして、俺は手を動かし始めた。今朝《けさ》仕入れた花の水揚げや店内の清掃は済んでいるものの、ほかにもやることはいくらでもある。バケツの水を取り替えたり、本日のおすすめ花材を使ったミニブーケを作ったり、ラッピングペーパーや備品をチェックしたり――。

「やっぱり誰か連れていくとおもしろいね、仕入れって」

いつのまにか隣に来ていた添田さんが言った。店頭の花に足を止めているお客さんがいるのに、接客もせず私語を始める。

「……そうなんですか？」

「そうなんだよ。熊倉くんってさ、うちの規模に合わないダイナミックなの買おうとしたりするの、南国系のグリーンとかさ。止めるの大変だったよ」

くっくっと小さく喉を鳴らして、ちっとも大変ではなさそうに添田さんは笑う。笑いながら、すくいあげるような視線を俺に向ける。

「塩崎くんは、さ」

うわっ、この流れは――。

やっぱり俺に水を向けるのか。心の中で思わず呻《うめ》いてしまう。

「市場行くの、やっぱり興味ない？」

出た。この前打診されて、きちんと意志を伝えたのに。「早起きが著《いちじる》しく苦手なんです」と丁重《ていちょう》に断ったのに。

「や、興味ないとかじゃなくて……」

痒くもない首の後ろをぼりぼり掻《か》きながら、適切な言葉を探す。すごく苦手だ、と思う。他人に期待をかけられて、しかも断らなければならない状況が。

母親ほどの年齢の女性がふたり、軒先《のきさき》の鉢ものを見ながらなにか言い合っている。ほら早く接客しなくちゃ、ねえ、添田さん。

「大変そうなイメージがあるかもしれないけどさあ、別にねえ、難しいこととかあるわけじゃないんだよ。事前にある程度品定めしてから行くし、基本的には付き合いの長いなじみの業者さんのところ回るから。もちろん意外な花との出会いもあったりしてほんとにおもしろいよ」

「ええ、ええ」

「当日の朝はあたしがモーニングコールで起こしてあげるからさ。いや奥さんに悪いか。あははは」

ああ、やっぱりこれを言うしかないのだろうか。

「……あの、おもしろそうとは思いますし、市場も見てみたいんですけど……俺、昔の会社で、不規則な就労時間で体壊したことがあって。やっぱりあれ思いだすと無理はできないっていうか。すみません」

錦《にしき》の御旗《みはた》のごとく体調管理上の不安を掲げてしまう。添田さんは瞬きを速くしたあと、こくりとうなずいた。

「……そっか……そうだよね」

「そうなんです。ほんとすみません」

気づまりな空気に押し潰されそうになったとき、鉢ものを見ていた客が心を決めたように店内に入ってきた。添田さんがようやく接客モードに切り替わり、テレビのスイッチを入れたようにぱっと華やかな笑顔になって近づいてゆく。でもその横顔は、どこか繕《つくろ》っているように見えた。

「ピンクのポインセチアってあんまり見たことなくて……」

「お目が高いですー、ピンクや白って赤ほどポピュラーじゃありませんよね！　クリスマスには売り切れてることも多いので、早めのご用意が大正解ですー」

接客する添田さんの声が少し無理をしているように聞こえて、胸が痛む。しかしどうすることもできない。

本当はわかっている。添田さんは、俺にもっとがりがり働いてほしいと思っている。熊倉さんみたいに優秀で強力な、自分の右腕になってくれるような、「使える」人材に育てようと思ってくれている。事業を法人化するつもりらしいという噂も伝わってきている。添田さんは、俺を必要としてくれているのだ。

でもその気持ちは、俺には迷惑だった。

「わかるよ」

湯呑みを口から離し、奈穂が言う。

「期待されると重いし、応《こた》えられないせいでなんか気まずくなるのも嫌だよね」

「そうなんだよ」

自家製林檎酒をお湯割りにして呑みながら、添田さんの言葉から感じるプレッシャーについて聞いてもらっていた。白樺《しらかば》を模《も》したプラスチックのクリスマスツリーがテレビデッキの上でちかちか光っている以外は、普段の日曜の夜と変わらない。

さっき平らげたチキンやピザのにおいが、まだ空中を浮遊している。ファミレスの持ち帰り用クリスマスディナーセットというのが内容の豪華さのわりにお得だと知って、自転車でさっと買ってきたものをふたりで食べたあとは、いつもの自宅呑み会へとなだれこんでいた。

グリにはいつもより豪華な飯《めし》を与えてある。酒のにおいをぷんぷんさせているせいか、あまりこちらへは来ない。満腹になったあとはキャットタワーで遊んだり、このリビングと隣接する奈穂の部屋をちょろちょろ出入りしたりしている。

「スキルアップとか、キャリアアップとか、社会人やってるかぎりはどうしても求められるものなんだなって。あんな小さな店でもさ」

俺には上昇志向はない。このままずっと、フリーターでいたい。重要な役割など与えられたくない。仕事のための人生なんてごめんだ。そこそこ働いてそこそこ楽しく過ごせれば、それでいい。宝くじがどーんと当たったり高級車をプレゼントされたりしなくていいから、このささやかな幸せを守りたい。

俺のこんな思想は、簡単に他人には話せない。ばりばり仕事して、常に過労気味で、口癖《くちぐせ》は「しんどい」「きつい」。男ならそれくらいが普通だという認識が世の中にはあるから。口では嘆きつつも充実感に目をきらきらさせている集団に、俺はなじめない。

だからこそ、奈穂という存在は救いそのものだった。

「次は桃酒にしようかな」

立ち上がってキッチンに進み、シンクの下の扉を開く。暗がりの中にガラスの密封容器がずらりと並んでいるさまは、学校の理科室の戸棚を思わせる。

奈穂は果実酒をつくるのが趣味で、氷砂糖とホワイトリカーにさまざまな果物を漬ける。梅、桃、林檎、パイナップル、苺《いちご》、金柑《きんかん》、すもも。イチジクのときだけは「失敗した〜」と嘆いていた。

ビールより果実酒や甘いカクテルが好きな俺には、最高の環境だ。それに——俺の周囲がたまたまそうだったのかもしれないが、男ばかりだとどうしても「とりあえずビール」に始まり、バリエーションときたら焼酎《しょうちゅう》か日本酒くらいのものになりがちだ。「梅酒ソーダが呑みたい」なんてとても言いだせない。

呑みかたの汚《きたな》い奴がばか騒《さわ》ぎしても、耳を塞《ふさ》ぎたくなるような下ネタが繰り広げられても、場の空気を読んで不快感をこらえてしまう。ただおいしい酒や料理を味わいながら会話を楽しみたいだけなのに、ほかのことに心を砕《くだ》かなければならなくて気疲れしてしまうのだ。

ほかの瓶より濁りの強い桃の酒の瓶を選び、シンクに載せる。林檎酒のお湯割りで体が充分温まったから、次はロックにしようか。グラスに氷を落とすと、硬質で澄んだ音が響いた。杓子《しゃくし》で酒を掬って注ぎ入れ、埃《ほこり》や雑菌が入らないように瓶の蓋《ふた》を固く閉める。奈穂はすぐ菌がどうのと言うので、最近では俺のほうが神経質になっている節《ふし》がある。

友達と結婚してよかったことのひとつに、こうしていつでも気軽に自宅呑み会を開催できることがある。終電の時刻など気にせずに。ああ、最高だ。我が家でいちばん高い家財であるソファーにどさりと身を投げだして、グラスに口をつける。桃の甘さと氷の冷たさがじわじわ脳に到達するのを楽しんだ。

「やっぱり奈穂のつくる酒は美味いなー。配合が絶妙なんだろうね」

アルコールが舌をいくぶん軽くする。

「美味い酒もつくれるし、フランス語もぺらぺらだし、奈穂はすげえなあ。まじリスペクト」

言葉が宙に浮いたままになっている気がして、リアクションのない奈穂を見遣《みや》る。小さな手で湯呑みを包んだ奈穂は真顔でうつむいていた。

「……そんなことないでしょう、わたしなんて」

かすれた声でぽつりとつぶやく。

たしかにほろ酔いではあるが、場当たり的なリップサービスというわけでもない。奈穂はすごいと、本当にいつも尊敬している。誇りに思っている。

「なんだよお、そんな卑下《ひげ》して」

「わたしなんかなにもできないよ。旅行もしないし、運転もしないし、子どもも産まないし」

突然出てきた子どもという単語にぎょっとする。

「なにそれ、なんで急に。どした」

「いや、やっぱ褒められると嬉しさより違和感が先に立ち上がっちゃうというか」

だからなんで。重ねてたずねようとして、はっとなる。

「『奈穂になにができるの？』って言われたの、どうしても思いだしちゃうんだよね」

俺が口にする前に、奈穂は話し始めてしまう。

「くらったつもりじゃなかったんだけどな」

大きなトラウマになっている過去については、ざっくりとだが共有しあっている。どちらかが急に落ちこんだり様子がおかしくなったりしたとき、支える側のヒントになるように。ネガティブな思考の根源にあるものを、パートナーとして把握しておくために。

だから知っている。奈穂に呪いの言葉を吐いた男がいることを。そして俺にも、そんな言葉をぶつけた相手がいる。

「最初は純粋に相手を好きになって告白して、それでうまくいって付き合うことになったとしてもさ、一緒に過ごせるのがあたりまえになったら相手に付加価値みたいなものを求めちゃうんだろうね。せっかく時間やお金を費やして一緒にいるんだから少しは役に立て、みたいなことなのかな。特に結婚とか意識し始めたら、女は元気でぽこぽこ子ども産むことがあたりまえに期待されてて、それができそうにないと『なにができるの？』って言われちゃうんだなあって」

「そんなやつ――そんなやつ、いつか周りから見限られるよ。損得勘定《かんじょう》でしか他人と向き合えないやつなんて心が貧困なんだよ、成熟した大人じゃないよ。ほんと引きずることないよ」

「わかってる。でもたまにくるんだよね、ズシンって。ああ腹立つ」

いくらかふっきれたように笑って、奈穂も酒をお代わりしにキッチンへ向かった。

さっきから短い振動を繰り返しているスマホを、ソファーの端から引き寄せる。グリの顔写真をアイコンにしている星夜からの、どういうこともないいつもの爆撃メッセージに交じって、兄の衛《まもる》からのものがあった。

『メリークリスマス！　我が家はサンタクロースから第三子というプレゼントをもらいました！　予定日は来年のフジロックの頃です。ひゃっほう♪』

こういうのは、既読をつけておきながら返信のタイミングを逃すとあとで気まずいことになる。星夜に影響されたように派手なスタンプをすばやく選んで並べ、「すげえ！　おめでとう！　楽しみ！」と高速で打ちこみ、奈穂が戻ってくる前にスマホを伏せた。我ながら、その早業《はやわざ》に笑ってしまう。今はこのニュースを共有するタイミングではない。

奈穂と俺には、子どもは生まれない。体の関係を結んだことはなく、これからも結ばない。ラブホテルで過ごしたことなら、一度だけあるけれど。

わざとらしいほどネオンがまぶしい、あの田舎のラブホテル。俺たちを運んできたボックスカーは走り去り、クラス委員コンビが先にすたすたと入っていったので、俺たちは夜空の下に取り残された。

「え、ど、どうする？」

俺の声は、とても情けないものだったと思う。実際、膝が震えていた。奈穂は落ち着き払っていた。少なくとも、俺にはそう見えた。

「とりあえず入ろっか」

さらりとした口調で、そう言った。嫌そうでも嬉しそうでもない、ただ目の前の事象を受け入れようとする者の声だった。

娯楽の少ない田舎町では、興味や好奇心のベクトルが異性に向かいがちだ。高校三年生のその時点で未経験だった俺は、クラスでは珍しい存在だという自覚があった。そのことを恥じていたわけではないが、まったく焦《あせ》りがなかったと言ったら嘘になる。あの年頃は、「人並みでいたい」という思いが誰の胸にも共通して抱かれているものだと思う。

かくして俺は、石井奈穂と一緒にラブホテルのドアを開いた。

なにもかもが初めてで、入室システムさえわかっていなかった。照明を絞られたロビーには部屋の内部の写真がパネルになったものがずらりと並んでいて、空室のもののみが点灯《てんとう》していた。部屋のグレードに応じて料金が変わることはわかった。広さや設備が少しずつ異なるらしい。

「これとかでいいかな」

点灯しているパネルのひとつを奈穂が指差した。もの慣れたその様子に、この子は初めてじゃないのかな、と少し気後れした。いや、初めてじゃないならないで、そのほうがいいのかもしれない。ひどく失礼な想像が頭の中で空転した。

赤く光るボタンを押しこむと、ポーンという大きな音が響いてぎょっとした。暗がりの向こうに受付があり、手元だけが半円状に切り抜かれたすりガラスの向こうから、「前払いです。ご休憩で三千円」という女性の声がした。

ぎくしゃくとリュックのファスナーを開き、ふたりで半分ずつ支払った。こちらに滑らせるようにしてよこされたルームキーには温泉旅館の鍵みたいな四角柱のアクリルキーホルダーが取りつけられ、「303」と刻印されていた。「エレベーターそちら奥です」女性が仕切りの向こう側からぬっと手首を突き出し、ロビーの奥を指し示しながら無機質な声で言った。

古くさいにおいの染みついたエレベーターに乗りこんで三階まで上昇しながら、緊張が爪先からせり上がってくるのを感じていた。今から本当にこの子とするのだろうか。先に入っていったクラス委員コンビは、今頃もうどこかの部屋で体を重ねているのだろうか。どうにも現実味がなかった。

ごくりと唾《つば》を呑み下す音が奈穂に聞こえないことを俺は願った。きっとこの子なら、話せばわかってくれる。触れあうことなどなにもしないで、世間話でもして、笑ってチェックアウトすればいい。そう考えると気持ちが少し楽になった。カーペット状のシートが貼りつけられた壁に、煙草《たばこ》を押しつけた跡があった。

エレベーターの扉がゆるやかに開かれ、薄暗がりが俺たちを迎え入れた。ドアの上の赤いランプが灯《とも》っているのは、使用中という意味だろう。緑色のランプがぺかぺかと点滅している部屋が俺たちの入る303だと、すぐにわかった。そのわかりやすさに後押しされて、明かりに向かって行進するように歩く。奈穂の存在を痛いほど意識しながら、古いカーペットを踏みしめて埃っぽい廊下を進んだ。

奈穂もラブホテルが初めてなのだということは、入室してすぐに知ることになった。ぴしりと整えられたベッドや水回りのアメニティを見て「わー」と声をあげ、「わたしこういうところって初めて」と無邪気に笑ったから。

「俺も初めて」

ようやく言うことができて、少し肩の荷を下ろしたような気になった。黙っていたら、奈穂を騙《だま》したような罪悪感を抱えることになっただろうから。それでも性体験の有無まで明かしあったことにはならず、微妙な緊張状態は続いた。

ヘッドボードの部分にごちゃごちゃとボタンの付いたダブルベッドのほか、テレビとL字型のソファー、ガラスのコーヒーテーブルが置かれていた。とりあえず清潔感は保たれていることに安堵しつつ、心臓が痛いほど跳ね回り始めてどうにも落ち着かなかった。互いに視線が合わないようにしているのがわかった。

ほかにやることが思いつかず、とりあえず順番にシャワーを浴びた。奈穂に先を譲ると、彼女は鞄を持って素直に脱衣所へ向かった。ペラペラのガウンみたいなバスローブを身につけて出てきた彼女に、俺も倣《なら》うことにした。

俺が出てくると、「お茶淹れといた」と奈穂は微笑んだ。その艶《つや》やかな唇に、しっとりした洗い髪に、襟元《えりもと》からのぞく鎖骨《さこつ》に、目が吸い寄せられる。

もはや心臓は胸骨を突き破りそうな勢いだった。こんな刺激に晒されたことは、それまでなかった。もっと見つめたり、あるいは触れたりすることを、この空間にふたりでやってくる男女は許されているのだろう。でも、俺の中に堆《うずたか》く積み上がってゆくのは緊張と気まずさだけだった。

個包装のティーバッグで淹れられた緑茶を、ソファーに並んでふたりで啜《すす》った。たぶん女子高生の平均的な体格よりひと回り小柄な奈穂は、男子高校生の平均よりやや小柄な俺と並んでもかなり小さく見えた。

「あの、あのさ」

話しかけると、奈穂がこちらに顔を向けた。無言で続きを促《うなが》す。

「勢いで来ちゃったけど、俺」

ものすごくかっこ悪いかもしれないけれど、ちゃんと説明しておく必要があった。彼女をがっかりさせないために。彼女の尊厳を傷つけないために。

「……石井さんが魅力的じゃないとかそういうことではないんだけど、なんていうか俺、そういう方面にあんまり……欲みたいなのが、なくて」

「ほんと？」

奈穂がぱっと顔を上げた。透明な声だった。その声も、湖のように静謐《せいひつ》なその瞳も、性欲を満たすためにわざとらしいほど整えられた空間にちっとも似つかわしくなかった。

「ごめん、わたしもそうなんだ」

「えっ、まじ？」

「うん。動じてないふりとかしちゃって恥ずかしい」

奈穂は酔いでも醒《さ》ますように、自分の頬を両手でぱんぱん叩きながら笑った。そんな彼女の様子に、肩に張りつめていた力がようやく抜けた。

「なんかさ、こう、年頃だからしなきゃいけないっていう圧がね」

「わかる。みんなギラギラしてるよね」

「こんなの着ちゃってばかみたい」

バスローブを着た両腕を広げて奈穂は自嘲《じちょう》し、俺もおかしくなって笑った。ふたりでベッドにばたんと転がり、げらげら笑った。

人に言えない本音をぶっちゃけあった俺たちは、服を脱がせあうよりずっと深くわかりあえた気がした。

ダブルベッドでごろごろしながら、とりとめなく話をした。家族への不満、教師の悪口、受験への不安。テレビをザッピングしてお笑いチャンネルに合わせ、備えつけの冷蔵庫からジンジャーエールを出して飲みながらそれを観た。

「委員長たち、今頃してるのかな」

「なんか想像つかないよね」

「わたしたちのことも、そう思うかな」

「誤解させとけばいいいんじゃね？」

ふたりとも同じスマホアプリのソーシャルゲームにはまっているとわかって、オンラインでマルチプレイをした。ヘッドボードに取りつけられたパネルで部屋の照明をいじり、趣味の悪いブラックライトアートが壁や天井《てんじよう》に浮かび上がるのを見て爆笑した。ＢＧＭのスイッチをぱちぱちと切り替え、少し前のヒットソングチャンネルに合わせて歌った。

底抜けに楽しかった。異性の友達ってこんなに楽しいんだ。知らなかった。二時間はあっという間だった。無粋《ぶすい》なベルが鳴り響いたとき、ふたりともまだバスローブ姿なことに気づき、ぎゃあぎゃあ騒ぎながらベッドと脱衣所に分かれて着替えた。

ちっともロマンチックじゃない、古いラブホテルでの初体験。それでも、田舎の高校生としては上等な思い出のように俺には思えた。それどころか、人生でいちばん楽しい二時間だったとさえ。

それから卒業まで、奈穂との関係に大きな変化があったわけではない。

でも、学校という組織の中で少しだけ、呼吸がしやすくなった気がした。少なくともこのクラスに、恋愛や性愛に興味のない者がもうひとりいるのだ。そのことがどれほど心強く、どれほど大きな安心を得ることができただろう。

奈穂が東京の大学に進学したことは知っていたけれど、個別に連絡を取りあうようなこともなく、月日は流れていった。

だからまさか、十年ぶりに再会したその日にプロポーズしてしまうなんて、世界の誰より自分がいちばんびっくりしているのだ。

「俺も同じだから」

本心から、そう言った。奈穂の声ににじんだ深い悲しみや孤独は、俺が抱えているものとそっくり同じだった。相似形のふたり。そんなフレーズさえ浮かんだ。

「俺もさ、恋愛とか結婚に振り回されるのはほんとしんどくてさ」

語りだす俺の横顔を、奈穂の視線と湿っぽい夏の風が撫でていった。

奈穂と会わない十年の間に、いろいろなことがあった。いろいろ、という言葉の軽さに見合わない、暗くてしんどくてずっしりとした、濡れて汚《よご》れた雑巾《ぞうきん》のような経験を抱えていた。上京組の有志によるミニ同窓会に参加したのは、もしかしたら誰かにそれを聞いてほしかったからかもしれない。ほんの一部でもいいから。

したくもない恋愛にふりまわされ、職場で心身ともにぼろぼろになった。その間に兄の衛は結婚し、子どもを授《さず》かっていた。下妻に住む一家のもとへ会いに行ったら、父に言われたのだ。「おまえもそろそろスタートラインに立てよ」と。

「……そういうの一方的に押しつけてくる奴らからの圧には屈《くっ》したくないけどさ、でも実際気の合う人と結婚したらやっぱり楽しいんだろうなって思う」

なにがスタートラインだ。人生は競技なんかじゃない。そんな反発を抱く一方で、とろけるように幸せそうな兄夫婦や塩崎家の血が流れる新しいつやつやした命を見ていると、自分の足場の脆《もろ》さを思わずにはいられなかった。

「生活の上でも楽になる部分も多いだろうと思うんだよね。頑《かたく》なにそこに背を向け続けるのも違うかなって思って。アンビバレンスな感情っていうか」

「わかる」

今度は奈穂がそう言った。その声にさっきより力がこもっている。菅谷に絡《から》まれたときには力をなくしていたその瞳が輝いているのを、俺は見た。

「ちょっと前に、同僚がね」

奈穂の髪はサイドの後れ毛を残して後頭部でゆるくまとめられていた。高校時代は見たことのなかった髪型だ。たったそれだけで、自分たちに流れた歳月を思った。

「コロナでしばらく会社休んでたと思ったら、死んでたの。ひとりで、部屋で。家族も遠方に住んでて」

その声が震えていた。でも、震えないように淡々《たんたん》と話そうとしているのがわかった。

なんでもドラマチックに話す癖《くせ》のある、元恋人の顔がちらりと脳裏をかすめた。誰かが死んだ。誰かと誰かが別れた。その手の話題に飛びついては悲劇的に眉を寄せ、批評家のように自論を述べてみせるのだった。

でも、奈穂は違う。この人は、自分の感情を自分で正しく手入れしている人だ。

「自分もこのままだとそうなるかもしれないと思ったらすごい怖くなって」

「コロナって、誰かを呼びつけるわけにもいかない病気だもんね。だから怖いよね。わかるよ、俺もひとり暮らしだから」

「そう、そうなの。ただ誰かにいてもらえたらいいって思う。なんかこう、べたべたした関係じゃなくていいから」

「うんうん。べたべたは俺も苦手。止まり木《ぎ》になるくらいでいいと思う」

「そうそう、止まり木っていうとしっくりくるな。……いいよね、そういう暮らし。お互いのほっとできる場所っていうか。帰らなくていい呑み会っていうか」

「いいねそれ。ちょっとした合宿みたいな暮らしっていうか」

「そう、それ」

我が意を得たりとばかりに笑みを顔に広げて、奈穂が俺を見た。

その瞬間、俺は自分たちが今、同じひとつのことを思っていると確信した。なんなら、無垢《むく》な高校生だったあの頃から、俺たちはずっとここをめがけて走ってきたような気がした。

「ねえ」

だから、ごく自然に切りだすことができた。

「結婚しない？　……してくれたら嬉しいんだけど。絶対楽しいから」

奈穂の瞳が細かく揺れて、淡い若草色のワンピースの裾がふわりと広がった。美しい、と思った。恋愛とは違ういとおしさがこの世にはあるのだと、プロポーズをしながら俺は知った。

驚くほどの早さで結婚話はまとまった。奈穂がその場で同意してくれたから。

夏のクラス会の二か月後、俺の誕生日までには住居も決まり、役所に届けを出した。

今と違って新型コロナウイルスがまだ2類に入れられていたのは、俺たちにとっては好都合だった。大勢を集めて結婚式なんかやらなくても済んだから。

よくある「写真だけの結婚式」のプランを使って、写真館で正装して写真を撮った。それだけでも俺たちにとっては非日常的イベントで、衣装合わせをしながら、撮った画像を見せてもらいながら、いちいち笑い転げた。夢みたいに楽しかった。

話の流れで勢いを得てのプロポーズだったとはいえ、俺たちが「結婚」に求めるものが驚くほど合致していることは、あの少しの会話だけで確信することができた。その後、答え合わせのように具体的に語りあう頃には、互いの希望を隅々まで把握しあうに至っていた。

それぞれに個室を持つ。

生活費は基本的に折半し、困ったときには柔軟《じゅうなん》に対応しあう。

そして、セックスはしない。

奈穂が性生活を望むタイプの女性でないことは、俺にとっては大きな救いだった。尊敬しあう相手の衣服を脱がせて性器に性器をねじこみたいとは思わない。相手の体を使って性欲処理しているようですごく違和感があるし、ひどく申し訳ない気分になる。でもそんなことを口にしたら、世間では奇異の目で見られる。少なくとも男社会では。

当然子どもは生まれないけれど、それでよかった。戦争や紛争《ふんそう》、政治不信、未曾有の感染症。この先どうなるかもわからない不安定な世界で、互いの居場所を保障しあうのが精いっぱいな俺たちには、新たな生命体を産み育てるゆとりなんて持てそうになかった。それよりもふたりの暮らしを充実させたかった。できるだけ相手を消費せず、心からくつろげて、ささやかな笑いからニッチな趣味までが同居する時間と空間を。

奈穂にしてみればあの一年は、退職、転職、そして結婚と、怒濤の日々だった。俺もその翌年には内装設計事務所を辞め、少しばかり心身を休ませたあと、フラワーショップそえだにアルバイト入社した。

個人事業主と、アルバイト店員の夫婦。経済的にはけっして楽ではないけれど、でもふたりならばなんとか回してゆける生活だ。奈穂は配偶者が正社員であることにこだわるタイプではないし、子どもを持たないから残すべき財産もない。自分たちが生きてゆくためにだけ働いて稼ぎ、もしゆとりができればふたりでささやかな楽しみに使えばいい。

同性同士の結婚を認めないこの国の憲法が多くのマイノリティの人たちを苦しめていて、でも俺たちは身体的に異性同士だから結婚できてしまう。子どもを作る気なんてなくても。そんな現行の結婚制度を利用してやろうという気持ちだった。憲法が想定している結婚生活というものに隅々まで賛同できない人間にも、人並みに配偶者を得て幸せに生活する権利はあるのだから。家庭を築く甲斐性がないだとか、あれこれ言われ続けるなんてごめんだから。

積極的に誇るものではないが、恥じるつもりはみじんもない。法を犯しているわけでも、誰かに迷惑をかけているわけでもない。

「男女が一緒にいる理由ってさ、恋愛とか性愛じゃなくたっていいよね」

「夫婦ってさ、長年一緒に暮らしてるとだんだん友達みたいになってくるって言うじゃん？

だったら初めから友達同士で結婚したっていいよね」

友情結婚。そう呼ぶのだろうか。正確な名前は知らないし、なければないでいい。分類されたり型に押しこめられたりしたくはない。

どちらかといえばむしろ、ごく一般的な夫婦らしく扱われたいのだ。変わっていることをアイデンティティーにしている人たちもいるけれど、俺たちはそうじゃない。「普通」への憧れを捨てきれない凡庸《ぼんよう》な人間だ。いい歳《とし》して誰かと人並みに性生活を送ることのできない自分たちが異常かもしれないなんて、思いたくないし思われたくない。人並みの幸せ。なんて甘美な響きだろう。

だから結婚指輪はいつもしっかり着用しているし、記念日やイベントはりきってめいっぱい祝う。

性的な身体接触は、相変わらず一度もない。

それでいい。俺たちにはこの暮らしが最高だし、これで「普通」に見えるなら、泣きたいくらい幸せだ。


「プレゼントとかいらないから、尊んちで餃子百個包みたい」と前もってリクエストされていたので、準備はシンプルだった。

キャベツとニラとにんにくを刻んで豚ひき肉と合わせ、下味をつけながらよく練る。俺と奈穂で作った餃子のたねをダイニングテーブルに運ぶと、そこからは今日の主役である星夜も参加した。スプーンの先にとったたねを皮の半分より奥側に置き、ボウルの水で指先を濡らし、皮の半円に沿って糊《のり》づけする要領でなぞる。折り畳《たた》みながら、四つか五つほどしっかりとひだをつける。

本当に百枚買った皮は、三人で包んだらあっという間に消費された。結婚祝いに兄の衛から もらったホットプレートに油を熱し、次々に並べてゆく。水を差すと、じゅっという音よりも大きな声で星夜が歓声をあげた。子どもみたいだ。

「餃子パーティーなんてしたことない、まじ胸熱」

強化ガラスの蓋の中で蒸される餃子を見つめ、星夜はうっとりとつぶやく。

引越しを繰り返して新しい土地に慣れることに追われ、いわゆる「定番」のあれこれを経験せずに大人になってしまったという星夜は、「ベタなことをベタに楽しみたい」が口癖だ。その気持ちは、人並みに憧れる俺たちにもなんとなくわかる気がする。星夜の願いに付き合うことでこちらの経験値も上がり、いいことしかない。

仕事納めを翌日に控えた十二月二十八日の今日は、星夜の誕生日だ。毎年この日はこの部屋で、三人で祝うのが恒例になっている。クリスマスと大晦日《おおみそか》の間に彼の誕生日が挟まっている感覚だ。

クリスマスイブが出産予定日だったから、「聖夜」と名づけられるはずだった。両親は相当なロマンチストだったという。でもそれがずれて、十二月二十八日の夜に彼は産み落とされた。冬の星座がきれいな夜だったので「星夜」になった。

そのエピソードを、星空を見上げるたびに俺は思いだす。彼との友情が不変に続くか否かにかかわらず、きっとこの先も一生思いだすのだろう。

松尾《まつお》星夜と出会ったのは、奈穂と再会する前の年の秋だった。

東京ディズニーランドの近くのホテルで行われた、大学のゼミで一緒だった男の結婚披露宴。千葉県で大雨被害が出たばかりだったので、舞浜《まいはま》までスムーズにたどりつけるか心配しながら移動したことを覚えている。

席次表に従って着席したのは、ほかにつながりのない者同士が寄せ集められた六人掛けの円《えん》卓《たく》だった。ほかの卓に比べて明らかに温度感が低く、みんななんとなく視線が合わないようにしながら食事を進め、それがかえって互いを意識しあっているかのようで気づまりだった。新郎新婦のファーストバイトやふたりのムービーや花嫁の手紙のときだけは感情の発露《はつろ》が許された気がして、みんなで盛り上がっているかのようにふるまっていた。

演出の細部に至るまでやたらと気取った披露宴が終わり、参列者が腰を上げ始めた頃、「テーブル中央に飾られておりますお花はぜひ、ご自由にお持ちくださいませ」というアナウンスが流れた。

男が花なんか持って帰るかよという空気の中、白いピンポンマムに手を伸ばしたのは俺と、斜め向かいに座っていた星夜だけだった。視線がかっちりと合った。肌が浅黒くて、やや癖のあるぱさついた髪は漆黒《しっこく》で、人生を俯瞰《ふかん》しているような目をしていた。

そのままなんとなく並んで会場を出て舞浜駅まで歩き、なんとなく別れがたくて一緒に呑みに行った。ピンポンマムの花を傍《かたわ》らに置き、誰にも気兼ねせず甘い酒を呑みながら、俺たちはまるで古くからの友人同士のようになんでもない話をした。前日の雑談を再開したみたいに自然に。

父親の仕事の都合で子ども時代は転勤族だったという星夜は、日本各地の方言が微妙に入ったイントネーションで話した。ときどき方言らしきものも混ざった。それがなんだか新鮮で耳に心地よかったことも、ややザラッとした低い声も、さらに俺の興味を惹《ひ》きつけたのかもしれない。

初めて会った誰かにシンパシーを覚えるなんて、自分にとっては極めてレアな経験だった。同い年だということがわかって、さらに親しみは増した。男同士の会話でありがちな下ネタがいっさいないのが、さらに快適だった。

自分を実際以上に大きく見せようとしたり、過度に男っぽくふるまったりしなくてもいい。そういう同性は、それまで自分の周りには全然いなかった。

そのとき俺は社会人五年目で、心身ともに疲弊《ひへい》しきっていた。勤めていた設計事務所でぼろ雑巾のように扱われながら働く日々で、正直なところ他人の結婚式どころではなかった。でも、疲れた体に鞭《むち》打って義理を果たしに行ったおかげで星夜に出会えた。

新郎だった男とはそれきりなんの交流もないけれど、その日出会った男はまさに今、俺の家でくつろいでいる。何度か転職を繰り返し、今は渋谷にある書店併設型のカフェで契約社員として働いていて、仕事帰りにそのまま井《い》の頭《かしら》線に乗ってやってくることもある。ひとり暮らしのくせにミニバンに乗っていて、常に後部シートを倒してキャンプの荷物を積んである。俺と違ってアウトドア派なのだ。

初めて奈穂と星夜を引き合わせたときは、双方気後れするのではないかと案じたものの、杞憂《きゆう》だった。農業工学を専攻したのに語学講師となり、旅行がそんなに好きではないのにフランス語やフランス文化を教えている奈穂に、星夜は興味を持ってあれこれ質問を放った。そんな人懐っこい星夜に、社交性が高いとは言えない奈穂も気を許した。

星夜はアポなしで来訪したり、深夜まで外に引き留めたりするようなことはしない。夫婦である俺たちへの最低限の気遣《きづか》いがあるからこそ三人の時間が貴重で楽しいものになることを、よくわかっているのだと思う。直接言葉にしたりはしないけれど。

餃子が焼けると各自ホットプレートから取り皿へ移し、旺盛に食べた。奈穂の梅酒が意外に合う。俺たちと一緒でビールはあまり好んで飲まない星夜は、奈穂の果実酒のファンのひとりだ。

英字のロゴの入った学生みたいなパーカーを着た星夜は、どんどんグラスを空けていく。顔がいくらか赤くなっているものの、もともと色黒なのであまりよくわからない。いくら呑んでも正体をなくしたりしない男だとわかっているからこそ、こうやって宅呑みの場を提供できる。呑みかたの汚い人間とは酒席をともにしないと、俺は心に決めている。大学のサークルの呑み会は醜悪《しゅうあく》だった。酔わない人間は、いつだって酔った人間のケア役にされるのだ。

「合宿所の夜みたいだな」

小さなげっぷをやり過ごしながらつぶやくと、星夜がやおら俺を指差して「はい！　出た！　文化部の人間のイメージする『合宿』！」と叫んだ。

「なんだよそれ」

「合宿にポジティブなイメージ持ってるのなんて、ガチな運動部にいたことのない人間だけでえす」

「え、星夜だっておまえ、転校ばっかだったからそんなに部活とかやれなかったんじゃないっけ？」

「高校時代まではそうだったよ。大学からは自立したから俺、憧れてた部活ってやつに入ったの。サークルでも同好会でもなく部活。水泳部と山岳部」

そうだったのか。学生時代から水泳や登山をしていると聞いていたけど、部活でだったのか。

「特に水泳のほうがキツかったね、合宿なんてメシと睡眠以外はもう地獄よ。吐くほど走りこみさせられるわ、先輩からはいびられるわ、筋トレメニュー終わるまで寝られないわ」

中学校では卓球部だったが高校時代は物理部で過ごした俺には、たしかに想像したことのない世界の話だった。

「宿泊施設にはカメムシ出るわ、布団は黴くさいわ、プールの水は合わないわ」

「わかったわかった、悪かったたって」

「文化部なんてどうせあれだろ？　日中は楽しく周辺を散策して、夜はトランプとかウノとかモノポリーとかやるんだろ？」

「……ぐうの音も出ないっす」

気づけば、奈穂が梅酒ロックのグラスを持ったまま部屋の隅へ移動し、グリとじゃれあっている。

いつも猫用のおやつを持参する星夜の来訪を、グリは彼なりの方法で大歓迎する。玄関まで走ってきて、その手元に熱い視線を注ぐ。けれど現金なもので、おやつを食べきったあとは即、通常モードに戻る。もともとロシアンブルーは賑やかさが苦手で、人の出入りの多い家庭で飼うのは向かないらしい。星夜もそのあたりはわかっていて、グリに人懐っこさを期待してはいない。

譲り受けた時点で生後三か月だったグリは、そこから二か月経ち、親からもらった免疫《めんえき》もすっかりなくなっている頃だ。病気やノミに注意して見てやらねばならない。さらにロシアンブルーは尿結石《にょうけっせき》や糖尿病を患《わずら》いやすいらしく、ペット保険に加入することも検討したほうがいいらしい。それを思うとどうしても少し憂鬱になる。猫の生涯医療費は百二十万円とも二百万円とも言われている、らしい。

だからといって、それを知っていたら飼わなかったかと訊かれたら、答えは否だ。グリはもはや家族の一員になっている。餌やりもトイレ掃除も爪切りも各種ワクチン接種もなかなか骨が折れるものではあるが、いなかった頃に戻りたいなんて1ミリも思わない。

「奈穂さんは、ソフトボール部だったんだよね？　たしか」

星夜が少し声を張って奈穂に話しかける。

「うん」

顔も上げずに奈穂は答える。床に寝転び、グリを胸に乗せて撫でている。

人前では時にへらへらしているようにさえ見える奈穂だけれど、自分の内心をたやすく他人に見せないという固い意志を持っていることは、少し付き合えばわかる。だらけた姿などめったに晒さない。けれどこうして星夜のいる空間で横になるということは、やはり彼に対しては気を許しているということなのだろう。ふたりをつないだ俺にとっては、それはどことなく嬉しく、誇らしい気分にさせるものだった。

「ポジションはどこだったの？」

「レフト」

「へえ。強かった？」

「全然。弱小」

そのやりとりで、呼び覚まされた記憶があった。

物理部の部室から見えた、女子ソフトボール部の練習風景。独特のかけ声をかけながらグラウンドを走り、ストレッチをしていた。野球部やサッカー部に気を遣うように、グラウンドの隅を使って活動していた。

美化委員の活動で石井奈穂と話をするようになってから、自然と目が彼女を探すようになった。あまりにも窓の外を見ているので、「シオ、好きな奴でもできた？」「え、片思い？」などと部員にからかわれた。

あの時期、たしかに仲のいい異性と言ったら奈穂しかいなかった。めやすき人。風のように心地よい女子。

でも彼女に対する感情は、小説や漫画で展開される恋愛とも、周囲の人間が悩んだり溺れたりしている恋愛とも、ずいぶん違う手触りのものだった。

俺は、誰かを自分だけのものにしたいとは思わない。恋焦がれて涙を流したり、思考を占領されて甘い溜息《ためいき》を漏らしたりしない。独占欲とか支配欲のようなものがない。自分の生活や勉学より大切なものがあるとは思えない。

そのことがまったく部の仲間に伝わらない。異性への興味は、それすなわち恋愛。どうしてそんな単純な線しか引けないんだよと、もどかしさでひどく苛立《いらだ》った。奈穂との心地よい空気感を、陳腐《ちんぷ》な言葉で台無しにされた気がした。異性との親密さの正体は、必ずしも恋愛感情だけではないのに。

「合宿はキツかった？　キツいよね？　運動部の合宿」

淡白な返答しかよこさない奈穂にめげず、星夜はなおも話しかける。奈穂はむっくりと身を起こして、脇に置いていたグラスに口をつけた。金色の液体がひとすじ、口の端から滴《したた》る。奈穂はそれを左手の甲でぐっと拭い、ようやくこちらを見た。

「んー、どうだったかなあ」

バルコニーに面した窓を背にした奈穂の顔はおぼろで、彼女の輪郭《りんかく》と、顎《あご》へ向かって伝うひとすじの梅酒だけが光って見えた。

その一瞬、奈穂がひどく生々しい存在に見えて、俺はぞくりとした。でも次の瞬間には、奈穂はいつもの奈穂だった。

俺の性欲はどうやら、一般的な男性からしたら非常に淡いものであるらしい。

少なくとも、他人の体を使って性欲処理をすることにはひどく抵抗がある。昔から、友人やクラスメイトが実在の女性について「あいつは抜ける」「オカズにしている」などと臆面《おくめん》もなく話題にしていると、心の底から嫌悪感が湧いた。そんなの、侮辱《ぶじょく》じゃないのか。彼女たちにも人格があり、相手を選ぶ権利だってあるのに。

誰かと裸を見せあいたいなんて思わない。性器を接合したいなんてさらに思わない。セックスにこだわりはないし、しなくて済むならそのほうがよかった。けれど、世間は性体験がないことを未熟とみなす。どうして。子どもを得ること以外が目的のセックスなんて、トラブルの原因でしかないじゃないか。

ニュースでさんざん報じられる性加害の事件。駅や電車の中で目撃した痴漢トラブル。あれらが氷山の一角で、泣き寝入りしている女性たちが世界にごまんといることくらい想像がつく。自分は加害するほうの性。それを認識していながら、どうして世間の男たちはみんな平気なんだろう。欲情に身を任せて性器を挿入して腰を振るなんて、おぞましくてとてもじゃないが気が進まない。そもそもセックスは、そんなに美しい行為じゃない。

そんな気持ちや立場をわかりあえる相手としか、俺は暮らせない。この世界で、奈穂としか夫婦になれない。

　こんなにも不況が続いているわりには売上が落ちているわけでもないのか、それともマンパワーで売上を伸ばすぞという意図なのか、添田さんは学生アルバイトを雇い入れた。宮西《みやにし》さんという女の子だ。都内の女子大の一年生だという。

　今月の頭に入社した宮西さんは、日曜と祝日をメインに稼働しているらしい。つまり俺とはほとんどシフトがかぶらず、仕事納めの今日になってようやくまともに口をきいた。

「さすがですねー、早いですー、すごいー」

　売り切り用のサービス花束を量産する俺の手つきをじっと見ながら、賞賛《しょうさん》の言葉をシャワーのように浴びせてくる。

「熊倉さんもすごいけど、塩崎さんもすごいですー。さすがー」

　歯の浮くような褒め言葉と、ほとんどぴったりくっつくような距離感に、俺は内心落ち着かない思いでいた。添田さんは熊倉さんと一緒にバックヤードで棚卸《たなおろ》しや事務作業に追われていて、俺は宮西さんとふたり、店頭業務を任されていた。

「熊倉さんとは比べないでよ。リニューアル前からいる大先輩だから」

「えっ、あ、そっか！　熊倉さんのほうが先なんだ！　でも塩崎さんのほうが年上ですよね？」

「そうだけど……」

そうだけど、だからなんだろう。反応に困って薄く笑いながら俺は手を動かす。花を組んだ部分、いわゆるジョイニングポイントを輪ゴムで固定し、リネン糸を巻きつけて余分な部分を切り落とす。専用の吸水ペーパーやセロファン袋、アルミホイルを使って、切り口に保水処理を施す。

「宮西さん、ラッピングペーパーってカットできる？」

「え？　あっはい、一回やりました」

「じゃあお願い。そのピンクの、そうそれ。正方形に切ってもらえる？」

「正方形……はい」

私語を切り上げたいときは、先にさっさと仕事モードに戻ってそのさまを見せつけるほかない。宮西さんは自分の腰につけたシザーケースから鋏《はさみ》を取り出した。おぼつかない手つきで、開いた刃の根元をラッピングペーパーにあてる。

相手をやたらと持ち上げることでコミュニケーションをとろうとする人は、どの世界にもいる。けっして悪いことではない。でも、心にもない褒め言葉は時に相手を疲労させる。そのことは知っておいてほしいな、と年若い同僚にこっそり期待する。

ズズズ……ズズ……宮西さんの鋏が、ラッピングペーパーをゆっくりゆっくり進んでゆく。ピンクの海を渡る小さな舟みたいに。

宮西さんの毛足の長いセーターは指の根元くらいまで引き下げられ、いわゆる萌《も》え袖になっている。その袖のまま水揚げとかできるのかな、と俺は勝手に不安を覚える。腰まで届きそうな長い髪も、結んだほうが動きやすそうだ。でもそのあたりのことはきっと、俺が干渉すべき領域ではないのだろう。

宮西さんが切り取ったラッピングペーパーを作業台に広げ、ペーパーの角に花束の頭を向けて置く。ペーパーの下側を持ち、花束の茎を隠すように折り畳む。手前の角が短めになるようにして包んでいく。クレープみたいだなあと働き始めた当初は思ったものだが、最近はクレープのほうを花束みたいだなあと思うようになった。

「あ、リボンかけるの、やります！」

ラッピングペーパーの上から結束部分をぎゅっと握ってテープを巻きつけ、全体の形を整えていると、宮西さんが叫ぶように言った。

「え、やる？」

「はい！　できます！　だから塩崎さんはリボンをカットしてください！」

……は？

予想の斜め上をいく展開に、俺は言葉をなくした。宮西さんは俺を急《せ》かすようにぱたぱたと手を振る。

「早く早く！　お客さん来ちゃいますよ！」

その勢いに気圧《けお》され、うっかり流されそうになった。しかし新人に指示されるのがこの一年の総決算になるのは避けるべしという思いが湧き、慌てて口を開いた。

「この30センチ定規《じょうぎ》ひとつぶんをただ切るだけだから、覚えちゃって」

「はーい、そうでした」

よくわからない照れ笑いをすると、宮西さんはサテンのリボンをロールから引き出して慎重に定規をあて、じゃきんと切り落とした。

年内最終営業日なので、店内の花はいったんすべて売り切ることを目指さなくてはならない。鮮度の落ちてきた花から「ＳＡＬＥ」の赤札をつけていき、値下げ価格を書きこんで店頭に出す。客のほうもわかっていて、いつもの平日の数倍は来客がある。こうしている間にも社会人女性や親子連れ、老夫婦なんかがどんどん花を買ってゆく。俺の作ったサービス花束も、五百円という値段のおかげもあってか、いいスピードではけてゆく。

「いらっしゃいませー、あっ」

店頭に現れた人影に声をかけたら、堤さんだった。

「こんにちはあ」

高い声が店内に明るく響く。いつもと雰囲気が違うのは、コンサート前ではないからかもしれない。カジュアルな服装でも、品のよさは相変わらずだった。

「堤様、今年も大変お世話になりました」

「こちらこそ。御礼を言いに来たの。いつもすてきな花束作っていただいて、本当にありがとうございます」

アルバイトの俺に、堤さんは深々と頭を下げた。それから、持っていた手提《てさ》げの紙袋を差しだしてくる。

「これ、少ないけど皆さんで召し上がって」

洋菓子だろう、洒落《しやれ》たパッケージに包まれた箱の側面が見えた。

「えっ、いいんですかそんな」

「感謝の気持ちなの。こんなおばあさんによくしてくださって……」

そう言って、またこちらが恐縮するほど深く頭を下げる。店員としてただあたりまえに業務をこなしていただけで、こんなに感謝されるなんて。胸に湯を注がれたように熱い気持ちになる。

「こちらこそあの、ご贔屓《ひいき》にしてくださって本当にありがとうございます。よろしければ来年もぜひ……」

「ええ、ええ、もちろん。これからもお願いね」

俺の作ったクリスマスローズのサービス花束をひとつ買って、堤さんは微笑みながら帰っていった。

バックヤードにいる添田さんにお菓子を持っていき報告する。パソコンのモニター画面の中の数字と格闘《かくとう》していた添田さんは、目頭をぐりぐりと揉みながら「あー、堤さんほんと丁寧だよね。開けちゃっていいよ、それ」と言う。俺についてきていた宮西さんが、背後で「やったー！」と歓声をあげる。

「それ絶対ショコドーネのフルーツチョコですよ！　おばあちゃん、なかなかいいセンスしてますね！」

「『おばあちゃん』じゃなくて堤さんだから。常連さんの名前は覚えておいてね」

「はいはい、そうでしたー」

店長である添田さんからの注意にも宮西さんは軽い調子で応じた。小首を傾げた彼女の長い髪の毛が、エプロンの胸元でさらりと揺れた。


クリスマスローズにスイートピー、ラナンキュラスにトルコキキョウ。もらって帰ってきた売れ残りの花たちが、花瓶をあふれさせている。色とりどりで統一感はないけれど、奈穂の好きな花ばかりだ。

——似てるんだよなあ、ちょっと。

思考が口から漏れだしそうになり、少し慌てた。奈穂はコンロの前でシチュー鍋をかき回しており、洗面所で花を活ける夫がひとりごとを言ったとしても耳には入らない。ビーフシチューの香りがさっきより濃くなっている。俺より数時間早めに仕事納めをした奈穂は、スーパーの夕方からの特売に間に合って牛肉やシーフードを安く手に入れていた。

店でやっているように花たちを水揚げしながら（トルコキキョウは水折りと言って、鋏などの道具を使わずに水中でねじるように折るのだが）、俺の意識はまた自分の思考に沈んでゆく。

——なんだろう。自己肯定感が高いっていうのだろうか。それ自体は悪いことじゃないんだけど。

彼女と付き合っていたのも大学時代だったから、よけいに重なるものがあるのだろう。正確には、設計事務所から内定をもらった大学三年の終わりから社会人一年目までの、二年にも満たない期間だったが。

大学入学以降、俺は女性との接点などないまま過ごしていた。仲間内で「オンナの話」になるとついてゆけず浮いてしまったり、「理想が高すぎるんじゃない？」などと見当違いのことを言われる日々にうんざりしていた。

三年生の春、俺は女性からの告白というものを初めて受けた。同じゼミになった数少ない女子のひとりで、中野《なかの》さんというあまり目立たない子だった。

このあたりで人並みに経験を積んでおいたほうがいいんじゃないか――そんな打算的な気持ちから、思いきって関係を深めてみるという俺らしくない決断をしたのだった。恋愛感情も性的な興味も持てないままに。

地味な見た目からは想像がつかないほど、中野さんは恋愛経験豊富な女の子だった。彼女に導かれるままに、俺は初めてセックスというものを経験した。粘膜《ねんまく》を擦《こす》り合わせる行為はグロテスクで、心身ともにくじけそうになる俺を、中野さんはあの手この手で何度も復活させた。なんとかやりとげたときは「やりとげた」という感想しか持てなかったが、彼女に恥をかかせなくて済んだことの安心感は大きかった。

世間はどうしてこんな行為に夢中になるのだろう。裸が見たいなら、美しく撮られたグラビアを見ればいいのに。せっかく生身の女性とふたりきりで過ごすなら、むしろセックスなんてしていたらもったいない気がする。男同士からは生まれ得ない会話をめいっぱい楽しむほうが有意義なのに。奈穂と過ごしたあの二時間のことが、何度も頭をめぐった。まるで義務教育を受け直すかのように、俺は彼女との性交に挑《いど》んだ。挑むという言いかたがぴったりだった。そんな態度で恋が盛り上がるはずもなかった。

「塩崎くんってなんか思ってたのと違った」

テレビゲームに飽きたかのような口調で告げられた最後の言葉はトラウマになった。自分という存在の価値をさっくりと否定する言葉だった。

だからもしかしたら、「女性とうまくやれる自分」を確認したかったのかもしれない。俺には性的に欠損などないことを、誰かに証明してほしかったのかもしれない。だから、懲《こ》りずに柚香《ゆずか》と付き合ったのだ。

柚香は、宮西さんが在籍しているのと同じ女子大に通っていた。宮西さんと同じように髪が長くて、若さにあふれ、世界には希望しかないと信じているかのようにいきいきしていた。

大学三年生の年末。内定が出た者だけで集まった呑み会で、幹事の男が隣のテーブルで呑んでいた女子大学生のグループに声をかけたのがきっかけだった。彼女たちは最初こそ警戒心を隠さなかったものの、こちらの大学名を聞くなり目の色を変えて食いついてきた。

「すごーい！　エリートじゃないですかー！」

「え、もう内定も出てるんですか？　さすがー！」

女性のモテテクなどと呼ばれる「さしすせそ」を駆使して、彼女たちはぐいぐいとこちらの懐《ふところ》に入りこんできた。国立大の工学部がそんなに女性受けするなどとは思っていなかった俺は、内心そのネームバリューに驚いていた。

はっきり言って、その後の展開は醜悪だった。異性に飢《う》えた理系学部の男子たちは、目当ての女の子をロックオンしてあからさまにべたべたし始めた。あまり健全とは言えない性の気配が漂う。めいめい席を移動してふたつのテーブルを行き来し始め、卓上の料理も飲み物もごちゃまぜになった。

内輪《うちわ》で建築や内装の話をしながらしっぽり呑みたいと思っていた俺は興覚《きょうざ》めし、元の席をキープしたままひとりで梅酒を啜り続けていた。だが、そんな俺に熱視線を注いでくる女の子がいた。それが原《はら》柚香だった。

隣の席に陣取《じんど》った柚香は俺の内定先の設計事務所を「聞いたことあるかも、すごい」と言い、俺を褒め倒した。すごい、さすが、かっこいい。大きな両目はアイライナーでくっきりと囲まれ、カールしたロングヘアがさらさらと揺れた。深くくれたニットの襟元からわずかに胸の谷間が見えて、俺は目のやり場に困った。

長身でも美形でもない俺のどこがよかったのだろうか。柚香は俺にぴったりとくっついて呑み始めた。酔いが回っていたのだろう、面倒くさいなと思いつつもうまく躱《かわ》せず、勢いに乗せられるように連絡先を交換していた。希望の会社から内定が出て、気が大きくなっていた。それに異性からぐいぐい来られる機会というのはめったにないもので、このまま身を任せたらどうなるんだろうという純粋な好奇心が珍しく湧いていた。

女性でも男性でも、一般的な若者には少なからざる性欲が備わっているものなのだという事実を、俺は柚香によってまたしても突きつけられることとなった。

実家暮らしの柚香は「お泊まり」が大好きで、俺の小さなひとり暮らしの部屋はあっというまに彼女の私物であふれた。泊まりに来るたびセックスをするのが当然という空気が流れ、気乗りしない日も体調がいまいちな日も俺は応じた。女性に恥をかかせてはいけないと思ったし、世間一般の男性よりもどうやらかなり淡白であるらしい自分を否定されるのが怖かった。

気持ちいいと思えるときも思えないときもあった。事後は必ず朝まで腕枕をする。そこまでしてようやく、柚香は別れ際まで笑顔でいてくれる。本当はひとりで眠るのが好きなのだと告げるタイミングを完全に逸《いっ》した俺は、腕の痺《しび》れや筋肉痛に耐えながら一日を過ごすことになった。

「愛情を確認しあう日」を大切にしてほしいと、柚香は繰り返し説いた。すなわち互いの誕生日、バレンタインデー、ホワイトデー、クリスマス、そして交際記念日。

これらの日は絶対にいいかげんに過ごしてはならなかった。綿密《めんみつ》な企画によるロマンチックなデートを求められ、豪華なプレゼントを期待された。「これ、ずっとほしいと思ってるんだ……♥」と事前にLINEで知らされる指輪も時計も鞄も靴も、学生には高価すぎてめまいがした。それでも彼女の期待に応えるべく俺はバイトや節約で金を作った。彼女も俺に会うたびにファッションやヘアメイクに金や手間をかけてくれているのだからと、自分を納得させて。

やっとの思いで贈ったプレゼントを柚香は写真に撮り、せっせとSNSに載せた。「彼からの、愛の証《あかし》♥」「特別な夜に……♥」などというキャプションとともに。投稿にはすぐさま多数のコメントが寄せられ、たどってみればどうやらその「界隈《かいわい》」の女の子たちはみんな、恋人とのやりとりやデートの記録を常時世界に開陳《かいちん》しているのだった。まるで競い合うかのように。

「カップルアカウントを、やらない？」

スマホを手にした柚香におもねるような視線を向けられたとき、俺は設計事務所で入社一年目の夏を迎えていた。久しぶりにもぎとった休日を自分の荒れた部屋で過ごしていたら、柚香が手作りのミートローフを持ってやってきたのだった。

無理な工期に振り回され、サービス残業に明け暮れている日々だった。既に会社のブラック体質を感じとってはいたものの、一流のインテリアデザイナーになるための通過儀礼だと信じられる程度の気力と寝不足に耐えられるほどの体力はまだぎりぎり保っている時期だった。よけいなものをなるべく排除して仕事に邁進《まいしん》したいと思っているタイミングだったから、突然の話にとっさに笑顔で反応できなかったのは無理もない話だった。

「カップルアカウント……？」

「そう。ふたりでアカウントを運営するの。カップルインフルエンサーとして」

「カップルインフルエンサー……？」

ばかみたいに鸚鵡返《おうむがえ》しをする俺に、柚香はスマホの画面を見せた。

互いの肩に両手を置いて正面から見つめ合う男女の、こちらが気恥ずかしくなるような写真をトップ画面に設定した「ケンカナ」というそのアカウントは、ケンスケとカナコという同棲カップルが共同で運営しているらしい。

　デートの記録や互いへの想いがあふれるタイムラインを、柚香はスクロールしてみせた。一万人以上ものフォロワーが彼らの日々を見守っていて、その期待に応えてかキス写真や入浴写真などきわどいものも投稿されており、俺はぎょっとした。美しくなかった。俺の美意識に全然合わなかった。

「……え、この人たち、別に芸能人とかじゃないんでしょ？」

「一般人に決まってるでしょ！　だから身近だし、すてきだし、応援したくなるんじゃない！」

「でも、俺たちがやる意味って……」

「タケちゃんとあたしならできるよ、絶対注目してもらえるよ！『タケユズ』でやろうよお、ねえお願い」

　顔の前で手を合わせる恋人に上目遣《うわめづか》いで見つめられ、ついでに豊かな胸を押しつけられても、俺の心も体も動きはしなかった。一本道の向こうから巨大な岩石が転がってきたかのように、途方もない息苦しさを覚えた。

「……あのさ、デジタルタトゥーって知らない？」

　おそるおそる口を開いた。とびきり用心深くあらねばならないとわかっていた。しかし遠回しな拒絶の気配を察した柚香は、みるみる険《けわ》しい表情になった。

「こんなふうに世界に写真晒しちゃったら、後々《あとあと》どんなふうに悪用されるかわからないよ。そもそも俺、ネットに顔出ししてないし……」

「知ってるよ！」

彼女が精神に恐慌《きょうこう》をきたすまで、実にあっというまだった。つまりOKする以外に俺の選択肢は用意されていなかったのだ。

「別にそこまですごい写真載せようなんて言ってないじゃない。デジタルタトゥーもなにも、別れなきゃいいだけじゃん。そんなに気になるなら顔にスタンプでも押してアップするだけだよ。なによ、あたしとの愛の軌跡《きせき》をみんなに見てもらうのがそんなに嫌なわけ？」

ものすごい剣幕《けんまく》で言いたてながら大きな両目からぽろぽろと落涙《らくるい》する恋人を、俺は信じられないほど乾いた感情で見ていた。

「そもそもタケちゃん、冷たいよ。誕生日もイベントも、なんか義務的にこなしてるでしょ？わかっちゃうんだよ、そういう態度。仕事忙しいからって電話もＬＩＮＥもくれなかったり、一緒にいるのにエッチもしないで寝ちゃったり、ほんとにどうかしてる。男としてありえない」

男としてありえない。男として。男。

投げつけられた言葉が、エコーみたいに体の中で反響《はんきょう》する。男とは、ではなんなのだろうか。俺という存在は、なんなのだろうか。無機質な空き部屋に閉じこめられたように、視界が真っ白になっていた。

「だからせめて一緒にカップルアカウントとかやれば、またラブラブに戻れるかもしれないってあたし、必死で考えたのに……」

柚香は子どものようにしゃくりあげた。丹念《たんねん》に巻かれた髪の毛が、小刻みに上下する肩と連動して揺れた。

恋愛体質。ドラマティック症候群。そんな言葉が頭に浮かんだ。

女子大の家政学部を卒業したあと、近所の飲食店でアルバイトをしながら実家暮らしを続けていた柚香は、つまるところ早く俺と結婚がしたかったのだ。いや、俺でなくてもよかったのかもしれない。不変の愛を誓い、その証明をせっせと示し続けてくれる男であれば、誰でも。

出会った呑み会で、いちばんモテなさそうな冴えない俺をあえて狙ったのかもしれない。女遊びをしなさそうに見えることに関してだけは、俺は自信がある。

「あの、あのさ」

泣きじゃくる柚香の肩にこわごわ手を置いた。

「ごめん。俺、ガキだからさ。ついつい目の前のことしか見えなくなっちゃうんだよね」

自分を卑下してみせることでなだめようとした。実際はそこまで自分をガキだとも視野が狭いとも思っていなかったけれど。

「しばらくは仕事に集中してみたいって思い始めたところなんだ。そんなに頻繁《ひんぱん》に会わなくてもいいって思ってたのは俺の怠慢《たいまん》だけど、でもこの先も俺には柚香を満たしてやれないと思う。いろんな意味で」

ごめん。あまり重く響かないようにつぶやいた。

うつむいた柚香のワンピースの膝に、大粒の涙がぼたぼた落ちた。シフォン素材の上をころころと滑ってゆく。さらに鼻水がつーっと糸を引いて垂れるのを見て、俺はティッシュボックスを差しだした。

「……なによ」

ティッシュボックスが俺の手から乱暴に奪われ、床に激しく叩きつけられた。

「なによ、聞いたこともない小さな会社の平社員のくせに。エッチも下手《へた》なくせに。ばっかみたい」

立ち上がった柚香はどすどすと部屋中を歩き回って自分の私物を手元に集め始めた。着替えに化粧品、歯磨きセットにドライヤー。流しの上の棚にあったレジ袋に乱暴に詰めこむと、涙と鼻水だらけの顔で俺をふりかえった。

「女ひとり幸せにできないんだね、尊は。そういう人生で本当にいいのね」

捨て台詞を吐くと、憤然《ふんぜん》と部屋を出ていった。

その夜、柚香のSNSには「【ご報告】ケチな彼氏と別れましたー！ 真実の愛を探すぞお♥」という文章が自撮り写真とともに投稿されていた。LINEには「自分の薄情さに気づける日がいつか来るといいですね。」というひとことが届き、それを既読にした瞬間ブロックされた。

どうやらあれで正式に別れが成立したらしい。それがわかって、泣きたいくらい安堵した。

執着《しゅうちゃく》されて泥沼《どろぬま》になったらどうしようなどと怯えていたから。その夜はベッドに四肢《しし》を伸ばして快眠を貪《むさぼ》った。

だが、言葉の暴力はその後しばらくしてから俺をちくちくと刺し始めた。遅効性《ちこうせい》の毒のように。

——男としてありえない。

——女ひとり幸せにできないんだね、尊は。そういう人生で本当にいいのね。

罰なのかもしれない。自分を納得させるために、そう考えてみた。女性である恋人よりも性欲が弱く、恋をしているというたしかな感覚も持てないまま虚《うつ》ろな関係を維持し、彼女の貴重な人生を消費したことに対しての。

でもやはり、そんなのはおかしい話だった。人々がどうしてあんなにも恋愛やセックスのことばかり考えながら社会生活を送ることができるのか、俺にはどうしてもわからなかった。

そこからはもう無心で、身を粉《こ》にして働いた。何年も。

そして、潰れた。

建物に入るたび室内を見渡すのが、小さい頃からの癖だった。親からはよく、はしたないからやめろと怒られた記憶がある。

壁、床、天井。扉、窓、廊下。無性に気になって見ていた。意匠の凝らされた瀟洒《しょうしゃ》な内装や人間工学に基づいた細部のデザインを、言語化できる能力を持たない無垢な心で観察し、魅了され、刺激を受けていた。

年齢を重ねるにつれ、どうやら自分は内装に興味があるらしいとわかってきた。建物の空間づくりに携《たずさ》わりたい。自分の手で工事をしたいというのとは少し違った。小柄だし、男にしては体力も筋力もあるほうではない。体よりも頭を使い、自分のセンスで空間をプロデュースしてみたかった。いつか誰をも魅了する内装を手掛けるインテリアデザイナーになれたら。そんな夢を自分の進路と結びつけて考え始めたのが高校二年の夏。もっと早かったら、工業高校を目指していたかもしれない。

世間では難関大とされている国立大学の工学部の建築学科に現役合格を果たしたときは、人生の運を使いきったかと思った。進学に合わせて上京し、大学の近くに小さな部屋を借りた。慣れないひとり暮らしをしながら空間造形を学び、生活スキルや社会常識を少しずつ身につけていった。

東京で出会う建物は、刺激と情報に満ちていた。小規模な飲食店から巨大な美術館まで、なにもかもが創造のヒントになった。

気になる内装の物件について調べていったら、何度か同じインテリアデザイナーに行き当たった。鍋島《なべしま》ハルヤ。その一級建築士の設計事務所が俺の就職志望先になった。

大学在学中から資格試験を見据えて勉強を積んでいたことが役立ち、入社はわりとすんなり決まった。夢のようだった。それが地獄の入口だと予想できるほど俺は成熟していなかった。

最初のうちはもちろん、なにもかもが新鮮で楽しかった。

出社したら床や机周りの掃除をするのは、新人の役目だった。ごみ出しまで終えて席につい
たらCAD用PCに向かい、先生から与えられている案件の図面を描く。壁のクロスや床のタ
イルのサンプルを発注する。プレゼン資料を作る。やることは無限にあった。泊まりこみで徹
夜して客用のソファーで死んだように寝ている先輩たちを気にかけている余裕などないほど
に。

設計事務所の有名建築士は、先生と呼ばれる。上司となった鍋島ハルヤ先生は、口数が少な
く表情の乏《とぼ》しい人だった。言葉を慎重に選んでいるというよりは、社内でのコミュニケーショ
ンによけいなエネルギーを使わないようにしている印象だった。なにか指示をするにも最低限
の言葉しか発せず、メールの文章もごく簡潔。それでいて意図が伝わらないと露骨《ろこつ》に不機嫌に
なる。察する能力に長《た》けることがこの会社で生き残る術《すべ》らしいと気づいた。それは日々緊張を
強《し》いられることを意味した。

無理な工期に安い報酬《ほうしゅう》という不良債権のような案件を、赤字を埋めるために会社はばんば
んとってきた。人材は常に足りず、新人にも大きな仕事が惜しみなく割り振られた。社会を知
らない若者はそれを己《おのれ》の才能への期待や仕事ぶりへの信頼と受けとり、がむしゃらに働いた。
健康もプライベートも差しだして。

柚香には申し訳ないが、別れることでデートに割りあてる時間を考えなくてよくなったこと
はありがたかった。自分という瓶の中を、できるだけ空っぽにしておきたかったのだ。仕事と
いう液体をたっぷり注ぎこんでもあふれないように。

一日十二時間以上事務所にいるのがあたりまえの日々だった。仮眠なしのオールで翌日のプレゼンに臨《のぞ》むことだって何度もあった。風呂にも入らず、洗っていないことがまるわかりの髪でにこやかに説明する俺たちのことを、クライアントは内心どう思っていたんだろう。

残業代も早出手当も休日出勤手当も支払われなかった。文句を言う者はいなかった。36《さぶろく》協定や企業コンプライアンスなんて、遠い国のおとぎ話に思えた。ある種の治外法権が適用されているとと言ってよかった。

従業員は先生に設計を教えてもらっているという考えが共有されていたため、待遇がよくないのはあたりまえだと思っていた。いや、思わされていたんだろう。洗脳と同じだ。

「働いているというよりは、勉強させてもらっているって言ったほうが正しいよね」

寝不足の血走った目をして真顔で語っていた同僚の顔を思いだす。「給料、もらえるだけありがたいよね」。そう言われて疑問を呈することができるほど、俺は強くなかった。

鍋島先生は、洗練されたセンスと厚い信頼、膨大《ぼうだい》な実績を持つすごい人だ。仕事は早く正確で、人脈も広い。でも経営者として、上司としてはどうなんだろう。その疑問にはきっと、入社して間もない頃から行き着いていた。先生のすべてを盲目的《もうもくてき》にリスペクトし追従《ついしょう》している先輩や同僚たちも、いつか夢から醒めたりしないのだろうかと。

それでも、仕事を手放す気はなかった。有資格者になってキャリアアップしたら、きっと視界が鮮やかに開けるはず。次のフェーズに行ったら、笑顔と自信に満ちた日々が始まるはず。先生や先輩たちとの距離もぐっと縮まるはず。暮らしも楽になるはず。たくさんの「はず」にしがみついて働き続けた。

だが、資格試験の勉強をするための時間すら充分に確保できないまま時間は過ぎていった。重ね置かれたままの通信教育の教材は、埃をかぶって色褪せていった。大学の終わり頃からダブルスクールもしていた自分にはアドバンテージがあると思っていたが、甘すぎた。

いいや、どうせ今は受けたって受からないだろうから。一級建築士の資格試験は、弁護士のそれと同じくらい難関だと言われている。勉強と並行して実務経験を積んでいる今だってけっして無駄《むだ》ではないのだ。そうやって自分に言い聞かせて、無限に湧いてきそうな焦燥感《しょうそうかん》や違和感に蓋をした。入社二年目と三年目になんとか受験まで漕《こ》ぎつけたが、学科であっさり落ちて設計製図に進むことはできなかった。

モチベーションとなったのは、少しずつ自分の「作品」ができていくことと、クライアントの笑顔を見ること。先生は賞賛も慰労《いろう》もしてくれなかった。でも、施工《せこう》にあたる工務店の人たちからすると我々設計事務所のスタッフは皆「先生」で、工事現場に顔を出すたび俺も先生先生と呼ばれて頼られる。悪い気はしなかった。

もともと、設計士はあまり現場に顔を出さないことが多い。デスクワークが忙しすぎて手が回らないという実情はあるが、現場の収まりや作業の流れに疎《うと》い者が多く、自分のデザインや作図が作業者の頭を悩ませている現場から目を逸らしていたいのも事実だろう。だから現場サイドの人たちから「てきとうな図面を描くだけ」「現場を知らないいいかげんな設計士」といった悪感情を抱かれがちだ。

俺はそんな確執《かくしつ》を生むのは避けたかったし、竣工《しゅんこう》までできるだけ自分の目で確認したいタイプだった。製図や雑務をこなしながら、可能なかぎり現場に足を運んで現場関係者とコミュニケーションをとった。職人のおじちゃんたちの何人かとは、気心の知れた関係になった。

かすかな喜びとやりがいにしがみつくようにして俺は働き続けた。寝不足で酷使《こくし》される体は、だんだん軋《きし》み始めた。常に頭の隅がぼんやりとして、体は濡れた綿が詰まっているようにずっしりと重かった。電車の中で立ったまま居眠りしたことも、自宅の玄関にたどりつくなり倒れこんで眠ってしまったことも、数えきれない。

このままでは、いつかどうにかなってしまうかもしれない。味のしない簡易栄養食を咀嚼《そしゃく》しながら、ゼリー飲料を啜りあげながら、漠然《ばくぜん》とした不安がこみあげてきた。「いつかどうにか」を具体的に考えるのは怖ろしかった。給料をもらえるだけありがたいと宣《のたま》ったあの同僚が過労で倒れて出社しなくなり、その不在にみんなが慣れてしまっていることも。先生がなにもなかったように中途採用で新人をとり、穴埋めしたことも。

致命的なミスをやらかしたのは、入社五年目の秋の終わりだった。松尾星夜と出会って少し経った頃。

そのとき俺が担当していたのは、静岡との県境近くに建つ神奈川のメゾネット型物件だった。流行りのシェアハウスとして若い人を呼びこむため大規模にリノベーションしたいという案件で、俺のデザインがコンペで採用された。

クライアントである大家はこだわりの強い人で、打ち合わせを重ねて慎重に進められることとなった。会社から距離があるため、現地にプレハブの仮事務所を建てて寝泊まりし、毎日施工に立ち会った。

　違和感に気づいたのは、塗装作業に入ってすぐのことだった。

　その日は本当に珍しく、午前半休を取得して歯医者へ行っていた。少し前から放置していた親知らずがおかしな方向に曲がってきて頰の内側にあたる状態になり、痛みに耐えられなくなっていたのだ。なじみのない町の歯医者で抜いてもらい、昼を挟んで出勤して、施工現場である個室のひとつに入ってぎょっとした。窓枠の色が、おかしい。

「あのっ……これ、この窓枠の色、違うと思うんですけど……」

　刷毛《はけ》を握っていた工務店の職人に、震える声でたずねた。

「へ？」

　けげんな顔を向けられる。これまでもいくつかの工事を発注し、現場で顔なじみになったおじちゃんのひとりだった。

　クライアントの希望はややくすんだ淡いブルーで、それに合わせて十種類以上のブルー系のサンプルを用意し、厳選された色味で塗料を発注したのだ。なのに、目の前の窓枠は濃い緑に塗られている。岩をびっしり覆う苔《こけ》を思わせる、やや黄緑に寄った主張の強い色だ。

「合ってるよ？　指示書見てみてよ」

　言われて、ボードに挟んだ作業指示書を確認する。七つある個室の窓枠の塗料は「L82−50

T」と、俺自身が打ちこんだ文字がプリントされている。目の前に置かれた塗料の容器に書かれた品番と突き合わせる。たしかに合っている。

分厚い色見本帳は会社に置いてあるので、スマホを取り出しネットで品番を確認する。塗り潰し用のウッドワックス、カラータイプ。「L82－50T」は、たしかに目の前で塗られている色だった。では、俺が発注したはずの淡いブルーの品番は？……「L42－50T」。

がくがくと、膝が震え始めた。

なぜだ？　なぜ数字を書き間違えた？

自明のことだが、品番の数字がひとつ違えばまったく別の色になる。

軽微《けいび》な失敗なら、いくつも経験していた。頼まれていた素材のサンプルを手配し忘れていたとか、プレゼン資料が朝までに間に合わないとか。でも、工務店に渡す指示書を書き間違えていたなんてことは、それが最初で最後だった。

「あの、あの……すみません」

引きつった顔で、再度おじちゃんに声をかけた。

「申し訳ありません！　僕が……指示書の段階であの、指定を間違えておりましたようで……」

「えええ⁉」

大声が響いた。気心の知れた間柄になれたはずのおじちゃんの顔に困惑と軽蔑《けいべつ》が広がってゆくのを、俺は見た。

「んなこと言ったって……ほかの部屋も全部これ塗っちまったよ?」

視界から色と光が消えた。何事かと、ほかの作業者たちもわらわら集まってくる。「指示書の書き間違いだとよ」「うわ、全部やり直しか?」「最悪だよ、間に合わねえじゃん」「施主様《せしゅ》がなんて言うかなあ、これ」耳を覆いたくなるような言葉があちこちから放たれるたび、皮膚の上をびりびりと電気が走っているような気がした。

湿った大きな溜息が、まだ家具や家電の置かれていない部屋に重く響いた。

「これだから若造《わかぞう》はよ……ふざけるんじゃねえぞほんとに」

それまで俺を先生と呼び敬意と親しみを向けてくれていたおじちゃんが、俺をにらみつけていた。内臓に鋭利《えいり》な刃物を突き立てられているような痛みを感じながら、これ以上曲げられない角度まで頭を下げた。深く、深く。

多くの人材と資金が動く建築工事において、絶対にやってはならないミスだった。さらに悪いことに、その塗料は従来の商品に比べ割高なものだった。健康や環境に配慮した自然塗料。再調達の費用はもちろん、全額事務所が持つことになる。

俺は鍋島ハルヤ設計事務所の信頼を失墜《しっつい》させ、先生の顔に泥を塗ったのだ。先生の無機質な表情が頭に浮かんだとき、消えたい、と思った。死にたい、とは少し違う。シャボン玉がぱちんと割れるように、きれいに消えてその場から見えなくなってしまいたかった。

粛々《しゅくしゅく》と対応にあたる日々が続いた。

幾重《いくえ》にも叱責《しっせき》された。工務店からも、クライアントからも。ただただ頭を下げ続け、率直に謝罪を述べ続けるしかなかった。

鍋島先生からはただひとこと、「あんまり自分を過信するな」と言われた。さすがに解雇《かいこ》こそされなかったものの、職場は針のむしろのようだった。俺の抱えていた案件のいくつかは新人に回された。完成間近の製図もあったのに。

失敗をカバーしてありあまるほどの実績を積まねばと、それまで以上に体に鞭打《むちう》って働いた。自分の感情は殺した。人間らしく生きたいという願望も。

その翌年から、世界はコロナ禍に突入した。

建築業界も最初は混乱したが、俺にとって助かる面もあった。鍋島先生の父親が感染して重篤《じゅうとく》な状態に陥ったことも影響し、できるだけリモートワークで済むように社内の体制が整えられた。膨大《ぼうだい》な紙資料を電子化してクラウド管理するようになり、打ち合わせさえもオンライン化されると、事務所からクライアント先、施工現場への無駄な行き来がずいぶん割愛された。終日自宅を出なくて済む日も増えた。

業務効率化が進むのに比例して、俺は少しずつ体と心の健康を取り戻していった。自分のペースで作業し、自分の好きなタイミングで休憩を入れられることで、事務所で仕事をするよりよっぽどはかどることに気づいた。睡眠時間が増え、食事のリズムも少しずつ整い始めた。脱衣所のラックの下で埃をかぶっていた体重計に乗ってみたら、40キロ台すれすれのところまで落ちていてぎょっとした。鏡に全身を映すと、ひょろりとした二十七歳の男がそこに映っていた。あばら骨が浮きあがり、下腹だけが不自然にたるんでいた。

自分の人生について向き合う心のゆとりも出てきた。世界は事務所と施工現場だけではないことを、ずいぶん久しぶりに思いだした。その夏には、高校三年時のクラス会にも参加することになった。都内でワインバーを開いた同級生のために企画された、「上京組でひっそり呑もうの会」。夜ではなく昼間の開催なので、気楽に行けそうだと思った。伸び放題にしていた髪を美容院でさっぱりと切り、大学の頃以来のカラーリングもしてもらった。

プライベートで身なりを整えて人前に出たいという気持ちになったのはいったいいつ以来なのか、思いだせないくらいだった。仕事の付き合い以外で酒を呑もうと思えるのも。

そうして、奈穂と再会を果たした。

俺の人生の伴走者となる相手に。

「奈穂、あのさ」

旨味《うまみ》の濃縮されたビーフシチューを掬う手を止め、ダイニングテーブルの向かいに座る妻の顔を見つめた。

床に置かれた加湿器がこぽこぽと平和な音をたて、窓際で灰色の猫が新しいおもちゃに飛びついて遊んでいる。星夜がクリスマスプレゼントにとくれた、モビールの先にカラフルな羽がついたキャットトイ。

「はい」

「今夜、一緒に寝てくれませんか」

三週前の土曜日に同衾したばかりだった。結婚式帰りの奈穂にリクエストされて、俺の部屋で寝たのだ。いつもの月より頻度が高いかもしれない。でも、今夜はどうしてもそういう気分だった。傍らに奈穂の存在を感じながら眠りたかった。

「御意《ぎょい》にございます」

奈穂は口の端を持ち上げて微笑んだ。

この前、SNSで柚香の投稿がおすすめ表示された。俺と別れたあといくつかの恋を経て、今は念願のカップルアカウントを運営する相手を得ているようだ。ショウマとかいうやけに童顔の男と同棲し、その日々を「ショウユズ」としていきいきと発信していた。

そして俺の目の前には、塩崎奈穂となった石井奈穂がいる。何年経っても俺の「めやすき人」が。

あの手痛い失敗から一年半ほどで、俺はインテリアデザイナーへの道を完全に諦めた。奈穂と結婚し、彼女との時間を過ごせば過ごすほど、心身ともに健康でいなければという思いが強固なものになった。退職の意向を明らかにしてから最後の数か月は有休をとってでも欠勤してもなにも言われなくなっていた。後輩たちにとって、地獄の道を歩む設計士のサンプルになりたくないという思いもあった。鍋島ハルヤ設計事務所のホームページを開くと、俺の手掛けた飲食店や公共施設の写真が今でも実績一覧の中に入っている。

あのとき、すっぱりと区切りをつけられてよかった。心からそう思う。自分自身を虐待《ぎゃくたい》するような日々に身を置いたからこそ、今の幸せをことさら実感できるのかもしれないけれど。

「明日、てきとうにうまくやろうね」

コンソメスープにスプーンを沈めながら奈穂が言う。御意、と俺は答える。

明日の午前中、俺たちは一年ぶりに下妻へ帰る。グリをひと晩だけ星夜に預けて中央線に乗り、秋葉原《あきはばら》からつくばエクスプレスで故郷に向かう。地元の友人たちと会ってから互いの実家に顔を出し、それぞれの実家に一泊して、大晦日の昼間のうちに一緒にここへ戻ってくる。

子どもやきょうだいの人生に口出しや干渉をする権利があると無邪気《むじゃき》に信じている人たちをてきとうにあしらいながら、食事や酒を腹におさめる。夫婦仲が良好であることを示し、家族や親戚の近況に耳を傾け、子ども時代を再現するようにかつての自分の部屋で眠る。これはタスクだ、と思う。俺たちがまた一年、この世界で夫婦としてやっていくためのタスク。

「早くここに戻って一緒に年越ししたいな」

夢見るような目をして奈穂がつぶやく。玄関の花たちの香りが、この食卓まで漂ってきた気がした。

ふたりで過ごした一年が静かに終わろうとしている。

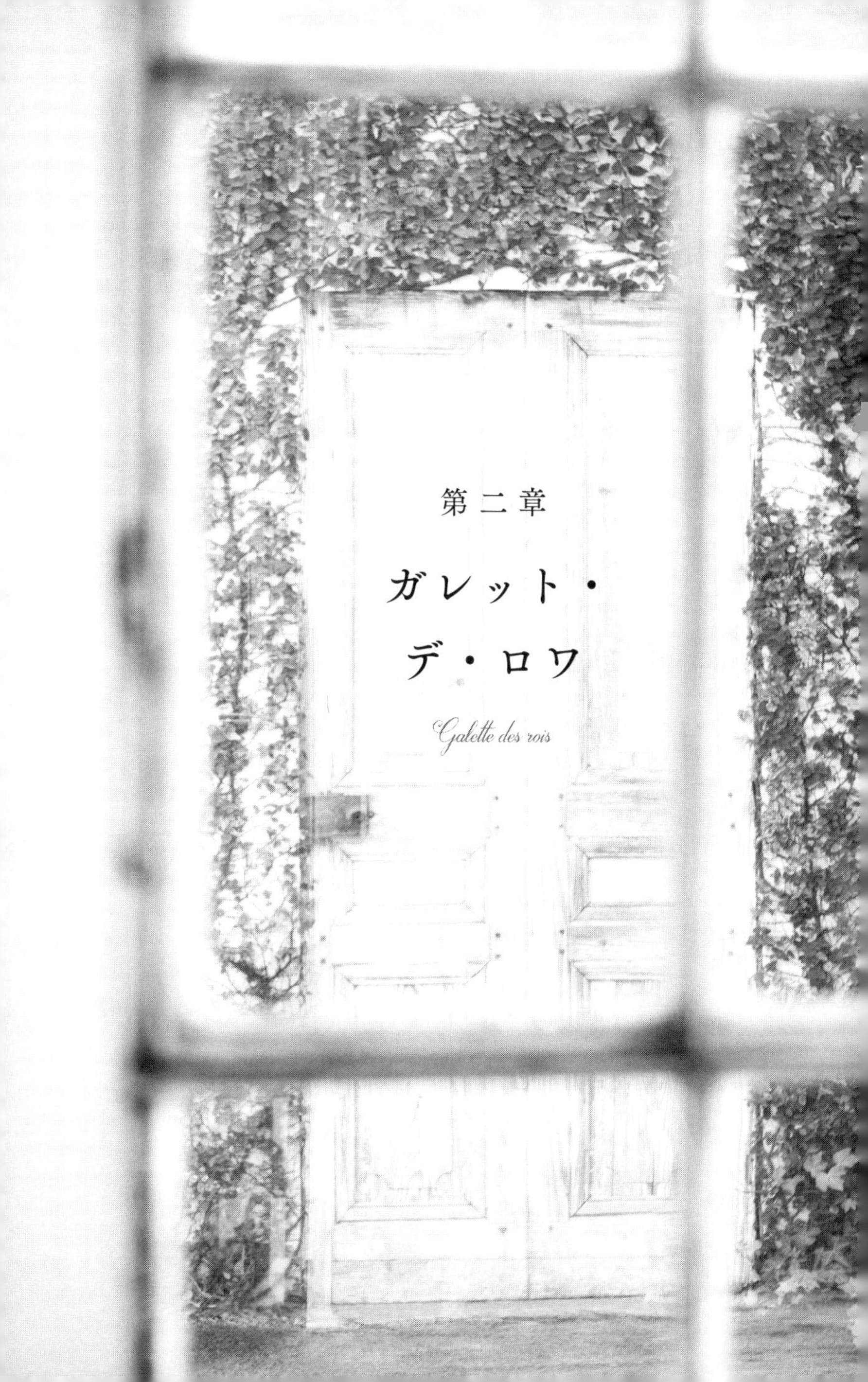

第二章

ガレット・デ・ロワ

Galette des rois

奈穂《なほ》

「塩崎《しおざき》くんも一緒でよかったのにー」

花音《かのん》がのんびり言うと、

「それじゃ女子会にならないじゃん」

と薫《かおる》がいなす。高校時代に戻ったような空気感。衿子《えりこ》がいないこと以外は。

薫の息子の樹《いつき》くんも、花音の娘の芽亜里《めあり》ちゃんと由梨亜《ゆりあ》ちゃんも、それぞれの夫が実家で見てくれているという。我が子を世話することを「見てくれている」もなにもないと思うが、母親である彼女たち自身が言うのだからまあ、と思いながらパフェのてっぺんの抹茶《まっちゃ》アイスを削《けず》りとる。

改札をSuicaで通れるようになっても相変わらずののどかな下妻《しもつま》駅で尊《たける》と別れ、それぞれの友人たちと再会を果たしていた。ひと足先に東京から帰省していた薫とともにピックアップされたわたしは、鬼怒川《きぬがわ》を渡ってこの店まで運ばれてきた。「夏に買い換えたばっかりだから、ぶつけたりしたら離婚案件」などと言うわりに花音の運転は安定していて、雲間《くもま》から差す光が川《かわ》面《も》をグレーに輝かせているのを見ると、ああ帰ってきた、と毎回実感が湧《わ》いてくる。

最近地元にできたお店の中ではダントツで居心地がいいと花音が激推《げきお》ししていた通り、落ち着くレストランだった。席と席の間隔《かんかく》がゆったりとられていて、全席ソファーなので座るとき変な譲り合いが発生しないのもいい。本格イタリアンというわけではないけれど、チーズが惜しみなく使われたシーフードドリアはおいしかった。地元に住み続けている花音の選択に間違いはない。

それでも彼女は「東京のおしゃれなお店に行き慣れたふたりにはものたりないかもしれないけど」などと言う。そんなことはない。都内のお店は天井が低く、座席同士が近すぎて、圧迫感を感じることが多いから。

ランチセットを食べたあとも気兼ねなく居座るためというういいわけをして、デザートも注文することになった。「宇治《うじ》抹茶の白玉きなこパフェ」をオーダーしたあとで、今夜は実家で食べまくるから控えめにしようと決めていたことを思いだしたものの、遅かった。しかたない。年末年始というのは太るためにあるものなのかもしれない。

「ちょっと前までこれ、石井《いしい》農園の梨《なし》のパフェだったんだよ」

なんとか農園の苺《いちご》がふんだんに使われた「季節の彩《いろど》りフルーツのパフェ」を指して花音が言った。

「えっ、そうなの？　全然聞いてない」

「妹さん、インスタに顔出ししてカリスマ農園主みたいになってるよね」

「えっ、うそうそうそ」

「花音のほうが奈穂んちに詳しいかもね。やっぱ地元のコミュニティは強いよ」

「ほろ苦コーヒーゼリーのパフェ」から顔を上げた薫がくすくす笑った。

しばし、それぞれのパフェに集中した。

こうしていると思いだす。高校三年生の夏、花音の両親が離婚して、慰《なぐさ》めるためにみんなでちょっと背伸びしたカフェにパフェを食べに行った。みんなで甘いものを食べてほんのひとときでもつらさを忘れてもらうことしか、花音への連帯を示す方法を思いつかなかった。あのときは、もうひとりいた。

「……衿子もパフェ好きだったよね」

なんとなく誰も触れずにいた名前を、とうとう薫が口にする。喉元《のどもと》で温めていたような口ぶりだった。

「ああそうだ、衿子、きれいだった？　結婚式」

今思いだしたかのように言う花音も、ずっと頭の中にはあったのだろう。そういう表情をしていた。

「ああうん、すごいきれいだった。写真見る？　そんなに撮ってないけど」

スマートフォンの画面に指を滑《すべ》らせてフォトアルバムを三週間ぶん遡《さかのぼ》り、表参道《おもてさんどう》の会場の写真にたどりつく。衿子の同僚《どうりよう》の人たちに交じって撮った、高砂《たかさご》に座る新郎新婦とのスナップ。遠慮がちな距離感を酒でごまかしたようなわたしの表情は、あらためて見るとだいぶ恥ずかしい。肩が力みすぎているし、顎《あご》を引いて目を見開きすぎていて、ちょっと怖い。

画面をのぞきこんだ花音が、わあ、と歓声をあげた。

「きれいじゃーん、衿子」

「ドレス似合ってるね。まあ、うちらは呼んでくれなかったけどね」

かすかに毒を含んだ薫のひとことに息を呑《の》み、白玉団子《だんご》を喉に詰まらせたかと思った。

「……え、でも声はかけられたよね？　グループＬＩＮＥで……」

式の前に衿子とふたりでお茶したことは、ふたりには話していない。あのときに得た情報をいったん脇へ置いて、ふたりの顔を見た。

「まあね。だから正確にはまあ、呼ぼうとは思ってたんだろうけど。ね」

「ね」

薫と花音は顔を見合わせ、ハッ、と息を吐《は》いて苦笑いする。

『招待状送っていい？』って来たときさ、『子どもの預《あず》け先が確定するまでちょっと待ってもらえる？』って返したの。ただそれだけなんだよ。そしたらいきなり『それなら無理しなくていいよ！　ごめん！』って」

「そうそう、あっさりだったよね。うちも日程が夫の出張とかぶってたから、『実家に芽亜里たちのこと頼めるか訊《き》いてみる～』って返したら『もういい』って。あとから迷惑かけたくなかっただけなんだけどね」

「本当になーんにも送られてこなかったよね、連絡もそれきりで」

「でもしかたないよ、招待状一セット送るにもお金かかるんだから。衿子はそういうロスを嫌う子だったしね、なんかわかるんだよ」

キレのある薫の言葉を、花音がやんわりと中和する。既にこの話をふたりで何度もしたのだろう。そんなニュアンスを感じる会話だった。

きっと即答してほしかったのであろう衿子の寂しさにあのときは同調したけれど、こうして別の角度から語られると、彼女の話だけではわからなかったいきさつが見えてくる。単に子どもの世話を優先されたという話ではなかったことに安堵《あんど》しつつ、このやるせない行き違いをどうにかする方法も思いつかない自分の非力さがもどかしい。

「わたしも行くには行ったけど、披露宴《ひろうえん》だけだったよ。挙式は身内だけなんだろうなって思ってたらさ、そうでもなかったみたいで……」

言いよどんだ言葉を薫が「そっか」とつぶやきで受けとめ、沈黙が訪れた。パフェグラスの中を掘り進めてゆく柄《え》の長いスプーンの先端が、柔らかくて弾力のあるものに触れた。濃い緑の、抹茶ゼリーの層が現れる。誰かの心を深掘りして、意外な本音を引き出してしまったときみたい。そんなことを思いながら、ふるふると揺れるゼリーを口に運ぶ。

御祝儀《ごしゅうぎ》のために三万円を捻出《ねんしゅつ》するのは、正直なところわたしもかなり苦しかった。でも、涼しい顔をして参列するのが友達のマナーだと思っていた。結局、衿子にとってわたしのプライオリティーはだいぶ低いのだと知ることになったわけだけれども。少なくとも、あのブライズメイドの子たちよりも。

顔の強張《こわば》りが解けないまま撮られた集合写真は、どんなふうに映ったのか確認する術《すべ》もない。衿子とはあれ以来、一度も連絡を取りあっていない。今日の集まりのことも、花音は声をかけたものの「考え中〜」と返ってきたきりだそうだ。帰省しているのかどうかすら知り得ない。わたしたちはもう、四人組ではない。

ねえ、ブライズメイドって知ってる？

そんな切り口で目の前のふたりにあの日のことを話してしまっても、いいのだろう。あのときの自分の痛みを再現して、ちょっとだけおもしろおかしく味付けして、ふたりに笑い飛ばしてもらうくらいのこと、きっと許されるだろう。

でもそれをしないのは、欠席裁判をしたくないという潔癖さではない。あの披露宴の夜、尊と一緒に眠ることで、ささくれた気持ちはなだめられた。深掘りして取り出す必要のない、些《さ》末《まつ》なできごとになった。

そして昨夜も、尊の隣で眠ったばかりだ。ひと月に二度も同衾《どうきん》するというのは、ごく珍しいことだった。昨夜、尊側にどんなきっかけがあったのかはわからない。けれど、久しぶりに別々の家で眠る前夜に互いの必要性を確かめておくというのは、悪くなかった。

尊だけが使っているメンズのシャンプーがふと、鼻先で香った気がした。

ぎゃあああん。通路を挟《はさ》んで隣の席の家族連れから泣き声があがった。一歳か二歳くらいの女の子と男の子が喧嘩《けんか》になったようで、両親らしき大人たちがなだめている。「こらっ！　お店では静かにするって言うから連れてきたんでしょっ」と女性が張りあげる声は、むしろ子どもより大きいくらいだ。

「ああいうのってさ、ポーズなんだよね」

いちばんにパフェを食べ終えて頰杖《ほおづえ》をついていた薫が、そちらに視線を走らせながらつぶやくように言った。

　ポーズ？　わたしが訊き返すより早く、「わかるー」と花音が応じる。

「『子どもに甘い親』って思われたら針の筵《むしろ》だからねー。『ほら、うちはちゃんと子どもに厳しくしてますよ！』って周りに示さなきゃいけないんだよね」

「そうそう。実際はあんなに怒る必要ないんだよ、子どもは泣くのが仕事なんだから」

　薫はそう言って、泣き叫ぶ子どもにひらひらと手を振ってみせる。女の子のほうがそれに気づき、涙と鼻水を垂《た》らしたままぽかんとした顔でこちらを見ている。母親らしき女性が子どもの視線をたどり、こちらに向かって頭を下げた。

「あんなに周囲にへこへこしなくていいのに。かわいそうなお母さん」

　顔をそちらに向けたまま、わたしたちにだけ聞こえるボリュームで薫は言う。器用だな、と思う。

「うちもつらかったなー。周りの視線が怖くて外食なんて全然無理だった」

「今なんてもっと厳しいよね。しつけの悪さが露呈《ろてい》しようもんならすーぐ『これだから子持ち様は！』って叩《たた》かれるでしょ。子持ち死ねアカウントとか運営してる人までいるよね」

「あー、SNSはねー、見ないほうがいいよ。メンタル削られるだけ」

　母親同士ならではのやりとりに、わたしは完全に入っていけなかった。自分が入っていきたいのかどうかもわからなかった。ただこの世界の、自分には見えていない部分の面積の大きさを思って静かに衝撃《しょうげき》を受けていた。

薫と花音はそのまま子育て談義に移行する。液体ミルクがもっと早く認可されていれば乳児期が楽だったのにとか、高齢者用おむつは控除対象なのに子ども用おむつはそうじゃないなんて理不尽《りふじん》だとか、自分自身の世話しかしたことのない人たちが母親叩きを娯楽にしているとか。

人並みであることに憧《あこが》れて、周囲の重圧をはねかえしたくて、ひとりで老いてひとりで死ぬことが怖くて、性的に惹《ひ》かれているわけではない相手と結婚した。けれど子どもを持たない以上は、子育て経験者を黙って眺《なが》める孤独がつきまとう。

三人でいるのに感じる孤独。でも、これは明るい孤独だ。そう思った。わたしに子どもがいないからと言って、遠慮して話題を厳選されたりするほうが、ずっと嫌だ。

もうとっくに空《から》になっていたパフェグラスから手を放すと、すばやく店員が下げに来て、なんとなく心の内を読まれていたような気がした。

いつのまにか店内が混んできている。入店を知らせるメロディーが頻繁《ひんぱん》に鳴り響き、駐車場はぎっしり埋まっている。帰る前にトイレに入ろうとしたら、女性用が塞《ふさ》がっていた。この規模の店にしては珍しくマルチトイレがあり、待っている人がいないので入ることにした。

がんっ。

大きな音と振動に、洗っていた手がびくりと震《ふる》えた。外側からドアを蹴《け》られたのだ。

「なんで空《あ》いてねえんだよっ！」

若い男の声だった。高校生だろうか、追従《ついしょう》するような笑い声もみんな幼さがあった。ふざけんな、という言葉が続き、それは中にいるわたしに向けられたものに違いなかった。くそむかつく。やめとけよお。げらげらげら。

笑い声が遠ざかって完全に聞こえなくなるまで、わたしはその場を1ミリも動けなかった。


「殿下《でんか》。申し上げたき儀《ぎ》がございます」

「なんじゃ、申してみい」

「衣類を裏返しのまま洗濯するは、なにゆえにござりますか」

「……」

いったいいつの時代の言葉を模《も》しているのか、自分たちでさえよくわかっていない。設定はいつだってめちゃくちゃで、言語学者に聞かれたら確実に怒られるだろう。

「肌に直接触れる面を外側にして洗ったほうが、汗や皮脂《ひしよご》汚れがしっかり落ち……落ちると考えるゆえなり」

「さすれば、縫《ぬ》い目がほつれやすく衣類が早く傷《いた》みまする」

「なれど……さもありなん、善処《ぜんしよ》する」

新しい年が明け、尊の勤める花屋は今日が仕事始めだ。でも尊の公休日の木曜なので、彼にとっては今日が年末年始休暇の最終日だ。今年最初のレッスンがぽつぽつ入っていたわたしは、日中の家事を尊に丸投げして働いた。夕方になって洗濯ものを取りこもうとしたら、裏返しのまま干されているシャツやズボンが目についた。尊が担当する日は、時折こういうことがある。

取りこんだ洗濯ものからは、ほわほわと花の香りがした。もとはわたしが買ってきた柔軟剤を、わたしが飽きてしまったあとも――「すすぎの水がきれいになったタイミングで投入」というのが面倒になってしまって――尊がせっせと消費してくれている。

「私めからも、申し上げたき儀がございます」

「な、なんじゃ」

互いの家事を難じるときというのは、立場があっさり逆転しがちだ。緊急性は低いが機を見て切りだそうと思っているカードを、それぞれいくつも懐《ふところ》に隠し持っている。

「ミニトマトを贖《あがな》いしのち、すみやかにへたを外《はず》してしまうは、なにゆえにござりますか。野菜や果物はへたから切り離すと傷みやすくなるゆえ、ゆゆしきことと存じまする」

「さにあらじ。へたの部分に雑菌が繁殖《はんしょく》しやすいと聞きしゆえなり。食中毒を防ぐためなり」

「え、そうなの？」

あっさり現代語に戻ってしまった尊の悔《くや》しそうな顔を見てけらけら笑う。ああ、今、あのラブホテルの時間の延長にいる。こんなに生活くさい会話をしていても。

夕食は親子丼《おやこどん》だった。尊がスーパーのセールで買ってきた鶏もも肉がまだ冷蔵庫に残っているのを見て、明日はわたしが鶏のトマト煮込みにしようと思う。

わたしたちはすばらしいシェフではないけれど、自分たち自身を失望させない程度の料理なら作ることができる。残り物をアレンジする技術もあるし、時短レシピや節約レシピのレパートリーも脳内にそこそこそろっている。

でもなにより重要なのは、手作りにこだわりすぎていないことかもしれない。チルド食品も冷凍食品もコンビニ弁当もスーパーの総菜《そうざい》も、わたしたちは積極的に活用する。互いに負担をかけない結婚生活を送るという目標は、日々きちんと達成できている。

「お姉ちゃん、ちゃんと御飯作ってるの？　いかにもてきとうにやってそう」

年末に実家で集まったとき、妹の美穂《みほ》に言われてむっとした。夏に三人めの子どもが生まれた美穂はまだ授乳婦で、あたりまえかもしれないけれどわたしは驚いていた。人の体というのはそんなに長期間、乳を出し続けることができるのか。

「てきとうにやることを許容してくれる人と結婚したから、なにも苦労してないもん」

言い返すと美穂は薄く笑った。

梨農園のことにノータッチのわたしは、美穂にも里穂《りほ》にもあまりよく思われていない。甥《おい》も姪《めい》もかわいいけれど、幼児たちがばたばたと駆《か》けまわる実家はあまり身の置きどころがなく、くつろげる場所ではなくなっていた。おむつを替える手伝いをしようとしたら、「コツがあるし教えるほうが面倒だからいい」と拒《こば》まれた。子育てについて完全に戦力外のわたしは、父が注文した寿司《すし》と母が作った料理を腹におさめ、後片づけを担当するしかやることがなかった。

田瀬《たせ》くんの言葉が蘇《よみがえ》りそうになるのをこらえるのは容易ではなかった。

それでも美穂たちは、荷物にならないようにと梨の加工品をどっさりダンボールで送ってくれた。子どももいない自分がお恵みを受けた、みたいな卑屈《ひくつ》な気持ちが感謝と同じくらい湧きあがった。

「ああそうだ、食後に梨ゼリー食べる？」

「そうだった、いいね。朝の梨ジャムもおいしかったよね」

「あ、もう七時じゃん」

テレビをつけると、元日に起きた大地震についてのニュースが流れてくる。甚大《じんだい》な被害が発生したというのに政府はなんだかのんびりしており、崩れた建物や亀裂《きれつ》の入った道路はそのままになっている。広範囲にわたって断水も続いており、避難所やビニールハウスで支援を待つ人々の悲痛な声が胸をつまらせる。

「つらいね。正月からこんな……耐えられないな」

ほかほかと湯気《ゆげ》をたてる親子丼を前にして、声が明るさを失ってしまう。

「ここだって南海《なんかい》トラフが来たら一発だもんね。非常用袋、そろそろチェックしないとな。レトルトとか入れっぱなしだから、期限切れてるかも」

焼き海苔《のり》をちぎって親子丼にふりかけながら応じる尊は現実的だ。海苔のかけらがひとひら尊の指先からこぼれ、テーブルの隅《すみ》へと舞う。なんとなくそれをキャッチする気になれなくて、寿司詰め状態の避難所で過ごす人々を見ながら鶏肉を咀嚼《そしゃく》する。へたを取ってへこみの部分を丁寧《ていねい》に洗ったミニトマトに歯を立てる。

『――ガザ地区ではこのところ、連日百人を超える死者が出ています』

国内の地震よりさらに悲惨《ひさん》な虐殺《ぎゃくさつ》についてのニュースが報じられる。洗濯ものを裏返しのまま洗って干されたくらいで憂《うれ》うことなどばかげている。わかっているのに、きっとまたくだらないことで非難し合うのだろう。そんな自分たちの罪深さを思わずにいられない。

なぜ非武装の市民や乳児までが兵士の標的になるのだろう。年末に触れあったばかりの小さな甥姪たちの、嘘《うそ》みたいに柔らかな肌や体温を思いだす。ミルクやおむつなしでは生きられない頼りない命が爆撃や銃撃に晒《さら》されているなんて――口の中で噛《か》み砕《くだ》くミニトマトの酸味がふいに、血の味に思えた。

「本当に暗いニュースばっかりだよね。テレビではあんまり報じられないけど、ＳＮＳを見れば性暴力事件が流れてこない日はないくらいだし。信じられないよ、強姦《ごうかん》して懲役二年とか四年とか、しかも未成年を……」

「あんまり心を引っぱられすぎないほうがいいよ」

食欲をなくしかけているわたしと違って、尊はちゃきちゃきと箸《はし》を動かしている。

「『引っぱられすぎない』？」

「うん。現実的に考えて、今を生き延びるのに必死な俺《おれ》たちが他人のためにできることなんかないんだからさ」

「え、でも……具体的になにかできるわけじゃなくても、まずは心を寄せることに意味があるんじゃない？　“Don't stop talking about GAZA”ってパレスチナの人たちも言ってるし、性犯罪だって司法が頼りにならないっていうのは女性にとっては死活問題で」

「奈穂さあ、ＳＮＳとか見すぎてない？　あんまり残酷《ざんこく》な写真とか動画とか見ちゃだめだよ？」

「見てないけど……そんなには」

「そうやって多方面に心を寄せてると、気づかないうちに心が取り返しのつかないダメージを負ってるかもしれないよってことだよ。自分からネガティブな情報を取りに行っちゃだめだよ」

取りに行ってるわけじゃないんだけどな。反論するには、口の中の鶏肉が邪魔だった。

「戦争のことは俺だって胸痛めてるし、募金とか署名とかしてるよ？　でもさ、個人単位の訴《そ》訟《しょう》にまで気持ちを寄せてたら身がもたないよ。既に判決の下された事件にまで声をあげてたらきりがないじゃん」

「そうだけど……でも」

「テレビでも言ってたよ、人間の脳の処理能力はスマホから絶えず流入し続ける膨大な情報に追いついてなくて、脳過労とかオーバーフロー脳とか呼ばれる症状が深刻な問題になってるんだって」

「……それ、ちょっと話がずれてない？」

「ずれてないよ。少なくとも俺は自分の半径五メートル程度のことで精いっぱいだってこと。冷たいって思うならそれでもいいさ」

反論しようとしたとき、グリが膝《ひざ》に飛び乗ってきた。細かく頭を揺らし、わたしの丼を狙《ねら》っている。味つけをせず茹《ゆ》でただけの鶏肉を夕食に与えたら、気に入りすぎてしまったようだ。

「だめだめだめだめ」

耳と耳の間の柔らかな毛を撫《な》でる。年末に一泊星夜《せいや》くんのところに預けてからグリはずいぶんグルメになってしまったようで、いつものキャットフードだけではものたりなそうだ。いったいなにを与えたのか、怖くて訊けないでいる。

「ちょっとグリ！　食べれないじゃん」

「あ、星夜だ」

思考が星夜くんのことに及んだ瞬間に尊がその名を口にしたので、一瞬びくっとなった。

「『明後日《あさって》の夜、ガレット・デ・ロワを持っていっていい？』だって。ガレット・デ・ロワってなんだろ、奈穂知ってる？　怪獣《かいじゅう》かなんかかな」

スマホを手にした尊がまじめな顔で言うので、思わず吹きだしてしまった。わずかに毛羽《けば》だっていた心が凪《な》いでゆく。

「グリの爪切《つめき》りも手伝ってくれるって」

「ありがたいね。まあでも、わたしたちだいぶ慣れてきたよね」

床に落ちたさっきの海苔の破片が、視界の隅に映っている。黒い小さな水たまりみたいに。

ガレットの表面に、ぶすりとナイフが突き立てられる。葉っぱが折り重なったような美しい模様が崩される。レイエと呼ばれる飾り包丁《ぼうちょう》は、職人の手作業で繊細に描かれたものだ。

「ガレット・デ・ロワにうってつけの日ってやつだね」

大きな円形のガレットを切り分ける手つきには無駄がなかった。ひとり暮らし歴の長い星夜くんは調理器具の扱いには慣れているし、アウトドア派だからキャンプや登山に行けば十徳《じっとく》ナイフを使いこなすという。

都心のパティスリーでガレット・デ・ロワを買ってきたのも、切り分け役を申し出たのも、星夜くんだった。

客人である星夜くんにキッチンに入られるのがそれほど気にならないことを、自分でも少し意外に思う。お客様でいる気がないのがわかるからかもしれない。カフェで働いているだけあって、調理器具も自分の手もこまめに洗う人だし、動線を意識して無駄《むだ》なく立ちふるまうから信頼がおける。それでもやっぱり他人に見られるのが恥ずかしいものもある。水回りの黴《かび》とか、チラシやクーポンをマグネットで乱雑に貼《は》りつけた冷蔵庫の扉《とびら》とか。

「ねえ、王冠ってお店でもらった？」

食器棚からケーキ皿を取り出しながらたずねると、星夜くんはガレットから顔を上げ「お、さすがフランス語の先生」と雑に褒《ほ》めると、ダイニングテーブルのほうを顎でしゃくってみせた。

「ちゃんと袋に入ってたよ」

「ならよかった」

わたしが出した三枚のケーキ皿に、三分の一サイズのガレットが丁寧な手つきで載せられてゆく。

ガレット・デ・ロワは、フランスの伝統菓子だ。

キリスト教の祝日である一月六日の「エピファニー（公現祭《こうげんさい》）」を祝って食べられる、パイ生地の中にアーモンドクリームを入れた焼き菓子。その中には、「フェーヴ（そら豆）」と呼ばれる陶製《とうせい》の小さなフィギュアがひとつ、隠《かく》されている。

自分に配られたガレットにフェーヴが入っていた人は、その一年幸運に恵まれるとされ祝福される。その人は王様・女王様となり紙の王冠をかぶるという慣習があるため、ホールサイズのガレットには紙の王冠がついて売られているのが一般的だ。

「いやー、ちゃんと一月六日にガレット・デ・ロワを食べたかったんですよねー。今日が土曜日なんてラッキーですよ奥さん」

ナイフの刃に付いたアーモンドクリームをキッチンペーパーで拭《ふ》きとりながら、星夜くんはなおも機嫌よく言う。早くも自分が王様になったみたいな、満足げな笑《え》みを浮かべて。

現在では、フランス現地でもエピファニーに限らず、一月中はガレット・デ・ロワを食べまくる。日本人が松《まつ》の内《うち》を過ぎても餅《もち》を食べるのと同じように。

でも、一月六日にこだわる星夜くんの気持ちもわかる。正式なやり方に則《のっと》り、「ちゃんと」やりたいという気持ち。凝《こ》り性な気質は、わたしにも尊にも少なからずある。

ただ――さらに厳密にこだわるならば、星夜くんは切り分け役ではない。本来のルールで言えば、いちばん年下の子どもがテーブルの下に隠れ、ガレットが切り分けられたあとに出てきて誰にどのピースを配るか指示するのだ。この三人で最も若いのは、四月生まれのわたしでも十月生まれの尊でもなく、十二月生まれの星夜くんだ。さすがにそんな細かいところまで突っこんで興覚《きょうざ》めさせるつもりはないけれど。

「おーい尊、いいぞお」

よく伸びる星夜くんの声に、リビングの隅でグリと遊んでいた尊がぱっと身を起こして駆け寄ってきた。真剣な小走りがおかしい。シンクの調理台に載った三枚の皿を真剣な面持《おもも》ちで見下ろしたあと、「んー、じゃあこれが奈穂。これが星夜で、俺はこれかな」とそれぞれ指差しながら言った。

土曜日といっても、みんなそれぞれ仕事のあとだった。労働の疲れはあるものの、そのぶん翌日が日曜日だという解放感も手にしている。夕食をサラダだけで済ませた胃に、大きめのガレットを迎え入れる気まんまんだ。

尊が割り当てた皿をそれぞれが捧《ささ》げ持ち、いそいそとダイニングテーブルに移動する。何事かと様子を見にきたグリが、しばしこちらを見つめたあとキャットタワーに戻ってゆくのが、なんだか人間じみていておかしかった。一般的なロシアンブルーの例に漏《も》れず、食欲旺盛《おうせい》でダイエット管理の必要なグリだけれど、ガレットの放つアーモンドクリームのにおいは猫には甘すぎたのかもしれない。

「なんか意外だったなー」

フォークを配りながら尊がつぶやく。ことり、という金属音が三回、テーブルに小さく響いた。

三人で食事する際、いつも星夜くんが尊の隣の席に座るので、わたしが男子ふたりと向き合う恰好《かっこう》になる。なんだか面接じみた配置だ。

「星夜がフランス文化に詳しいなんてさ。甘いもの好きな俺ですら知らなかったのに」

「スーパーセイヤ人ですから」

星夜くんは胸を反《そ》らし、

「元カノがさ、そういうの好きだったから」

と、視線をわずかに横に流してぼそりとつぶやいた。

星夜くんには、以前付き合っていた女性がいる。

アウトドア好き同士のふたりだったと話していた。どこかの河原《かわら》に張ったテントの前で撮ったツーショットも見せてもらったことがある。日焼けしたぴかぴかの笑顔で画面におさまったふたりは、まるでアウトドア雑誌から抜け出してきたように健《すこ》やかでエネルギッシュに見えた。

ふたりに確認して、紅茶を淹《い》れた。たとえふたりが賛成しなくても、ガレット・デ・ロワには紅茶を合わせたいと思っていた。ティーバッグの紐《ひも》を垂らしたままカップとソーサーを配り、テーブルの中央にシュガーポットと牛乳で満たしたミルクピッチャーを置いた。

「さーて」

星夜くんが、ぱんと手を打ち鳴らした。まるで先程自《みずか》らが発した「元カノ」という言葉の湿っぽい響きを打ち消すように。

いただきまあす。給食の膳《ぜん》に向かう子どものように無邪気《むじゃき》な声をあげ、めいめいフォークを持ってガレットに向かう。喉がごくりと小さく鳴る。三等分されたガレットの先端は百二十度もある。かなり大きなひと切れだけれど、食べきれそうな気がする。夕食を控えめにしてよかった。

フォークを寝かせるように横向きに持って、ガレットの先端を切り取る。ぱりぱり音をたてる表面を突き破ったフォークは層をなすパイ生地を刺し貫《つらぬ》き、柔らかなアーモンドクリームに到達する。切り取られた小さな三角形に、フォークを刺し直して口に運ぶ。ガレットならではの適度に硬くさっくりとした生地の歯ごたえを感じながら嚙みしめる。濃厚なバターとナッツの風味が広がってゆく。

遠い昔、近隣に住む友達の家で食べたガレット・デ・ロワは、もっとラム酒が効《き》いていた気がする。生地は分厚くて、弾力があって、しっとりしていた気がする。歯にも舌にも、たしかな記憶が宿っている。

フランスと日本の国際結婚の家庭だった。夫婦と、その三人の娘たち。フランス語やフランス文化と出会わせてくれた、わたしの人生に多大な影響を与えた一家だ。

ガレット・デ・ロワの会に招かれたとき、わたしは小学四年生だった。近隣のケーキ屋では売っておらず、家族のために手作りしたものだった。そのときフェーヴ入りを引き当てて王冠をかぶったのは美穂だった。女王になり損《そこ》ねてめそめそしていた三女のルイーズの泣き顔や、それを慰めながら笑う姉のクロエとモニックの声、独特のフレグランスが香るあの空間をありありと思いだす。

思考が思い出に支配されて黙りこみすぎただろうかと顔を上げると、尊も星夜くんも皿を見つめたまま無言で味わっていた。誰も言葉を発しないので、エアコンの稼働音が耳についた。紅茶をひと口飲んで口の中を潤《うるお》してから、さらにガレットを切り取ろうとフォークを突きたてる。

かちん。

固い感触が指先に伝わった。

「あ」

思わず声が漏れる。男ふたりがはっとした顔でこちらを見た。

視線の集まった手元で自分のガレット・デ・ロワをざくざくとほぐす。小さな陶器の人形が、澄《す》んだ音をたてて皿に転がり落ちた。

「おおお……」

嬉しい驚きが、低い唸《うな》り声を出させるのはなぜだろう。黒装束《くろしょうぞく》をまとい両肩に白い翼《つばさ》をつけた、聖人のフェーヴ。東方の三賢者のいずれかだろう。黒い衣には金色の縁取《ふちど》りが施《ほどこ》されている。

思えば三分の一の確率なのに、自分に当たることはまったく予想していなかった。

「うおお、おめでとう」

「今年のラッキーパーソンは奈穂さんだー」

尊と星夜くんに拍手で祝福される。そうだ、あれあれ。星夜くんがパティスリーの袋をがさがさいわせ、紙の王冠を取り出した。外側にだけ金色の色紙が貼りつけられていて、子どもの頃の誕生日会を思いだす。「あ、俺やる！」と無邪気な声をあげた尊が、星夜くんの手から王冠をひょいと奪いとった。

「王妃様《おうひ》、おめでとうございまーす」

うやうやしく言いながらわたしの頭に王冠を載せようとする尊のために、身を乗りだしてなおかつ頭を低くする。あの絵画みたいだ、と思った瞬間、

「なんか世界史でやった絵画みたい。なんだっけほれ、ナポレオンの」

まったく同じことを思ったらしい尊が言う。「わたしも思った」とくすくす笑いながら、ささやかな幸福を味わう。『ナポレオン一世の戴冠式と皇妃《こうひ》ジョゼフィーヌの戴冠』。作者のジャック＝ルイ・ダヴィッドはフランス人の画家なので、レッスンでもときどき題材にすることがある。

今、同じこと思ってた。そんな瞬間が、この人と結婚してからいったい何度あっただろう。高校時代、ぎくしゃくと始まった美化委員の活動でも、こんな小さなシンパシーを覚えることが何度もあった。ラブホテルでの二時間はその結晶《けつしよう》だった。あの頃持っていたイノセントななにかを、わたしたちは少しも損なっていないように思える。

「マントがほしいね、マント。あの長くてずっしりしたやつ」

「ジョゼフィーヌの手、こんな感じだったよね」

束《つか》の間《ま》ふたりで名画ごっこに興じていると、傍《かたわ》らの星夜くんからの視線にふと気づいた。わ

ずかに歪《ゆが》んだ口元のせいで怒っているようにも感じられる、やけに粘《ねば》り気のある熱視線だった。なんだろう、と思った瞬間「ほらほら、皇帝に皇妃様、召し上がりましょう」といつものトーンに戻ったので、わたしの気のせいだったのかもしれない。

王冠を載せたままガレットの残りを食べ、紅茶を飲んだ。本当に子どもの頃の「おたんじょうびかい」を再現しているようでおかしい。王冠は少し大きめに作られていて、頭を動かすたびに眉《まゆ》のあたりまでずり落ちるので、食べながらときどき位置を調整しなければならなかった。

「実はさ」

最後のひと口を食べ終わった尊が、おもむろに口を開いた。皿の上に残ったガレットのかけらをフォークの先でまとめながら、小さく笑っている。

「え、なに」

王冠を押し上げながら促《うなが》した。なになに、と星夜くんも尊のほうに身を乗りだす。そのお皿には、まだ半分以上ガレットが残っている。

星夜くんは甘いものや脂《あぶら》っこいものが大好きだけれど、食べるスピードはそこまで速くない。一緒に食事をしていて、わたしのほうが早く食べ終わることもあるくらいだ。けれど今日は常よりもさらに遅い気がする。のろのろとガレットを口に運んでは、フォークの柄をもてあそんでいる。

「恩田《おんだ》リデルって知ってるよね」

星夜くんに向けられた言葉だ。わたしたちは時折、家で話題にしているから。

「知ってる知ってる」

「恩田リデルに贈る花束作っちゃった、俺」

ええっ。わたしと星夜くんの声がそろう。

女性ファッション誌の専属モデルだった恩田リデルは、その雑誌を「卒業」したあと数年間の「自己研鑽《けんさん》期間」を経て、最近メディアに露出《ろしゅつ》するようになった。タレントとしてCMやバラエティ番組のレギュラーに数多く起用され、ドラマ出演の予定もあるらしい。

長い間誌面で見ていた人間が突然声を放ち動く姿を見せるようになったのが新鮮で、彼女がテレビに出ているとつい追ってしまう。モデルをやめても年齢を重ねても美しい体型をキープしているのはもちろんのこと、過剰《かじょう》な笑顔を見せたりせず低めのトーンで淡々と喋《しゃべ》るのが好印象で、モデルだった頃より気になる存在になった。「キスしても落ちない」の口紅《くちべに》を買ったのも、彼女が広告に起用されていたからというのが大きい。

最近ではSNSでも活発に発信し、誰にも忖度《そんたく》しない言葉の数々で耳目《じもく》を集めている。「私は生涯結婚しないし子どもも産みません。その手の質問は今後いっさいしないでください。されてもスルーします」と発信したときは、賛否両論が集まった。保守的なファンの一部は離れ、新たに彼女に注目する人が増えて、支持層が一部入れ替わったようだった。

「すげーじゃん。だって時の人だよね、恩田リデル」

「そうなんよ。この間ほら、賞獲《と》ったじゃん？」

「や、それは知らない」

「ベストピアスドレッサー賞。それのお祝いなんだって」

フォークの先でさらにガレットのかけらをかき集めながらはにかんでいる。尊のこんな顔を久しぶりに見たな、と思った。それからじわじわと、彼の語っていることのすごさが実感として湧いてきた。

恩田リデルは年末、ピアスが最も似合う有名人に贈られる「ベストピアスドレッサー賞」に選ばれた。有名なジュエリーブランドが協賛していて、近年各メディアで大きく扱われるようになった賞だ。受賞者に選ばれることは翌年の活躍を約束されたも同然とみなされており、大変な栄誉《えいよ》であるらしい。実際、一昨年の受賞者だった男性アイドルの知名度はぐっと上がり、テレビや雑誌で見かけない日はないくらいだ。

とはいえ、星夜くんが知らないのは無理もない。わたしはSNSで受賞者発表時の盛り上がりを見ていたけれど、もっと著名な賞に比べれば、そこまで情報を追う人はまだまだ少ないかもしれない。

花束を発注しにきたのは、恩田リデルのモデル時代にマネージャーをしていた男性だそうだ。

「そのときベテランがいなかったこともあって、店長が俺に任せてくれてさ」

わたしの夫が作った花束が、今頃恩田リデルの自宅に届いている。そう考えると、誇らしさが胸に満ちてくる。自分の手柄《てがら》でもなんでもないのに。

尊がトイレに立つと、その空いた椅子にグリが風のように飛び乗ってきた。その背中に伸ばされた星夜くんの手を躱《かわ》すように、さっと飛び降りてキャットタワーのほうへ走ってゆく。運動の一環だったらしい。肥満の危険性を考えたら、このくらい活発なのが望ましい。

もらわれてきたときは両手のひらに乗るほど小さかったグリも、もう生後五か月。体重は3キロを超え、ぽわぽわしていた被毛《ひもう》はシルキーで芯《しん》のある手触りになってきた。そろそろ去勢についても具体的に考えなくてはならない。室内でマーキングなどの発情行動が始まったら大変だし、オス特有の生殖器《せいしょくき》、主に精巣《せいそう》に関する病気を予防するのも飼い主の務めだ。どんなに成長しても、命を預かっている緊張感から完全に解放されることはない。

「かわいいですなあ」

グリの愛想《あいそ》のなさを気にも留《と》めていない様子で星夜くんはつぶやき、キャットタワーを見つめたまま問いかけてくる。

「猫アカウントとか、やらないの？」

「なにそれ」

「SNSでほら、ペットの写真を投稿する人たちいっぱいいるじゃん。猫飼ってる人なんか特に人気じゃん」

「ああ……」

写真なら、毎日のように撮っている。グリでいっぱいのフォトフォルダは、まるで灰色の海のようだ。ロシアンブルーの飼育関連の情報共有を目的として、それ専用のSNSアカウントをひっそり運営してもいる。ゆるやかに交流している愛猫家さんたちも何人かいて、自分の世界の広がりを感じたりもしている。

でもなんとなく、そのことは星夜くんに知られたくなかった。グリを承認欲求のためのコンテンツにしていると解釈されたら厄介《やっかい》なので。

「あんまり興味ないかな、そういうのは」

半分嘘で、半分は本心だった。

一日のベストショットはひそかに投稿し続けているし、それなりの反応も得ている。でも、むやみやたらと拡散されてほしいとは思わない。つながっている人たちに見てもらえれば満足だ。本当にそれだけかと言われたら、少し自信はないものの。

「へえ、すごい高邁《こうまい》な精神。じゃあさ、テレビの猫コーナーとかに応募したら？　ほら、『おれ、ねこ』とか」

星夜くんは朝の五分番組のコーナーに言及《げんきゅう》する。猫の視点で歌われる曲に、投稿写真を組み合わせて編集されるものだ。

「あ、あれは苦手」

「なんで」

「猫の気持ちを代弁する歌詞をあてがうのってなんか、人間の傲慢《ごうまん》っていうか……絶対その猫そんなふうには思ってないよな、ってついつい考えちゃうから」

「……ふーん」

沈黙が流れる。親密の証《あかし》ではない、気まずい沈黙。

内心焦《あせ》りつつ、用心深く言葉を補足する。

「……そもそも猫にも肖像権ってあるのかなって考えたら、そんなに世界に晒したい気にもならないかな。なんていうか、うん」

自分がひどく狭量《きょうりょう》で神経質なことを言っているような気がして、舌の奥が苦くなった。

「まじめだね、奈穂さんは」

つまらなそうに言って、星夜くんは視線を皿に戻す。フォークの先でいじり倒されたガレットは、既に粉々になっている。その様子になにか引っかかるものを覚えたものの、自分でもうまく説明をつけられず、ガレットに集中しているふりをした。

星夜くんは結局、自分のガレットを半分近く残した。クリーム入りのガレットがこってりしているせいか、誰も牛乳を使わなかった。ミルクピッチャーの中の牛乳は、どんどんぬるくなってゆく。

五分間の休憩タイムをとると、fuga くんはわかりやすく肩の力を抜き、顔の筋肉を緩《ゆる》めた。自分の生徒の誰よりもリラックスしてレッスンを受けているように見える彼でも、やはり多少は気を張っているのだろうか。
十九歳の fuga くんとのレッスンは二回目だ。大学の一般教養で履修《りしゅう》したフランス語の授業がいまいち消化不良だったので、もう少し丁寧に学び直して定着させたいのだという。そのわりには積極的に脱線したがるタイプで軌道修正するには少々骨が折れるけれど、小野田《おのだ》さんのようなぬめぬめした視線は感じないし頭の回転が速くておもしろい子だから、講師としては気が楽だ。

離席してしょうが紅茶を淹れ直し、通知の溜《た》まっているスマホを確認すると、興奮のにじむ文体が目に飛びこんできた。

『やばい！　アマプラに超〜観たかったやつ来てる！　次の土曜に観ない⁉』

仕事中の尊が休憩中に打ったのであろうメッセージ。尊のお気に入りの映画監督がメガホンをとった作品だ。尊が生活のために映画館へ足を運ぶのを我慢しているのを知っているから、わたしに断る理由はない。「観る観る観る！」とすばやく返信を打ちこみ、サムズアップの絵文字を添える。

尊の休みは木曜と日曜で固定だけれど、わたしは日曜のほかは平日のどこかとしか決まっていない。レッスンの入り具合によっては平日がすべて埋まることもあるし、まれに週休三日になることもある。ふたりとも休みである日曜日の前夜は、サブスクリプションサービスで映画かお笑いライブを鑑賞することが多い。もちろん自家製果実酒を啜りながら。

わたしたちの選ぶ映画に、恋愛ものは含まれない。医療ものでもホラーでもスプラッタでもない。フランス語は好きだけど、哲学的で抽象的な会話が飛び交いラブシーンの濃厚なフランス映画は、あまり好まない。涙を誘うことを過大に喧伝《けんでん》されている作品も避けがちだ。だから自《おの》ずと限られてくる。からっと笑えるコメディーや、キレッキレの会話劇が楽しめるもの、セッションや合唱のシーンがある音楽ものなどだ。

週末を思いながらひと息ついたあと早めにカメラの前に戻ると、fugaくんももう画面の向こうに座っていた。自然と雑談が始まる。

「先生はどうしてフランス語を始めたんですか」

「うーん、どこかで明確に『始めた』っていうわけでもないんだけどね」

基本的にはどの生徒にも敬語を使っているけれど、fugaくんとの休憩のときだけはなんとなくタメ口になってしまう。金髪で、童顔で、飄々《ひょうひょう》とした雰囲気のfugaくんは、自分の周りにはまったくいないタイプだ。弟がいたらこんな感じかな、と勝手に親しみを覚えている。

「子どもの頃、近所に国際結婚の一家が引っ越してきてね。たぶんお父さんの仕事の都合だったんだと思う。お父さんがフランス人で、お母さんが日本人で、お子さんは三人姉妹でね」

「へえ、ハーフってことっすね」

fugaくんがペットボトルを口に運んだのにつられてわたしもサーモマグを手に取り、しょうが紅茶で喉を潤す。

「歳《とし》も近いもんだから、その子たちとよく遊んでたの。うちもちょうど三人姉妹だったしね」

「え、そうなんすか?」

「うん」

クロエ、モニック、ルイーズ。ひとりひとりの顔や声を思いだす。次女のモニックがわたしと同い年で、三女のルイーズが美穂と同い年だった。登下校も一緒にしたし、放課後は近所の子たちと集まって川や公園や空き地や神社、さまざまな場所で遊び尽くした。親同士も交流を持ち、互いに家に招き合って食事会もした。祖父母の梨農園にも遊びにきて、一緒に収穫を手伝ったこともある。

「姉妹はフランス語と日本語のちゃんぽんで話すわけ。子どもってやっぱりほら、脳がまだ柔軟で語学の習得が早いじゃない？　その子たちが話すフランス語がなんとなく頭に入ってきたんだよね」

母がわたしたちのために英語の通信講座をとってくれていたので、その頃には基礎英語の素《そ》地《じ》があった。それを土壌《どじょう》にネイティブのフランス語を習得してゆく日々は濃密だった。子どもだからこそ、ためらいなく真似して喋ったり、意味を即時確認したりできたことも、きっととても大きい。

小学校の二年生から五年生の、ほんの三年間のことだった。別れは突然訪れた。今思えばきっと三年任期で、会社が借り上げた物件に一定期間住んでいただけなのだろうけど、子どもには理解も納得もできない理不尽なできごとだった。

帰国を告げられてからの日々は悲愴《ひそう》だった。毎日びゃあびゃあ泣いて過ごし、目を腫《は》らして学校へ行った。母も父も手を焼いていたことを思いだす。

鶴《つる》やハートを折った折り紙や、押し花にした四つ葉のクローバー、手持ちのシールやメモ帳。あげられるものはありったけクロエたちに渡した。彼女たちからフランスの絵本を何冊ももらったので、御礼に家にある日本昔話の絵本のセットをあげようとしたら、母が新しいものを用意して贈ってくれた。

「離れてからも、しばらくは文通してたんだけどね」

「文通！　郵送でってことっすか？」

「そうそう。まだ小五で、メールを使いこなすには至ってなかったから。あ、ちなみにエアメールはフランス語で“Par Avion《パラビオン》”と言います」

「突然のレッスンモード」

「でもねえ。やっぱり書き言葉だと、なかなか不便があってね。自分が文法も語法も全然意識せずに、耳から入ってくる言葉だけでフランス語を理解した気になってたなって気づいたの。だからまずはもらった絵本を辞書引いて自力で全部和訳することから始めて、英語と並行して勉強を進めたの。ほかにもやりたいことがあったから大学は理系の学部だったんだけど、第二外国語でフランス語を選択して、一般教養でもフランス語関連の科目をいろいろとって、独学でも勉強して」

「なるほど」

「悲しいことに、別れてから十年も経《た》つ頃には文通もすっかり途絶えてしまってたんだよね。どう考えてもわたしの返事が滞《とどこお》りがちだったのが原因だと思う。もっと完璧《かんぺき》にマスターしてたら、メールアドレスを交換したりして、今頃は違うツールでつながっていられたのになあって思う」

あのときの形容しがたいせつなさを思いだすたび、胸が軋《きし》むような痛みを覚える。ＳＮＳが発達してからは、彼女たちの名前で検索をかけようと思う日もたびたび訪れる。けれど指は動かない。己《おのれ》の怠惰《たいだ》と不勉強ゆえに途切れてしまった絆《きずな》と向き合うことがどことなく怖いし、もし見つけたところで、どんなふうにアプローチするか決めているわけではないし。

「そっかー、なんかエモいっすね」

無駄にしんみりしてしまった。休憩の五分もとっくに過ぎている。

「ごめんごめん、つい長くなっちゃった。レッスンの時間に食いこんじゃったね。このぶんは無償《むしょう》で延長させてもらいますので」

「小学生の頃かー。俺、いじめられてたなあ」

fugaくんは遠くを見るような目をしたまま、さらりと軽い調子で言った。

「えっ……」

「俺、生まれつき色素が薄いんすよ、髪も目も肌も。今はもうやけくそになって髪染めちゃってるけど」

「えっ、うん」

「背が伸びるのも声変わりするのもみんなより遅くて、女子みたいだって言われて。まあ恰好のターゲットになってしまうわけっすよ、こういう男子って」

あっけらかんと言われて、リアクションができなかった。自分のほうがひと回りも上なのに、講師なのに、適切な言葉が見つからない。

「あ、でも、今は幸せっすよ。今はそれを自分のアイデンティティーにしてるとこあるし。こうして自分の金でレッスンを受けて、学びを深める時間も持ててるし」

優等生みたいなフレーズを事もなげに吐きだして、fuga くんは無防備な笑みを見せた。

「だからそんな顔しないでください、Naho 先生」


十九歳のつるっとした肌を見ていた直後に四十代の脂ぎったぼこぼこの肌を見ると、嫌でもその落差が目についてしまう。

「Naho 先生、今日もかわいいですね。髪、ちょっと切りました?」

小野田さんは今日も絶好調だ。長年にわたって酒を呑みすぎている人独特のしゃがれ声。画像の解像度が高すぎるのだろうか、こめかみにフケが散らばっているのが見える。

最近はスキンケアやメイクをする男性も増えてきているらしいけれど、もっと小ぎれいにする必要のある人ほど絶対に関心を向けないのが世の常なのかもしれない。

「そうですね、少し切りました」

「やっぱりー。僕ね、こう見えてよく気がつくって言われるんですよ。観察眼が光ってるっていうんですかね」

いつものように口角だけ引き上げる。異性に対して鋭い観察力を発揮するというのは、はたして誇れることなのだろうか。

「ほんとにかわいい。どきどきしちゃいます、僕」

「ありがとうございます。えー、今日はとっても基本的な動詞、"aller《アレ》"についてやっていきます」

「ほーい」

「“aller”は前にサラッとやったんですけど、意味は覚えてますか？」

「あれですよね、あれ」

駄洒落《だじゃれ》というか、なんというか。小野田さんなら言うと思った。お愛想程度に口の端を持ち上げた。この程度のサービスならレッスン料に含まれていると考えてあげよう。

『『行く』の意味ですね。英語だと『go』に相当しまして、いろんな文章で使われるとっても大切な単語です。“aller”をマスターすることでフランス語の理解がぐっと進むので、今日は動詞の活用を覚えてしまいましょう。不規則動詞なので人称によって全然変わるんですが、ほとんど原形を留《とど》めていないのが多いです。丸ごと暗記するしかないです」

「あれね、あれ」

小野田さんはしつこい。わたしが駄洒落に反応するのを待っている。無視して活用を読みあげる。小野田さんにも指定教材として同じテキストを買ってもらっている。

「17ページ、上からです。ジュヴェ、テュヴァ、イルヴァ、エルヴァ、ヌザロン、ヴザレ、イルヴォン、エルヴォン」

「先生は、最近『あれ』したのいつですか？」

今度こそ、顔が、硬直《こうちょく》した。画面の向こうに小野田さんのにやついた顔がある。後退した前髪、皮脂の浮いた肌、黄色く濁《にご》った歯。

「……それは」

やめろ。やめておけ。頭のどこかで理性の声がする。

くらっては、いけない。皮肉も、嫌みも、暴言も、ハラスメントも。くらってしまったことを認めたら、尊厳が削られる。

「それは、どういう意味でしょうか」

やめておけ。このコマだけなんとか平気なふりして乗りきって、しっかりレッスン料を稼いで、あとで事務局に相談すればいい。

「あ、気に障《さわ》っちゃった？　ごめーん先生、かわいいからつい」

今日はずいぶん調子に乗っている。前はこちらの反応を見ながらだったのに。わたしの忍耐が、つけあがるきっかけを無自覚に与えてしまっていたようだ。

――小心者のくせに。うちの事情なんて、なにも知らないくせに。

「それ、直球のセクハラですよ」

「あーごめんごめん、全然そういうつもりじゃないの。ちなみにうちが最近『あれ』したのはね、二年前。完レス二年。なかなかでしょ」

体中がむず痒《がゆ》くなってきた。皮膚の内側も外側も全部。不快感が痒みとなって、全身を走り抜ける。

「……フランス語、ちゃんと学ぶお気持ちはあるんですか」

「違うの違うの先生、コミュニケーション。コミュニケーションの、潤滑油《じゅんかつゆ》。ねっ？　それにさあ、先生」

「なんでしょう？」

小野田さんは徐々に笑みを薄くしていった。

「先生さあ……」

たっぷりとタメを作ってから、もったいぶった口調で言い放つ。

「フランス語教えてるくせに、フランスに行ったことないんでしょう？」

知っていたのか、と思う。

プロフィールに海外渡航歴をひとつも書いていない講師は珍しいことくらい、わかっている。隠しているわけじゃない。現地の話を絶妙に避けていただけだ。訊かれたら正直に答えるつもりだった。

「言ってみれば、現地での滞在経験もない先生に、俺たちはお金払って受講しているわけですよね。それ考えたらちょっとしたサービスくらいあったっていいじゃないですか。なにがセクハラですか、ねえ先生」

ぶちっ。

手が勝手に動いて、「退室」ボタンを押していた。強制終了だ。

やってしまった——。モニターの前で頭を抱《かか》える。

フランスへの想いをこんなにも抱《いだ》いていながら渡航したことがないのは、自業自得のコンプレックスだ。

諸々の準備の面倒くささに情熱が負けてしまうこと、自宅の快適さを恋しく思ってしまうであろうこと、それによって同行者に迷惑をかけてしまうであろうこと。そんな理由で現地へ行くこともないままフランス語を教え続ける自分は、きっとプロフェッショナルだとは言えない。

せめてもう少し円高になるのを待とう、もう少し貯金ができたらにしよう、そんなふうに自分の中でぐずぐずといいわけしして先延ばししているのは怠慢でしかなかった。

ともあれ、これで生徒がひとり減った。つまり収入も減った。大きくはないが、けっして小さくもない金額だ。

わたしが耐えれば、家計に響くようなことはなかったのに。

講師用ページの専用フォームから事務局への報告を進めつつ、指先が震えているのがわかった。異常な痒みもまだ体のあちこちに残っている。

結局、くらってしまったのだ。わたしはただの無力な肉の塊《かたまり》だった。

リビングに置くソファーは、いいものを買おう。いいソファーが置いてあるだけで部屋全体のグレードが上がって見えるし、いざというときベッドにもなる。

入居時にそんな思いが共通していたわたしたちは、L字型の大きなソファーを買った。四人掛けの、ふかふかの。ふたりが寝そべっても、体のどこもぶつからない。

そんなソファーで、珍しくそろってドラマを観ている。

わたしたちが普段テレビドラマを追うのにさほど熱心でないのは、恋愛要素が多すぎるからかもしれない。恋愛がテーマのドラマでなくても、登場人物たちはたいていどこかで恋に落ちる。ホームドラマでも、医療ドラマでも、刑事ドラマでも、ミステリーでも。誰かが誰かに想いを寄せ、その想いがすれ違ったり通じ合ったりし、それについての一喜一憂《いっきいちゆう》がストーリーに絡《から》んでくる。

川の支流が本流に行き着くように、この世のありとあらゆる事象が恋愛、とりわけ異性愛に回収されるような気がする。そして「それこそがマジョリティですよ」と大声で言われているようで、どうにも肩身が狭くなってしまうのだ。

けれど、恩田リデルがドラマ初出演する「私たちは恋をしない。」は違うようだ。そのタイトル通り、恋愛をしない男女が同居するという物語らしい。そんな情報を尊が持ってきたのが年明けすぐのことで、わたしたちは今夜の初回放送を心待ちにしていた。紅茶を淹れてソファーに横になると、グリがわたしの胸と下腹の中間あたりに乗ってきて目を閉じた。

意匠を凝らしたオープニングから本編が始まった。演技に定評のある俳優たちが言葉を交わしている。ヒロインの妹という役柄である恩田リデルが中盤で登場すると、尊が「お」と嬉《うれ》しそうな声を漏らした。彼女のための花束を作って以来、以前にも増して親近感を抱いているようだ。

それにしても、新しいドラマだった。令和ならではの、と言ってよかった。主人公のチカとコウスケは、ひょんなことから古民家でルームシェアをすることになる。それは恋愛とも性愛ともまったく無縁の、むしろビジネスパートナーに近い関係である。しかし、周囲はふたりを恋愛関係にあると思いこみ、さまざまな面倒や困難が生じてゆく。

「アロマンティック・アセクシュアル」。ふたりは、自分たちをそのように自認していた。他人に恋愛感情を抱かない、性的に惹《ひ》かれない人や指向を指す言葉だ。

単語自体は耳にしたことがあった。けれどテレビというメディアで、しかも話題の俳優が出演するドラマで扱われるのは極めて珍しいことだった。ゴールデンタイムではなく二十三時からという放送枠ではあるけれど。

「……すごいね」

強めの酒を呑んだあとのような余韻《よいん》が胸に広がった。よけいなノイズを入れたくなくて、エンディングと次回予告が終わるなりリモコンをつかみ、テレビの電源をOFFにした。

「やっぱり、普通にいるんだね。わたしたちみたいな……」

アロマンティック・アセクシュアルという言葉を自分たちにあてはめて話していいのか、躊躇《ちゅうちょ》した。わたしたちって、そうなのだろうか。恋愛はともかくとして、肉体関係を結んだ相手はひとりではない。わたしも、尊も。

「普通じゃないからドラマになっちゃうんじゃない？　実話をもとにした脚本ってわけでもなさそうだし」

猫の代わりにクッションを抱えていた尊は、わたしより少し冷静だった。冷静というより、温度感が低めと言ったほうがいいのかもしれない。

「でもさ、そういう人たちが少なくないからこそ取り上げられることになったんじゃない？　モデルになった人たちはどこかに実在してるんじゃ」

「多いとか少ないとか実在とか、そういうのはどうでもいいんだけどさ」

ティーカップの紅茶をぐっと飲み干して、尊は虚空《こくう》を見つめた。どうでもいい？　なげやりな言葉が引っかかり、わたしはグリを抱いたまま言葉の続きを待った。

「――なんか、はっきり名前をつけて分類されるのもどうかって、俺は思う。ラベリングされたくないっていうか」

「ラベリング……」

わたしたちみたいなアロマンティック・アセクシュアルの人たち、と言いきらなくてよかったという安堵と、否定的にとらえすぎではないかという困惑が、同時に湧きあがる。

「え、同じような人たちがほかにもいて、それにはこういう名前がついてて、ってわかるほうがなんか安心しない？」

「『同じよう』ではあっても、『同じ』ではないじゃん」

「え、でも、名前があったほうが連帯しやすいし、人に説明するときにも便利じゃん」

「じゃあさ、奈穂は明日から『アロマンティック・アセクシュアルです』って名乗って生きていくの？」

「そんなこと言ってないじゃん……」

そこまでの覚悟があるわけではないけれど、自分に近い属性に名前があるなら、もっと知りたいよ。

話をそこまで広げたかったのに、尊は思案顔のまま自分のカップとソーサーをシンクへ運ぶと「明日、早番だから」と自室へ引きあげてしまった。

小野田さんとのこと、聞いてほしかったのにな。尊に共感してもらって、あの強大なストレスを少しでも減らしたかったのに。消化不良な思いを抱いて、ついさっきまで彼のいた空間を見つめる。

あのとき体中を走ったむず痒さが復活したような気がして、グリをきつめに抱きしめる。グリはするりとわたしの腕を逃《のが》れ、無駄のない身のこなしでキャットタワーを上っていった。


下半身を露出し、大きく脚を開く。初対面の男性の前で、うんと開く。

「力抜いて」

冷たく硬質な異物を挿入される。

「もうちょっと力抜いて、楽にして」

この、懲罰《ちょうばつ》のような状況。

わかっている。これは懲罰でも凌辱《りょうじょく》でもない。検査だ。医療行為の一部だ。

それでも、女だからってなんでこんな目に遭《あ》わなければならないんだろうと思う。自分の性がつくづく疎《うと》ましくなる。

リクライニングチェアのように背もたれが倒されると同時に、足を載せた部分がぱかーんと割れて強制的に開脚させられるこの屈辱的《くつじょくてき》な内診台《ないしんだい》に、わたしは初めて乗った。

「採りますよー」

声をかけてもらえるだけでもありがたいのかもしれない。ひんやりと冷たい金属の棒の先が、わたしの内側をぐりっと抉《えぐ》った。いっ、と声が出る。

分泌物《ぶんぴつぶつ》を採取した老医師は、診察台で開脚しているわたしをそのままに、すたすたと診察室の奥へ行ってしまう。天井に吊《つ》られたカーテンが臍《へそ》の辺りに垂らされていることにより、上半身と下半身とが区切られている。カーテンと床の隙間から、机に向かっている医師の丸まった背中が見えている。

どうやら顕微鏡《けんびきょう》をのぞきこんでいるらしい。まさかこの場で、この体勢のまま分泌物を調べられるとは思いもしなかった。

露出した下半身を晒したまぬけな恰好で、わたしは次の展開を待つ。この脚は、まだ閉じさせてもらえないんだろうか。自分の内部にすうすうと風が入ってくるようで心もとない。これがいつもの診察のスタイルなのだろう、傍らに立つ看護師は、あられもない姿のわたしを構うことなく医師のほうを見ている。

「あー、いるね」

背を丸めたまま、老医師が声をあげた。こちらの心境にそぐわない、呑気《のんき》な声だった。

「カンジダだねえー」

「カンジダ……」

名前だけはなんとなく知っていた。自分とは無縁の世界に存在しているはずのその響きに、目の前がすっと暗くなる。カンジダって、性感染症じゃないのだろうか。どうして性行為から久しく遠ざかっているわたしが。

「えっと、あの、どうして……どこから……」

「もともと膣《ちつ》の中にいる常在菌だからねカンジダは。でも体の抵抗力が低下したときなんかに増殖《ぞうしょく》して悪さすんの。自己感染。わかる？」

あ、そうなのか。

「風邪《かぜ》ひいたときとか、疲れてるときとか、ストレスがかかっているときとかね」

「ああ……」

心あたりがありすぎる。ここのところ、ストレスという名の生き物とともに寝起きしているような日々だった。なんてわかりやすい体なんだろう。

「常在菌のバランスが崩れると厄介だからね……エルシド」

医師が看護師に指示を出し、消毒綿か脱脂綿で陰部がさっぱりと拭きとられる。続いて、硬いものが脚の間に押しこまれる。また、いっ、と声が出た。痛みを知覚する前の、本能的な抵抗心から出る声だった。

「力抜いて」

また言われる。医師の熟練ゆえかさすがに激烈に痛いわけではないが、異物感はものすごい。医師はその指を奥の奥までぐいぐい押し入れてきた。処女でもないくせにと思われるのが嫌で、必死に耐える。

「この錠剤《じょうざい》を一週間挿《い》れます。毎晩寝る前に自分で挿れてね。できるだけ奥のほうまで押しこんで」

「えっ」

毎晩、自分で。

「今日のぶんは今挿れたから、明日の夜からの六日ぶん出すからね」

頭の中が真っ白になる。

混乱している間に指は抜きとられ、ひやりとした軟膏《なんこう》のようなものが陰部に塗りつけられる。

「このクリームも出しとくんで、錠剤挿れたあとに塗ってね。この辺にもよく塗って」

わたしの極めてデリケートな――誰からも故意に触られたことのないような微妙な部分を、医師は指先でとんとんと突いた。

「膣の中にまでは塗らないように」

「……は、はい」

「あとは清潔にしてね。一週間経って痒いままだったらまた来て」

「はい」

「あと、今日から二週間は夫婦生活しないでね」

「……は」

「わかる？　セックス。二週間は遠慮してね」

　はい、とわたしは答えた。そうするよりほかになかったから。

　自分の指では触れられない部分の痒みは、ただそれだけで羞恥《しゅうち》と不安をもたらした。それでも最初は、数日過ぎたらなんとなく治るのではと思おうとした。しかし甘い期待は打ち砕かれ、むしろどんどん耐えがたいものになってきた。レッスンを入れていない日に予約をとり、近隣の婦人科クリニックに足を運んだのだった。

　尊にはまだ伝えていない。著名人の性的なゴシップをあっけらかんと話題にすることはあっても、己のデリケートな部位の不調となるといくらなんでも抵抗がある。

　ましてや今、例のドラマのことで微妙な空気が漂《ただよ》っているのだ。ついさっき第二話の放送を観たのだけれど、尊はまたも複雑な表情を浮かべ、「おもしろいし繊細だけど、やっぱりなんでもカテゴライズするのは違う気がする」と感想を漏らしていた。

　テレビを消してそれぞれの部屋に戻ったら、その時間がやってきてしまった。

『両脚を広げてしゃがんでください』

『膣錠を人差し指の頭にのせ、膣内の最も深いところに挿入してください』

　わざわざ図入りで使用方法の記された紙を、絶望的な気分で見つめる。最も深いところ、という言葉のインパクトが大きい。普段、外からアプローチしようなんて思いもしないところ。

「挿入前には手指をきれいに洗ってください」「挿入後は手指を石けんできれいに洗ってくだ

さい」とも書かれていて、挿入前は石けんを使わなくていいのか、などとよけいなことを考えて気を逸《そ》らしてみる。

「——ふう」

大きく息を吐き、意を決してパジャマのズボンと下着を下ろして床にしゃがむ。なんて情けない姿。銀色のパウチから錠剤を押し出す。直径1センチ程度の、平べったいしずく型。その大きさや形状に怯《ひる》みながら指に乗せ、昨日婦人科であれこれ入れられた場所にあてがう。

ぐっ、と自分の内部に指を入れてみる。

「痛い痛い痛い」

思わず声が出た。錠剤は斜めに傾いたまま膣の中へと押しこまれてゆく。

「だめだ、無理無理無理」

痛みと異物感を無視できず、指を突っこんだまま途方に暮れる。奥までいかないうちにまったく進まなくなり、とうとう指を引き抜いてしまった。こんなんでいいのだろうか。「できるだけ奥のほうに」と言われたのに、5センチもいかない場所に引っかかっている。こんな中途半端な位置で溶けていって大丈夫なのだろうか。

わたしは自分で自分の体内になにかを挿れるのが怖い。タンポンすら使ったことがない。だって痛いに決まっている。子どもじゃあるまいしなどと笑われたり驚かれたりしそうで、誰にも言ったことがないけれど。

明日からどうしたらいいのだろう。残る錠剤はあと五個。正しく使い切らなければ、この屈辱的な痒みは消えないだろう。不安と情けなさとで、涙が出そうになる。

こうなったら、人にやってもらうしかない。——誰に？

そんなことを頼めるのは、この世にひとりしかいないのだ。

ああでも、ああでもやっぱり、そんなことさせられない。わたしは深く頭を抱える。

結婚したらひとりじゃなくなると思っていた。死別でもしないかぎり、倦怠《けんたい》とも孤独とも無縁でいられるのだと安心しきっていた。でも今、わたしは孤立無援だ。尊の部屋との距離が、何十キロもあるような気がする。

窓の外に雨の気配が押し寄せている。自分の心にも雨が降り始めたように感じられて、わたしはこの夜をもてあます。

尊

「ごめんね」

触られるほうの奈穂が謝っている。

「いや、こっちこそ……うまく行くかわからないけど」

正直、本当に自信はなかった。

あれこれ模索した結果、奈穂のベッドで行うことになった。膝を立てて仰向《あおむ》けになった彼女の上に、俺が身をかがめる。彼女が恥ずかしがるため、照明は落としてある。奈穂の柔らかな髪が枕に広がり、俺とは違うシャンプーの香りがほのかに漂っている。

これじゃまるで――これじゃまるで。

「ごめんね、こんなこと頼んで」

「いいから。痛かったりしたら言って」

これじゃまるで、性行為に及ぶふたりみたいだ。でも状況はまったく異なるものだ。

夕食の席で、奈穂はわかりやすく青ざめていた。具合でも悪いのかと声をかけると、箸を置いて顔を覆《おお》ってしまった。なにかトラブルでも起きたのかと、ひどく心配になった。

実際、トラブルはトラブルだった。「実は……あらぬところに異常をきたしまして」と奈穂は続けたのだ。

昨日婦人科を受診してカンジダ膣炎《ちつえん》と診断され、錠剤を処方されたのだという。自分で体に押しこむのがどうしても苦手でさ、痛くて、うまくいかなくて。視線を逸らし気味にしながらぎくしゃくと説明する妻に、夫としてかける言葉はひとつしかなかった。それでも、体中から勇気と覚悟を掻《か》き集めなければならなかった――「俺がやろうか？」。

節目のたびにかしこまって握手をしたり、寝違えた首や背中に湿布を貼り合ったり、その程度のスキンシップなら何度かある。でも、それらとは完全に種類の異なる行為に今は臨《のぞ》もうとしている。緊張が緊張を連れてきて、唾《つば》を飲みくだす音が部屋に響きそうなくらいだ。

結婚二周年の「綿婚式《わたこんしき》」に贈り合ったパジャマ、そのズボンは既に、下着と一緒に膝まで下ろされている。奈穂の太ももが、薄闇《うすやみ》にほの白く浮かび上がっている。

大丈夫。爪《つめ》は切ってあるし、手は洗って除菌ジェルも擦りこんである。奈穂は俺を信頼し、あられもない姿で横たわっている。

こんなかたちで妻とデリケートな接触をすることになるだなんて、思いもしなかった。緊張が指の先まで行き渡り、漫画みたいに冷や汗が流れる。

こんなのなんでもないことだと自分に言い聞かせ、静かに息を整える。実際、なんでもないことなのだ。夜な夜な性器を結合している世間の夫婦を思えば、必要に迫られて薬の挿入を代行することくらい。

「見てこれ、『治療中はなるべく性行為を避け、やむを得ない場合は、感染を防ぐためにコンドームを使用すること』だって！　やむを得ない場合ってどんな場合だろうね？」

説明の書かれた小さな紙切れをこちらに見せながら、ことさら軽い調子で奈穂が言う。

「ってかさー、お医者さんが『二週間は夫婦生活しないでね』とか言うの。なんなんだろうね、『夫婦生活』って？　じわじわ気持ち悪い言葉」

「……たしかにね。それは思う」

奈穂も自分の緊張を解きほぐそうとしているのがわかって、俺は逆に落ち着きを取り戻し始めた。やるしかないのだ。

左手を布団の上に突き、しずくのような形をした平べったい錠剤を乗せた右手の人差し指を、そっと奈穂の脚の間に差し入れる。その体温、その触感、その湿度が、女性に触れなくなって久しい手をおじけづかせる。

「もっと……この辺かな。うん、そのあたり」

奈穂が少し身を浮かせて俺の手を取り、場所を微調整した。

「ぐっと行っちゃっていいから」

言われて、思いきって指先に力をこめる。錠剤に先導してもらうように、奈穂の内部へと指を押し進める。粘膜《ねんまく》はかすかに湿っている。ビート板にすがって泳いだ小学生の頃を思いだした。いっ、と奈穂が小さく呻《うめ》く。

「ごめん、痛い？」

「大丈夫。自分でやるよりいい感じ。だから止めないで」

止めないで。

状況によっては劣情を煽《あお》る言葉かもしれないな。そんなことを考える間にも指は動いて、奈穂のうんと深いところまで進んでいく。

「……このくらいで、どうかな。だいぶ奥まで来たかも」

「うん……」

苦しげに伏せられていた奈穂の目から、ふっと力が抜けた。いつもの奈穂の顔だ。

「ありがとう。いいと思う」

「じゃ、抜くね」

「うん」

ゆっくり、ゆっくり、俺は奈穂の中から指を引き抜く。完全に抜けるなり奈穂はすばやく身を起こし、布団をかぶって着衣を直した。傍らのウエットティッシュを引き抜いて、俺の手に飛びつくようにして渡してくる。

「拭いて、拭いて、早く。洗ってきて」

「う、うん」

「ありがとうねほんとに。助かった」

「うん。よかった、お役に立てたのなら」

なんとも言い難い気まずさに、視線を合わさずに応じた。奈穂の目の前で丹念に指を拭くのはなんだか気が咎《とが》めて、俺はウエットティッシュを手の中でなんとなく丸めながら立ち上がる。

「……あの、明日もお願いしていい？」

早く洗ってこいと言うわりに、奈穂は心細そうに問いかけてくる。

「もちろん。奈穂さえよければ」

「助かる。お願いします」

ベッドで頭を下げる奈穂に「おやすみ」と声をかけ、俺は彼女の部屋を後にする。

不思議な感覚に包まれていた。彼女の中に入りこんだ指先をもてあましながら、リビングとダイニングを通り抜けて洗面所へ向かう。今になって心臓がばくばくしてきた。

スキンシップが果たす役割について、初めて考えていた。

ここのところ、一緒に観ているドラマについての微妙なスタンスの違いから、奈穂に対して少しよそよそしくしてしまっていた気がする。そんなわずかな心の距離が、今ので一瞬にしてぶっとんだ。

キャットタワーのお気に入りのハンモックでグリが眠っている。銀色に光るしっぽがたらんと垂れて、かすかに揺れていた。


「このところの夏の暑さでさ、花農家さんたちが次々廃業しちゃってるんだよね。一日中エアコン回してないと、ハウスの気温が上がって花が傷んじゃうでしょう。けど電気代も運送費も燃料費も上がってるから、どうやっても採算が取れなくて廃業を選ぶしかなくなるんだって」

添田《そえだ》さんがいつにも増して雄弁だ。今朝《けさ》市場で仕入れてきたダッチアイリスをてきぱきと水《みず》揚《あ》げしながら、いっときも口を休めない。

「怖いよね。そういう生産者さんが増えると、うちも危ないかも」

添田さんが毎年この時期に仕入れている花のいくつかが、花の生産農家の廃業で入荷できないとわかり、重い溜息《ためいき》からのこの話題だった。卸売《おろしう》り市場での買い付けではまかなえない仕入れを補《おぎな》ってくれる、店に直接搬入してくれる貴重な生産農家だっただけに、ダメージが大きいことはよくわかる。

花の生産者が減るということは、供給される花の種類や量が不安定になるということだ。繊細な温度管理の必要な花にとって、近年の猛暑はあまりにも過酷《かこく》だ。管理から出荷まで以前と同じクオリティーで行うとなると、燃料費の高騰《こうとう》が生産者を直撃する。なんとも厳しい時代が到来している。

「社会の皺寄《しわよ》せがうちみたいな小さなお店に来るんだよねえ」

「ほんとに厳しいですよね」

相槌《あいづち》を打ちながら、俺も手早くカーネーションを水揚げする。茎《くき》の下半分の葉を取り除き、いちばん下の節《ふし》ごと切り落とすように斜めにカットする。キッチン鋏《ばさみ》でもいいのだが、茎を上下から挟んで切るよりは負担をかけにくい気がして、フローリストナイフを使っている。節の部分で折れないようにそっと持ち、ナイフを斜めに滑らせて切る。こういうのは全部、添田さんが教えてくれた。

別れの季節、三月。花を贈りたい人の来店がどっと増える時期だ。卒業式や退任式、各種送別会の類《たぐい》で需要がぱんぱんになる。ホワイトデーに彼岸《ひがん》まであるから、客足が途切れることがない。開店と同時に何人も入ってくる日もある。式典やイベントのための受注もこなさなければならない。まさに書き入れ時だ。

いつもなら仕入れから帰ってきたら最低限のことだけ済ませて仮眠に入る添田さんも、開店ぎりぎりまで大量の花をさばき、注文分の花束やアレンジメントの準備に追われる。バックヤードはエルフと呼ばれるプラスチックのバケツであふれ、動線がかなり悪くなっている。

花の手入れも接客も集中して能率を上げていかなければならないのに、この数日の俺はなにをしていてもふわふわした気分から抜け出せない。仕事モードに切り替えているはずなのに、指先を使って作業するたび、ここ最近の夜のことが意識に入ってくる。

昨夜も、この指で奈穂に薬を挿入した。計六錠処方され、既に四錠使ったから、今夜と明日で使い切ることになる。

みずみずしい花の茎を持つたび、ナイフや鋏を握るたび、金銭を受け渡すたび、奈穂の体の内部の感触や湿っぽさが蘇って、なんとも言えない不思議な感覚に包まれる。

そうか。世間の夫婦や恋人たちは、パートナーのデリケートな部分に触れた手で日々、仕事しているんだな。そんなあたりまえのことに思い至り、小さな戸惑《とまど》いや感慨《かんがい》を覚えたりする。

「あーやっぱりお店を大きくして、提携業者さんも増やすべきだよなー。まずはおっきいホテルどんどん取っていかないとなー」

手を休めることなく、添田さんはひとりごととも愚痴《ぐち》ともつかない言葉を漏らし続ける。

「ホテルを取る」というのは宿泊予約のことではなく、ホテルに出張して装花や活《い》け込みをする仕事を受注することだ。大手の有名ホテルでは、花の仕入れ値に対し何倍もの売り値で取り引きができる。とりわけブライダル関係が入ると、店の収益が大きく跳ねあがる。

月に一度あるかないかだが、そんな大きな案件が入ってくる。俺も何度か都内の老舗《しにせ》ホテルでの仕事に同行した。

「そうですね、でも……」

「ん？」

「あ、いえ」

結婚式も各種イベントも、どうしても土日に入ることが多く、そのたびに臨時店休日にして出張しなければならない。土日に通ってくれるお客さんたちのことを思うと、胸が痛む。できるだけ大切にしたいし、がっかりさせたくない。たとえ客単価は低くても。

昼から、遅番で宮西《みやにし》さんが来た。タイムカードを押してエプロンをつけて戻ってきた彼女に、添田さんがさっそくきびきびと指示をする。

「あっ宮西さん、来るなり悪いけどお願いできる？　裏の作業台に置いてあるオアシス三分の一ずつにカットして、水に浸《つ》けといて。それ終わったら売り場入って塩崎くんと交代して」

「……水ですか」

寝不足なのか、宮西さんはとろんとした目つきでぼんやりと繰り返す。今日も腰まで届きそうなロングヘアは健在だ。

「水……なにに……」

「エルフでもボウルでも、なんでもいいよ。あ、じゃあ塩崎くん、休憩入りがてら見てあげて」

「あ、はい」

ちょうど客の切れ目だったので、宮西さんを伴って店舗の奥へ向かう。水揚げ中の花たちを蹴とばさないようにバックヤードを歩き、資材の詰まった引き出しからてきとうなボウルを出して渡す。

「これに水張って、切ったオアシス入れとけばいいから」

オアシスとは花専用の吸水スポンジで、濡らしたものに茎を挿すことで花をみずみずしく保つ資材だ。使う直前に水に浮かべて吸水させる。アレンジメントで大量に消費するので、花問屋さんから定期的に仕入れている。

「ふわあい」

宮西さんはあくび混じりの返事をして、「あたし今日、二日酔いなんですよお。昨日サークルの追い出しコンパで」と情報を付け加えた。酒くささが抜けきっていないのでそんなところだろうと思っていた。接客は大丈夫なのだろうか。そのどこにも力の入っていない立ち姿に不安を覚える。学生だからしょうがない、だろうか。

スタッフ用の更衣《こうい》スペースとパーテーションで仕切られた空間に、休憩や来客対応のためのテーブルがある。向かい合わせにセットされているパイプ椅子《いす》のひとつに腰を下ろし、奈穂が誕生日にくれた新しい帆布《はんぷ》のバッグから弁当を取り出す。弁当と言っても時間と金の節約のため、たいてい中におかずを詰めて大きめに握ってきたおにぎりだ。

ほかの店の裏側を見たことがないのでなんとも言えないが、個人の花屋にしてはスタッフのためのスペースが広めにとられているように思う。添田さんが仮眠するための折り畳《たた》み式ベンチもある。パソコンの置かれた事務スペースに、花資材置き場に、トイレと小さな水場。どこにも無駄のない空間づくりは、インテリアデザイナーを目指していた頃の自分が見たらどんな感想を持つだろう。

ソーシャルゲームのイベントクエストを回しながら簡単な昼食を腹に詰めこみ、机に突っ伏して少しだけ仮眠した。誰でもベンチを使っていいことにはなっているものの、女性の上司が主に使っているものと思うとなんとなく遠慮が先立《さきだ》つ。熊倉《くまくら》さんなんかは堂々と使っているようだけれど。

休憩時間は四十五分間となっているが、実際にはそんなにたっぷり休んではいられない。店はいきなり混むことがあるし、長丁場《ながちょうば》で疲れている添田さんにできるだけ早く休憩を回さなければならない。エプロンを締めてシザーケースを腰にセットし、いつものように気持ち早めに売り場に戻ろうとすると、売り場の隅のシンクで宮西さんがさっきのボウルに水を張っているところだった。きっと店が混んで、さっき頼まれたことにようやく着手したところなのだろう。

「戻りましたー」

声を張りつつ、宮西さんの手元に目をやってぎょっとした。水に浮かべたオアシスを、指先でちょんちょんつついて沈めている。

「ちょ、ちょょっと」

思わず大きな声が出た。宮西さんが顔を上げてこちらを見る。黒目の比率が不自然なほど大きいことに気づいた。カラーコンタクトを入れているのかもしれない。

「オアシスは水に浮かべたら触っちゃだめだよ。自然に沈むのを待たないと」

「え？　だって急いでたんで」

「無理に沈めたりしたら内部が乾いたままになっちゃうから。表面が先に湿っちゃうと空気の逃げ場がなくなって奥まで給水されなくなるって、教わらなかった？」

熱がこもって早口になってしまった。宮西さんは指先を濡らしたまま、人工的な瞳で俺をじっと見ている。その口元が不服そうに歪められてゆく。え、俺はあたりまえの注意をしただけなんだが。

「どしたんー」

お客の見送りを終えた添田さんが、軽い調子で入ってきた。俺が説明しようと口を開きかけたとき、

「オアシスって水に沈めちゃだめなんですか？」

挑戦的な口調で宮西さんが言った。え、だから今、理由を説明したじゃんか。

「ああ、うん、触ったり水かけたりしないで放置するだけだよ。そうすれば自然に沈んでまんべんなく吸水するから。あれっ、私それ教えなかったかな？」

「あたし教わってないですけど」

宮西さんは不快そうな声や表情、強気な態度を崩さない。でも、悪いけれどそんなはずはない。オアシスの扱いかたは、花屋の店員が覚えるべき事項の基本の「き」だ。誰からも教わっていないなんてありえない。年末から働き始めてまだ知らないだなんて、なおさら絶対にない。しかも主な指導係は、あの熱心な熊倉さんだったのだ。

もしかしたら、宮西さんは短期記憶が苦手なんだろうか。ラッピングペーパーやリボンの切りかた、花資材の収納場所。教えたはずなのにと思いながらサポートする場面が、これまでにも何度もあった気がする。

だが問題なのは、記憶力そのものよりもプライドの高さかもしれない。

「教わってもないこと、できるわけないじゃないですかっ」

息を乱し泣き声になっている後輩スタッフに、仕方なく俺は「指導漏れだったのならすみませんでした」と頭を下げた。

添田さんがちらりとこちらを見て、小さくうなずく。とりあえず上司と齟齬《そご》が起きていないのならいいやと、気持ちを切り替えようとする。でも、もやもやは水に沈み損ねたオアシスのように感情の入口に浮かんでいた。


職場でストレス事案が発生した翌日が休みというのは、いいのだろうか悪いのだろうか。距離を置いて頭を冷やせるのはいいけれど、少しでも事態を進展させるためには職場にいて問題そのものと向き合っていたほうがいい気もする。

でもいずれにしろ今日は、俺たちには大事な予定が入っていた。

「グリ、大丈夫かな」

頬杖《ほおづえ》をついた奈穂が、溜息とともにつぶやく。さっきまでふかふかの銀色の被毛を撫でていた指先が、滑らかな頬に食いこんでいる。

「大丈夫じゃない？　あそこの病院、手術の口コミもよかったし」

「まあ、大丈夫なんだろうけどさ」

さっきからほとんど「大丈夫」という言葉しか出てこない。

窓ガラスの向こうの往来を歩く人々は皆、なんの悩みもなさそうに見える。そんなはずはけっしてないのに、誰もが身軽で幸せそうに見えるのはなぜだろう。

「人間の都合でごめんね、って思っちゃうよね」

奈穂がまたせつなげに息を漏らしたとき、ほかほかと湯気をたてる皿が運ばれてきた。上半身を少しだけ後ろに反《そ》らして迎える。隣の席の女性客が、手にしたメニュー表から顔を上げてこちらに視線を注《そそ》いでいる。

予約していた動物病院にさっき、行ってきた。奈穂とふたりで、グリを連れて。去勢手術を受けさせるために。

ロシアンブルーのオスは、生後九か月から十二か月頃に性的に大人になると言われているらしい。成熟してから去勢をすると体に負担がかかって猫を苦しめることになるため、睾丸《こうがん》の発育を見ながら初めての発情期が来る前に受けさせるのがポイントだと、本にもネットにも異口同音に書かれている。

発情行動が始まるには少し早いからまだ様子を見ようと思っていたら、適切な爪とぎを覚えたはずのグリが壁を引っかき始めた。俺たちの持ち物で最も高価なソファーの脚や座面にも、小さな傷がいくつもつけられた。

慌てて動物病院に電話をしたら、たまたま希望日にキャンセルが入ったということで枠に入れてもらうことができた。本来はずいぶん早めに予約しないと受けられないほど混み合うものらしい。

来院して即日受けられるものではなく、まずは説明書と同意書をもらいに行き、昨日の夕方からは食事と水の制限を受けるという段階を経て、手術当日の今日を迎えた。こんなに大変なものだとは知らなかった。世間の愛猫家や愛犬家を見る目がどんどん変わってゆく。ひとりで多頭飼いしている人たちなんて、どれほど大変なことだろう。仕事の調整だってままならないはずだ。

猫を飼う前はただの風景の一部だった動物病院は、今では自分たちにとって大きな意味を持つ施設になっている。ドラッグストアのペット用品売り場もそうだ。グリに出会うまでは、本当の意味では実在していなかったとも言える。

混合ワクチンを受けさせるために通ったことがあるとはいえ、いつもと異なる雰囲気を察したのかグリはナーバスになり、奈穂に抱かれつつも喉を低く鳴らして唸《うな》っていた。医師は自分よりやや若く見える男性だ。短めに整えられた髪に、涼しげな目元、繊細そうな指先。いつもグリの毛並みの豊かさを褒めてくれる。

「今朝は元気そうですか？　うんちは出てますか？　昨夜はどうでしたか？」

いくつもの問診・視診・触診を経て、血液検査も行ってようやく手術が許可され、署名した同意書を渡して、グリに手を振った。オスの手術はメスよりは早く終わるそうだが、それでも半日がかりのため、俺たちはいったん帰宅した。キャリーケースを家に置き、予約しておいたイタリアンの店に徒歩で向かった。今日はホワイトデーでもある。

長時間外へ遊びに行く機会は、最近とみに減っている。グリがいるからだ。猫の食欲は凄《すさ》まじく、三食きっちり与えてもまだものたりなそうな顔をしている。そんな生き物を残して遠出する気になんてなれない。ゆったりランチするなんていつ以来だろうか。

この店の看板メニューでもある、鹿《しか》のラグーパスタ。こんもりと盛られた麺《めん》の山にフォークを差しこむ。山が崩れ、内側に押しこめられていた湯気がもわりと出てくる。鹿肉は臭《くさ》みがなく、独特のコクと旨味《うまみ》があった。この店の売りである手打ちの生パスタは歯ごたえがあり、ラグーソースと絡まって絶妙な味わいが生みだされる。「自宅では絶対に作れないものを食べよう」と言い交わしてやってきたから、その意味でも満足だ。

でも、今日はなんとなく肉ではなく魚にしておくべきだったかもしれないという気持ちも芽生えている。ペットやその子孫の生殺与奪《せいさつよだつ》に関《かか》わるということの重みや、術前に刈られるであろうグリの睾丸周りの柔らかな被毛のことなどを考えてしまう。つくづく勝手でどうしようもない生き物だ、人間というやつは。

ホワイトデーらしさを意識して、デザートは「本日のスペシャルドルチェプレート」にした。ずしりと重そうなガラスの角皿には、フォンダンショコラをメインにジェラートとチーズケーキが盛りつけられている。四隅に花びらが少しずつ置かれていて、「こちらはエディブルフラワーとなっておりますので召し上がってください」と女性店員が説明する。

「……え、知ってた？　エディブルフラワーって」

店員が去ったあとで奈穂が顔を近づけてささやくので、笑ってしまった。知ったかぶりをしないというのは奈穂の美質《びしつ》のひとつだ。

「農薬とか化学薬品をいっさい使わないで食用に育てた花、っていうやつだよ。これはビオラだね。こっちはナデシコ」

「ナデシコ……ナデシコジャパン……」

奈穂は感心したように口の中でつぶやき、フォークの先でビオラの花びらを器用に掬《すく》った。

鮮やかな紫と黄色の花びらが口の中に消える。

「なんか……ベビーリーフ食べてるみたいな感じ」

「わかる。味わうってよりは、食感だよね」

言いながら、少しだけ柚香《ゆずか》のことを考えた。エディブルフラワーを知ったのは、柚香の誕生日に予約した（「予約させられた」が正しい）、都心の高級フレンチの店で食べたときだ。一食で数万円も飛ぶような店に着ていく服がなくて、さんざん悩んだ挙句《あげく》就活用に着ていたスーツで間に合わせた。渋い顔の柚香にセンスがどうのこうのとさんざん言われたが、リクエストされていたプレゼントを渡したら嘘みたいに上機嫌になった。あのとき以来のエディブルフラワーを、俺も奥歯で咀嚼する。

「すっごい、とろっとろだ。ちょっとこれ早めに食べたほうがいいよ、固まっちゃう前に」

フォンダンショコラをスプーンで崩した奈穂が感激の面持《おもも》ちで言うので、先に片づけようとしていたジェラートを急いで口に運んだ。フォンダンショコラの表面をスプーンの先で叩くとひびが入り、チョコレートがかすかに湯気をたてながら溶岩のように流れだしてきた。ジェラートで冷えた口に熱いチョコレートがじんわりと沁《し》みた。あまりの美味《うま》さに、昨夜から絶食して手術に臨んでいるグリへの申し訳なさも薄らいでしまうほどだった。

「男ひとりだとさ、外でこういうの食べるのってなかなか難しいからありがたいよ」

「お、急に感謝」

「いつも思ってるんです」

心から言った。

——女の子みたいだな。

父の言葉がいまだにトラウマになっているだなんて、あまりにも子どもっぽいだろうか。

小学五年生か、六年生だったたか。父と兄と三人で出かけたことがあった。どうして母が留守番したのか、その理由はどうしても思いだせないが、両親の間に流れる空気が微妙だったことだけは記憶にあって、おそらくふたりは喧嘩していたのだと思う。父は妙にハイテンションで、母は無表情のまま見送りさえもしてくれなかった。

「おまえらの好きなところに連れてってやるぞ、なんでも言え」

車に乗りこむなり気味が悪いほど機嫌よく父は言ったが、その顔はほとんど笑っていなかった。助手席の兄の衛《まもる》が黙りこくっているので、俺が「チョコレートパフェが食べたい」と答えたら、「なんでも」と言ったはずの父は急に顔をしかめたのだ。

「なんだ尊は、女の子みたいだな。そういうのじゃなくてほら、バッティングセンターとかボウリングとかおもちゃ屋とか、いろいろあるだろう」

だったら最初から選択肢《せんたくし》を示せばいいのにという反発と、甘いものが食べたいという欲求に性別が関係あるなんてという混乱が、幼い俺から束の間《つかま》言葉を奪った。結局ゲームセンターに行ったあとファミリーレストランでパフェを食べることにはなったのだが、素直に味わうことがどうしてもできず残してしまったのを覚えている。運ばれてきた直後からグラスの中の生クリームがぬるくて、最初から少し気持ち悪かったことも。

「女みたい」。その言葉が否定的な文脈で使われることは、前職でもあった。

忙殺される日々の中、休日に社員だけで出かけたことが一度だけあった。先生が施主《せしゅ》さんにもらったただかなんだかで、都内の競馬場の株主優待証が複数枚あり、「全員で行くぞ」と唐突《とうとつ》に宣言されたのだ。寝だめするつもりだった日曜日が潰《つぶ》れたが、先生のプライベートな姿を見られるのは貴重な機会かと思い、眠い目をこすって休日ダイヤの電車に乗った。

間近で見る馬たちのレースはたしかに迫力満点だったし、当たらなくてもそれなりに楽しむつもりだった。でも、そういうときに別のことを考えてしまうのが俺だった。このたくさんの客のひとりひとりに家庭があるとしたら――ギャンブルに熱中する彼らを待っている人たちがいると思うと複雑な感情が湧き、純粋に楽しむことは困難だった。男たちの汗や整髪料のにおいと飲食物のにおいが混じり合い、連日の疲労のためもあって少し気分が悪くなってもいた。

「どうだった、初めての競馬」

先生に話しかけられて、丸まっていた背筋をぴんと伸ばした。

「あ、はい、馬って美しい生き物だなあと思いました」

けっ。

俺の返事に、先生はつまらなそうに眉を下げて横を向いた。いつも先生に追従している先輩が「なんだよ、女かよ」と俺の腕をはたき、濁った声で笑った。

甘いものや美しいものというのは、人前で手放しで褒めたり求めたりしてはいけないらしい。男らしくないと思われるのを避けたいなら。ましてや、俺は平均的な男性よりやや小柄なせいか、気を抜いているとばかにされたりからかわれたりしがちだった。

女性を見下しているつもりはない。むしろ尊敬の対象だ。男より落ち着いてるし、頭がいいし、清潔で、なにをするにも丁寧だ。それでもなぜだろう、「女みたい」と言われるたびに自尊心が傷つく。それは無意識に男のほうが優れていると思っているからではないのか。「そんなつもりじゃない」で済ませていい感情なのか。自分の潜在意識と向き合わされる気がして、幾重《いくえ》にも苦しい気分になる。

世間が求める「男らしさ」を持たない男は、本当に息苦しく生きづらい。普通にしていてもなにも言われない人たちが心底うらやましい。

呑み会ではカシスオレンジやファジーネーブルやカンパリソーダを注文したい気持ちをこらえて、特に好きでもないビールを呑む。クレープやタピオカドリンクのキッチンカーにできた行列を見ながら、強い意志を持って素通りする。いくらおしゃれだと思っても、赤やピンクがメインの服は選ばない。

いつからか、そうやって過剰なまでに自分を守るようになった。それでも世間は俺の「男らしくなさ」を目ざとく見つけてあげつらい、嘲笑《あざわら》う。ずっと、自分の足に合わない靴《くつ》を履《は》いて道路の端を歩いている気分だった。

でも、今は違う。こうして妻と甘いものを食べ、鞄を好きな本で膨《ふく》らませ、きれいな花に囲まれて働いている。奈穂と再会したあの夏から、ようやく自分の人生が始まったような気がする。昨今ではスキンケアや化粧をする男性の人口が増えているというし、潮目《しおめ》が変わってきているのかもしれない。

フォンダンショコラの甘さが喉を通り抜ける。ゆっくりと食道を滑り、胃に落ちてゆく。泣きたいくらい幸せだ。「男らしい男」から降りてもいいし、降りなくてもいい。日替わりだっていい。奈穂との日々がそれを教えてくれた。

目の前でチーズケーキにフォークを刺している奈穂に、今夜もしずく型の錠剤をひとつ、挿れてやる。それは俺にしかできないこと。薬がちゃんと効いて、痒みのほうはだいぶ引いてきているらしい。

ラブソングとか恋愛もののエンタメ作品なんかでやたら「きみを守りたい」とか「きみのために生きる」とか言うけれど、実際的にはこういうことなんじゃないだろうか。パートナーが困っているとき、その悩みや苦痛を取り除いたり軽減してやったりすること。具体的に文字通り手を差し伸べることができた自分を、俺は誇らしく感じていた。なにより、言葉を尽くさなくてもわだかまりを消滅させることのできるスキンシップの尊さみたいなものに、まだ感動しているのかもしれない。

じじっ。じじっ。隣の椅子に置いたショルダーバッグの中で、スマホが短い振動を繰り返している。一瞬だけ取り出して画面を確認する。予想にたがわず星夜のＬＩＮＥ攻撃だった。記念日やイベントの日を狙ったように連絡してくるのは、うっかりなのかわざとなのか。『ちょ！　札幌高裁すげえよ！　同性婚を認めない規定は違憲だって！』『日本の未来が変わるかもしんない！』

興奮気味のメッセージに続いて、ネットニュースのリンクが貼られている。「同性婚を認めていない民法などの規定は憲法に違反するとして、北海道内の同性カップル三組が国を訴えた訴訟《そしょう》の控訴審《こうそしん》判決が――」。

同性婚をめぐる流れを俺はぼんやりとしか把握していない。対して星夜はいたく興味を持っているらしく、全国の地方裁判所の訴訟やその判決を熱心に追っている。たまにこうしてその進捗《しんちょく》を共有してくることもある。

あとで返せばいいや。既読だけつけたＬＩＮＥを閉じてスマホをバッグの中に雑に押しこみ、俺は再びスプーンを握りしめる。フォンダンショコラから流れだしたチョコレートが、皿の上でオーストラリアみたいな形に広がっている。

「抜糸まで終わると、ようやくほっとできますよね」

シャッターの降りるがらがらという音よりも、熊倉さんの声は大きい。不要な照明を消した閉店後の店内に響き渡る。

「懐かしいなあ、うちもさんざんやりましたよ去勢手術。普通の雑種でしたけどね。金もかかるし予約できる日程もゆとりがなかったりして、結構大変なんですよねあれ」

「そうなんですよ。事前検査費と手術費が別々にかかるなんて知りませんでした。うまく店休日に予約できたのは奇跡だったんですけど」

昔実家で猫を四匹飼っていたという熊倉さんと、猫トークが止まらない。正確には去勢トークか。

無事に手術を終えたものの、術後のグリは少々不安定だった。落ち着かせようとしたら珍しく引っかかれたのが、手術の翌日の金曜日。額《ひたい》についた小さな傷に気づいた熊倉さんが理由をたずねてきたのが翌土曜日で、以来思いがけず猫の話で盛り上がっている。

正直、この人とこんなに親しく口をきくようになるとは思わなかった。仕事に貪欲《どんよく》すぎて近寄りがたいと思っていた。猫がきっかけで旧友のような空気感で話せるなんて、人間関係というのはわからないものだ。向き合ってみれば熊倉さんは明るい善人でしかなく、自分の勝手な苦手意識に、俺はひそかに恥じ入っていた。

「去勢手術、自分は立ち会ったことありますよ。ガラス越しに」

「えっ、立ち会いが可能な病院もあるんですか?」

「そうそう、見学スペースみたいになってんの。猫の睾丸ってぷるぷるしてるんですよ、桃《もも》ゼリーみたいに」

「ごめーん、ふたりともちょっと聞いてもらえる?」

レジ金を確認していた添田さんが声をかけてくる。店頭から運び入れた鉢《はち》ものの手入れと猫の陰部についての雑談を休止して、店長のほうに向き直る。三月も最終週、卒業イベント関連のピークを迎え、今日は早番と遅番ふたりずつという厚いシフトになっていた。

「まず、レジは誤差なしでしたー」

「はーい」

「ありがとうございます」

「それでね、すごく急なんだけど、次の土曜日にホテルサンマルジェラが入りました」

えっ。熊倉さんと俺の声が重なる。

ホテルサンマルジェラといえば、有楽町《ゆうらくちょう》にある有名ホテルだ。ブライダルはもちろん、企業のパーティーや国際レセプションなんかの大きなイベントも行われるホールがある。その規模の会場での活け込みは、通常なら二、三か月前、遅くとも一か月前には受注しているのが一般的だ。

「……三十日っすか？　すぐじゃないですか」

熊倉さんが当然の疑問を口にした。

「そう。ギリ五日しかないよね、ごめんね」

ちっとも悪びれていない顔で、むしろ微笑《ほほえ》みさえしながら、添田さんは手を合わせる。

「お願いしてた花屋さんが急遽《きゆうきよ》だめになっちゃったんだって、皆さん感染症かなんかで。でも大丈夫、花材も装花内容も決定してて、発注も済んでるっていうやつだから。デザインはそのまま使ってもいいし、うちのほうでアレンジしてもいいって。だからあとは土曜メンバーのみんなが頑張ってくれれば」

「なんのイベントです？　今からだとさすがにブライダルではないですよね」

「うん、企業様の社内表彰式と懇談会」

知らない人のいない大手自動車メーカーの名前を、添田さんは厳《おご》かに口にした。うえええ、と熊倉さんがのけぞる。「の、子会社の系列店」と続いて、熊倉さんは姿勢を戻す。

「大丈夫、サンマルジェラの中では小規模のホールだし」

添田さんは早口で説明を重ねる。使用する花はいずれも開花調整の必要ないものだし、花器もアレンジメントも特別な仕込みの要らないもので構成されているから大丈夫。派遣会社のスタッフも何人か来てくれるから大丈夫。「大丈夫」の連発に、俺はグリの手術中の心境を思いだす。

「え、宮西さんも行くんすか？」

熊倉さんがたずねた。

「ああ、宮西さんね……ちょうどさっき、しばらく出られませんってメールが来たんだよね。理由はなにも書いてなくて。もしかしてあたしの注意のしかたが悪かったかな」

「えええ、まじっすか」

次々と疑問や感想を口に出す熊倉さんとは対照的に、俺は黙っていた。次の土曜日は、堤《つつみ》さんがいつもの花束を買いにくる日だ。

「ね、これってチャンスなわけだよ」

リアクションのない俺の顔をのぞきこむようにしながら、添田さんはにっと笑ってみせた。

その顔はやる気に満ちあふれて輝いている。そして、俺の心を取りこもうとしている。

「これを機にうちを気に入ってもらえたらさ、今後の発注先もうちに切り替えてもらえるかもしれないじゃない？　そうしたら売上もすごいことになる。このチャンスを逃す手はないわけよ。搬入も活け込みも頑張るからさ、ふたりともシフト、変更なく入ってもらえるかな。入りと上がりの時間はどうしても変わっちゃうんだけど」

「あの……出るのは大丈夫なんですけど」

勢いに呑まれまいとしながら、おずおずと口を開いた。

「店のほうは、今からお休みの掲示を出すってことですよね。あの、やっぱり常連さんたち大丈夫かなって……予約入ってるぶんもあるし、堤さんとか……」

「ああそれはしょうがないよ」

あっさりと添田さんは言った。

「申し訳ないけど、ビジネスだからどうしても客単価を優先せざるを得ないこともあるわけよ。それに事業収入が上がればこの店ももっと大きくできて、より充実したサービスを還元《かんげん》することができればさ、結果的に個人のお客様のためにもなるわけ。ね」

ね、と力強く言われても、すぐには同意できなかった。「そうっすね」と要領よく答えている熊倉さんの声も、いつもほどにはハリがない。

年末にお菓子を持って挨拶《あいさつ》に来てくれた堤さんの笑顔を思いだす。新生児を抱くかのように大切そうに花束を受けとる手つきも。

次の土曜日に受け取りの予約が入っている花束やアレンジメントは、堤さんを入れて計三件だった。注文票の控えを綴じた束をめくり、電話番号を見ながら、受けとり日変更を打診《だしん》するための電話をかける。

ひどく憂鬱《ゆううつ》だった。素足で沼地を歩かされているような気分だった。相手のがっかりする声を聞くことになるとわかっている仕事は、いつだって嫌なものだ。しかも、自分個人の都合やミスで発生した事由ではないのだから。

店舗の奥に移動した添田さんが、クライアントの担当者と携帯電話で話す声が聞こえる。明日、現地の下見と打ち合わせをいっぺんに行うらしい。その声の明るさが、ひどく恨《うら》めしかった。

大きな会場での仕事は、体力も気力もとびきり消耗《しょうもう》する。

夕方からのレセプションに合わせて搬入から撤去《てっきょ》までの全作業を終え、もうなにも考えたくないほど疲れきっていた。企業の懇談会とはつまるところ宴会なので、撤去作業時は食事や飲み物を片づけるホテルスタッフも大勢入り乱れ、会場はカオスだった。店舗に戻ってごみをまとめ、使った花器をすべて洗い終える頃には、いつもは多弁な熊倉さんもさすがに寡黙《かもく》になっているほどだった。

宮西さんは結局、バイトを辞めた。

最後に送られてきたメールには「心に深い傷を負い、もう出勤できません。理不尽な注意を受けることが多くて本当に残念でした。謝罪は求めませんが、今後の新人のためにも再発防止に取り組んだほうがいいと思います」と書かれており、添田さんが電話をかけても応答はなかった。どうやら俺や添田さんがきつくあたったせいだという認識であるらしく、どうにもすっきりしない気分だった。

ぼろぼろの心と体で帰宅して入浴を済ませ、自分の部屋でベッドに転がりながらスマホを取り出す。恩田リデルのSNSを開くのが、ここ最近のストレス解消法になっていた。出演していたドラマの舞台裏エピソードや共演者とのオフショットも投稿されていて、いつ見ても楽しい。もっともドラマ自体は、俺は途中からうまく入りこめなくなってしまったのだが。

『たくさんのプレゼントやお花、本当にありがとうございます！ 自分ひとりでもらった賞ではないと痛感しています』

ベストピアスドレッサー賞の授賞以降、彼女は関係者への御礼やファンへの感謝を何度も投稿していた。もらった贈り物を並べて撮られた写真の中に、俺が作った花束もしっかり映りこんでいるのを見たときは、感激で心が震えた。

濃い紫のストックをメインカラーにして、淡いオレンジのバラや白いスイートピー、たっぷりのカスミソウでバランスよく整えた花束は、我ながら新境地を開いたと思えるほど会心の出来だった。添田さんも喜んでくれたその投稿はブックマークに保存し、折に触れて見返している。エナジードリンクを飲むよりも確実に元気になれる。

時の人として耳目を集める恩田リデルのことを、ファンション誌のモデル時代から奈穂は知っていたという。その凛《りん》とした佇《たたず》まいをメディアでよく目にするようになってから、俺にとっても気になる存在になってきていた。

生涯独身を貫くことを宣言したあたりから、彼女を取り巻く空気が少し変質したように感じるのは、「もの言う女」が叩かれがちだからだろう。人権や女性の生きかたについて発言するたび、アンチコメントが付けられているのを目にするようになった。有名になったのならそのあたりはもう少しうまくやればいいのにと、正直俺は思う。ただ当の恩田リデルはSNSで誰に絡まれても毅然《きぜん》とした態度を貫いていて、そこがまたファンの好感を集めているのだった。

いつものようにブックマークのボタンを押して例の投稿を見返そうとして、最新の投稿が目に入った。

『表彰式からだいぶ経ったので書きます。申し訳ないですが、花をいきなり送ってこられるとちょっと困ります』

困ります。その言葉が突き刺さった。胸の中の柔らかい部分に。

『ご存じの通りお仕事をたくさんいただいている身ですので、家を不在にしている時間も長いんです。帰宅して花の不在通知がたくさん来ているとものすごく焦る。だって花ってナマモノじゃないですか』

『そもそも花ってきれいだけど、長持ちさせようと思ったらお手入れがめちゃくちゃ大変じゃないですか。いずれは枯れて捨てなきゃならないし。花よりだったらいっそアマギフとか図書カードのほうが嬉しいなあ』

いっそ清々《すがすが》しいほどの本音の吐露《とろ》にモデル仲間やクリエイター界隈《かいわい》の人々が同調し、「よくぞ言った！　花だと内心『花か〜』ってなるよねｗ」「花ってコスパ悪すぎますよね〜」などと盛り上がっている。

指先が細かく震えていることに気づき、スマホをシーツの上に伏せた。

自分は彼女たちの意見に傷つくことが許される立場だろうか。花の手入れの大変さがわかるからこそ、自宅のインテリアにフェイクグリーンを使っている俺が。他人からもらう花束はすべからく喜んで受けとるべしなんて、誰にも言う資格がない。

でも、花って、誰かの気持ちそのものだから。言葉の代わりにもなるものだから。アマギフにも図書カードにも差し替えられないものだから——。こんな考え、花屋だからって花を神聖視しすぎかもしれないけれど。

あの投稿を、元マネージャーのあの男性は見ただろうか。どうか見ていませんようにと、俺は祈った。ひどく虚《むな》しい祈りだった。

ガーベラが目に鮮やかだ。オレンジ、黄色、赤、ピンク、濃いピンク。

十本をひとまとめにし、花の首をまっすぐにそろえ、新聞紙で抱きこむように巻いてゆく。首が曲がった状態で水揚げするとそのままの仕上がりになってしまうので、丁寧に整えてから巻くのがポイントだ。

怒濤《どとう》の三月が過ぎて四月に入り、店の忙しさはやや落ち着きを取り戻しつつあった。

水の中で、茎にぱちんと鋏を入れる。ガーベラの茎には繊毛《せんもう》が生えており、中は空洞《くうどう》になっている。水上がりがいいので、切断面はまっすぐでいい。深く張った水に長時間浸けると茎が傷みやすくなるため、特別ぐったりしている場合を除いて浅めの水での管理が基本だ。急激な水上がりによる花弁の反り返りを防ぐ意味でも。

花屋で働くようになってから、ものわかりがよすぎる人や吸収の早すぎる人のことをガーベラのようだと思うようになった。たとえば母。メディアで見聞きしたことを即時取りこんで、もたれかかる。発信者にとって、なんて都合のいい消費者だろうか。

とりわけ作家や芸能人のちょっとしたコラムやエッセイなんかは、いともたやすく母の心を捉える。実家の台所の壁や冷蔵庫は、新聞や雑誌の切り抜きだらけだった。記事の欄の形に沿って切り抜かれ、蛍光《けいこう》ペンまで引かれている紙片は、家の中における母の貴重なテリトリーである水場にべたべたと貼られているのだ。台所に入るたび嫌でも目に入るそれらに、昔から心底うんざりしていた。父も兄もすっかり慣れてしまって、誰からも文句の声はあがらなかったけれど。

美容や健康の豆知識。料理や掃除のポイント。そういう実用的なものならまだわかるのだが、「心の整えかた」だの「人生をすてきにするコツ」だのとなると、俺たち家族にもそれとなく押しつけてくるので閉口してしまう。

小学校で「チビ」とからかわれて涙目で帰宅したときや、兄と喧嘩して口をきかなくなったとき。母は俺に新聞の切り抜きをサッと差しだし、「ほら、これ読んでみて。心が晴れるよ」

と聖母のように微笑んだ。

自分のための言葉は、自分で選びとりたいのに。俺のような人間を救ってくれる言葉はきっと、あの中にはない。それに、人間は日々バージョンアップしてゆくものだ。書いた本人さえも覚えていないかもしれないような言葉を後生大事に崇《あが》め続けるって、どうなんだよ。

年末にひと晩だけ帰省したときのことを思いだす。身重の体で水仕事を手伝っていた兄の妻が、冷蔵庫にマグネットで貼られていた切り抜きにうっかり油じみを付けてしまった。すみませんすみませんと母に謝り倒している姿に、言いようのない申し訳なさを感じた。こちらこそ本当にすみませんと、母のいない隙を捉えて謝った。そのときに向けられた憐憫《れんびん》の眼差《まなざ》し。

母はきっと、ガーベラのような人なのだ。己の空洞を満たすために、他人の言葉や思想をせっせと取りこまないと生きられないのだ。

きっと母のような受信専門の人間がそれなりに多くなければ、世の中の需要と供給のバランスが保たれないだろう。実際、母は「素直できれいな人」として旧友からも近所の人からも慕《した》われている。素直。他人を都合よく動かしたい人が好む表現のように思えて、俺ならあまり受けたくない評価だけれど。

そんなふうに考えをめぐらせながらタイマーを二時間後にセットして、次の束にとりかかる。〝花をいきなり送ってこられるとちょっと困ります〟――ふっと気を緩めたとたん、あの言葉がまた思考に飛びこんできた。

恩田リデルの投稿のことは、まだ添田さんの前で話題にできずにいた。解釈によっては花を贈る文化そのものを否定しているともとれる発言。そんなものを花屋の経営者である上司の目に触れさせたくない。でも、墨汁《ぼくじゅう》を垂らされたようなこの濁った気持ちを共有したいという切実な思いも同時にある。

職場に個人的な憂鬱を持ちこむべきではないよな、でも仕事に絡むことだし、むしろ仕事から発生したことだしな。ふたつの気持ちの間をぐるぐると回り続けていて、熊倉さんが背後に立っているのに気づくのが遅れた。

「塩崎さんって」

「わっ、え、なんすか」

「塩崎さんって、独立とかは興味ないんすか」

唐突な話題に、え、と間抜けな声が漏れた。

添田さんは社用のオートバイで出かけている。リニューアル前からの常連さんのところだ。個人事務所のエントランスを生花で飾るのが趣味だというそのおじさんは、いつも添田さんを指名する。一度熊倉さんを連れていったら、「あんただけでいい、男はいらない」ときつくにらまれたそうだ。

「ぶっちゃけ俺もう、添田さんについていくのキツいんですよね」

「――え、そうなんですか」

「ええ」

喋りながらも熊倉さんは無駄なく動いている。俺の処理したガーベラの下葉を集めて捨て、水回りや作業台を手際《てぎわ》よく整えてゆく。ただがつがつしているだけの人じゃないんだよなあ、とこんなときにも彼を再評価する自分がいる。

熊倉さんとは、花の手入れや接客の合間によく雑談を交わすようになっていた。猫の話題を共有するようになってから、以前よりずっと親しい温度感と距離感で。でも、だからと言ってここまで踏みこんだ話題を前振りなしで切りだされるとぎょっとする。

「この前だって、直前にいきなりホテルの仕事ぶっこんだじゃないですか。そりゃたしかに売上は伸びるだろうし、現場は刺激的だし、経験値が上がるのは助かるんですよ。でも、土曜に予約入ってた個人のお客さんのことあまりに軽く考えすぎじゃないかなって思うじゃないですか」

それについては俺もまったくの同意見だった。大きな案件自体が悪いわけではない。でも、そのためにないがしろにされる顧客の人たちを思うと胸が潰れそうになる。

あのときの、受けとり日時の変更依頼。堤さんとは翌日になって電話がつながった。コンサート当日に作った鮮度のいい花束でなければ意味がないので、もちろんキャンセルになった。心から残念そうに「そうなの……そんなこともあるのね」と言わせてしまったときの心の痛みは、まだ癒《い》えていない。

そして実はあれ以来、堤さんの来店がないのだ。いつもなら今頃、来月の推しのコンサート日程を記した用紙を花束の予約票代わりに出してくれているのだが。

「俺、添田さんと一緒にこの店を盛り立てていこうってずっと頑張ってたけど、経験積ませるわりには社員登用制度作る気もなさそうだし、さすがに心折れるっすよ」

床に散らかっているエルフをスタッキングしながら、それに、と熊倉さんは続けた。

「宮西さんにも厳しくあたって辞めさせちゃうし」

その声の湿り気に気づいて、俺は思わず熊倉さんを直視する。

「言わないでくださいね。ぶっちゃけ俺、宮西さんのことちょっと好きだったんすよ」

「……まじっすか」

驚きで声が裏返った。仕事を覚えてくれないばかりか逆ギレされたことや、あの未熟なメールの文章が、どうしたって脳裏《のうり》にへばりついている。あの子が、恋愛対象？

「まじですよ。かわいいし、明るいし、あんなん誰でも好きになっちゃいますよ、そうでしょう？　たまに忘れっぽいところもなんか、癒《いや》されるじゃないですか」

ようやく誰かに打ち明けられたことに高揚《こうよう》しているのだろう、少し上ずった声で熊倉さんは続ける。その頰に、わずかに赤みが差している。これが恋する者の顔ってやつなんだろう。宮西さんの香水のにおいを思いだしながら、俺は静かに衝撃を受けていた。

「塩崎さんだって、もし結婚してなかったらやばかったんじゃないですか？」

「は？　いや、俺は……」

全然、という言葉はかろうじて呑みこんだ。彼女のことはむしろ、苦手だった。いなくなってほっとした。そもそも俺は、他人に恋愛感情を抱いたりしない。

すべてそのまま正直に伝えたら、目の前の先輩はどんな表情になるんだろう。

「あ、三時になったら上がっていいですからね。もし添田さんが戻ってこなくても」

頬を染めて十歳も下の女性への恋心を吐露していた熊倉さんが、いつものテンションに戻って言った。壁時計の長針と短針が、きれいなLの字になろうとしていた。今日は早番で入っている俺は、元より残業する気はなかった。

「そうさせてもらいます。今日は妻の」

「すみませーん」

誕生日なんですよ、という声を遮《さえぎ》ったのは、耳になじんだ声だった。相変わらず学生みたいな、ロゴの入ったグレーのパーカー。そのポケットに両手を突っこんだ星夜が、エントランスに立っている。

「え、ちょっとなんで」

笑いながら出迎える。お友達っすか？　と熊倉さんも作業台を離れ、接客モードに切り替えてやってくる。

「今日、親友の奥さんの誕生日なので、花束を作ってくださーい」

「かしこまりました……っていうか、自分で買って帰るつもりだったのに。あれ、今日仕事は？」

「なんかだるいから有休使っちゃった。熱があるって言えば休ませてもらえるってのは、いい時代になったもんだよね。もう上がりでしょ？　花束持って一緒に帰ろうよ」

「え、ああ、でも」

「大丈夫大丈夫、夫婦の時間を邪魔するような無粋《ぶすい》なことはいたしませんよ。奈穂さんに渡したらとっとと退散するから、あとは水入らずでお過ごしくださあい」

いつにない勢いに半ば押されるように、俺は奈穂のための花を選ぶ。タイムカードを切ってから売り場に戻って作ろうと思っていた花束。初物《はつもの》のシャクヤクに可憐《かれん》なデルフィニウムを合わせて、元気なガーベラを何本か添えて、あとはカスミソウをたっぷり使って。

「四月八日は、仏生会《ぶっしょうえ》ですなあ」

作業する俺の隣で、星夜が熊倉さんに気さくに話しかけている。

――やっぱりわざとなのか？

先月のホワイトデーに感じたかすかな疑問が、炭酸飲料の泡《あわ》のように立ちのぼる。夫婦のイベントデーに連絡してくることが、いくらなんでも多い気がする。

いや、わざとだったらなんなんだ。別に構わない。奈穂もそんな狭量な人間じゃない。でも。

うまく言語化できない違和感を織りこみながら、俺の手の中で花束はどんどん大きくなってゆく。

ブラシを握る手に、力をこめる。

グリのトイレの猫砂を二週間に一度全量交換することにしていて、そのタイミングでトイレ本体も丸洗いする。今日は俺がその担当だ。プラスチック製のシステムトイレを分解して湯に浸け、汚れを浮き上がらせてから洗剤で丁寧に洗う。

ドーム型のフードのついた大きめのトイレだから結構な手間にはなるものの、風呂場の床でバスチェアに座ってそれを洗う作業が俺は嫌いじゃなかった。花の水揚げほど繊細さを問われないから苦ではないし、無心で洗っていると心もまっさらになる気がする。

それでも今日は、なかなか無心にはなれなかった。せっかくの日曜日だというのに、熊倉さんの言葉に思考を奪われてしまう。

一緒に独立しませんか？　添田さんとは違った経営方針で、でも盗める知識や技術はしっかり盗んで、顧客ファーストの花屋を作りませんか？

熊倉さんは、俺と顔を合わせるたびにささやくようになった。ときどき私的にメッセージも送られてくる。彼が思っていた以上に相当な愛猫家であることやＬＩＮＥスタンプに課金するタイプだということを、初めて知った。

人生の大きな勝負に誘ってもらえてありがたいという感謝の気持ちと、独立するならひとりでしてくれという煩《わずら》わしい気持ちがないまぜになり、思考の余白をみっちりと埋めてくる。どちらかといえば後者が優勢なのに、はっきり迷惑だと伝えることもできない。

添田さんの経営方針にはたしかに俺もついてゆけないところがある。堤さんたちへの対応はあんまりだと思ったし、今でも少し根に持っている。でも、経営はきれいごとだけでは成り立たないことも理解しているつもりだ。それなりに社会経験を積んだ人間のひとりとして。

気に入らないからと言って、背を向けてしまえば済むのだろうか。必要なのは対話じゃないのだろうか。そもそも独立だなんて、そんなコストや時間のかかる反発を本気でするつもりなのだろうか。

そんなことで頭がいっぱいだったから、バスルームの外から奈穂に話しかけられたとき、そっけない態度になってしまったのかもしれない。配信サービスのサブスクに新たに加入したいという話を急にふられても、そこまでの興味が持てなかった。

「ほら、『私たちは恋をしない。』のスピンオフがここだけで観れるってやつ。番組の終わりにも言ってたじゃない？　あれがそろそろ配信終了になっちゃうから」

「ああ……入ればいいいんじゃない」

予想したより淡い反応だったのだろう、奈穂が戸惑う空気が伝わってきた。だから、「最初の一か月って無料なんでしょ」と繕《つくろ》うように言い添えた。

「お試し期間はね、前に別ので使っちゃって、次に利用するときはもう有料なの」

「そっか」

「だから、尊にアカウント作ってもらえたらと思って」

ああ、そういう話か。猫トイレの洗剤の泡をシャワーでざあざあ流しながら、ようやく理解する。アカウント作成には電話番号の入力が必須だから、ひとり一アカウントしか持てない。ひとりで何度も「初月のみ無料」を体験することはできないようになっている。

「ん、まあ……別にいいけど……」

「え、なんか迷う余地ある？『私恋』のスピンオフ観たくない？」

俺の歯切れの悪さを、奈穂も感じとったようだった。シャワーの水音に負けないように声を張る。その声が、狭くはないが広くもないバスルームに反響する。

「奈穂が観るなら一緒に観てもいいけど、でもまあそこまでの情熱はないかな」

率直に答えると、奈穂は傷ついた顔になった。その表情に、なんだか反発のようなものを覚えた。

「だってあれさ、そりゃすごく繊細でおもしろかったけど、恩田リデルの演技もよかったけど、でも結局女性のための女性のためのドラマっていう気がしたんだよ」

「女性のためのドラマ？」

「そう。だってさ、ダブル主人公とはいえコウスケよりチカの視点が圧倒的に多かったでしょ。それになにかというと女性の生きづらさの話ばかりでさ、なんだか普通に生きてる男としては肩身が狭かったよ。男だっていろいろ大変なのに、って」

設計事務所での苦労が蘇り、言葉に力がこもる。奈穂が小さく息を呑んだ。

「自分の痛みにばかり敏感な人間は、もしかしたら自分も誰かの足を踏んづけているかもしれないっていう可能性に気づきにくいんじゃないかって思ったね」

「……そんなふうに観てたの？」

「悪い？」

自分がだんだん好戦的な口調になってきていることに気づいていた。自覚しているからといって、止められるものでもなかった。職場の諸々《もろもろ》は奈穂とは無関係なのに、今ドラマの話をされることでストレスの所在が曖昧《あいまい》になり、どうしても目の前にいる彼女にやつあたり気味になってしまう。

「だってさ、チカはほら、何度もデートレイプに遭《あ》ってきたっていう設定だったけど、あれって絶対断ろうと思えば断れるものもあったよね？」

「え……？」

奈穂が目をまるくした。UMA《ユーマ》でも見つけたかのような顔だった。

「なに言ってるの、尊……？」

「なにって、ありきたりな感想だと思うよ。あのさ、知ってると思うけど俺、女性の性被害についてはめちゃくちゃ心痛める男だからね？　でも強姦魔《ごうかんま》とかじゃなくて、一応付き合ってた相手なわけでしょ。無理やりキスとかそれ以上のことされそうになったら、まずは言葉で説得を試みればいいんだよ。人間には言葉があるんだから」

「『人間には言葉があるんだから』？」

「それでも無理なら振りきって逃げなくちゃ。スマホで動画撮って証拠を保全するとかさ。なにもしないでただひたすら被害者意識を持ち続けるっていう点に関してはどうしても共感できなかったんだよね、俺」

「だって……人はあまりにショックな状況に接するとフリーズしちゃうものでしょう？　それに、女が男に対等に立ち向かえると思うの？　ましてや被害に遭ってる最中にそんな器用に立ち回れるはずないじゃない」

明らかな非難の表情で見つめられて、俺はグリのトイレをすすぎ終わってからもバスチェアに座り続けていた。腰が痛い。でも、今立ち上がって奈穂と目線を合わせたくはなかった。

「……でもほら、ショック受けてるわりにはさ、アロマンティック・アセクシュアルに関してはすごい冷静にきっちり自己分析するに至ってたでしょ？」

「それは器用さとは関係なくない？」

会話のピントが合っていない。いや、意図的にピンぼけさせているのかもしれない。

「まあいいや、とにかくさ、ああいうデリケートなテーマを扱っておいて万人からの支持を得られるわけはないんだよ。実際のマイノリティの人たちが向き合ってる困難を現実から切り離してエンタメ向けに加工して消費させられてるような気がしたんだよ、俺には」

「そう思うなら、なおさら現実の女性の困難に寄り添ってみてもいいじゃない」

「そっち方面には普段から寄り添ってるじゃない、俺。小野田だっけ、あの生徒のおっさんにはいまだにむかついてるよ。でも奈穂に関して言えば、困難って今、そのくらいじゃない？電車通勤してるわけじゃないから痴漢《ちかん》とかにも遭ってないでしょう？」

「……尊には言ってないことも、いろいろあるよ」

「いろいろ？　たとえば？」

絡むような言葉が淀《よど》んだ音になって、バスルームに無駄な反響を生む。俺はこんなにいじわるな物言いをする人間だったのか。恋愛を通過していない友達夫婦だからか、双方にスイッチが入るとなんでも言い合えてしまう。心の隅のかろうじて冷えた部分で、そのことを怖いと思った。

「小野田さんは……尊に話したのよりもっとえぐいセクハラ発言があって、事務局に報告してサービス自体を退会してもらったよ」

「え」

知らなかった。でも今、その衝撃を顔に出したら負けな気がした。

「あとはたとえば……年末に帰省したときね、花音たちと行ったレストランでたまたまマルチトイレに入ったんだけど、若い男の子たちに外からドアをがんがん蹴られた。すごい怖くて動けなかった。心臓がばくばくして……」

初めて聞く話がぽろぽろ出てくる。それが全部ではなくほんの一例であるような含みさえ感じる。一瞬、自分の妻が知らない女性に見えた。

「それは……中にいるのが女性だって知ってて蹴ったわけじゃなくない？」

声がみっともなく揺れた。

「そうかもね。でも男性だったら立ち向かえたかもしれないって思う。あとは……夜道を歩くときは車が来ないかぎりはなるべく道の真ん中を歩いてるし、エレベーターに乗るときは知らない男性とふたりきりにならないように微妙にタイミング調整したりしてる」

――さりげなくボディータッチしてくるんだよね。

何日か前、店で添田さんが漏らしていた言葉がふと蘇った。いつも添田さんを指名して個人事務所に花を届けさせる常連のおじさんのことだ。

——いいお客さんではあるけど、逃げ場のない個室で体を寄せられると怖いんだよね。熊倉くんに代わってもらおうとしたけど、だめだったし。

笑顔で語られて軽く受け流してしまったけれど、あれは暗く湿っぽくならないよう努めていたのだろうと今になって気づく。いや、女性ってそこまで大変なのかよ。この世はそんなに性加害まみれなのかよ。いやいや、でも。

「話してくれたらよかったのに……」

言いながら、自分が話しづらい雰囲気を作っていたのかもしれないと思い直す。ここのところ職場のあれこれで頭がいっぱいだったし、奈穂の体に触れ続けた一週間のあとは、なんだか以前と同じようなテンションで話せなくなっていた。

「……もういいや、いったんやめよ」

迷路から抜け出せなくなった子どものような顔で立っている奈穂に、仕方なく俺はそう声をかけて会話を打ち切った。グリのトイレを抱え、奈穂と目を合わせないままバスルームを出てリビングを突っ切る。ガラス戸を開けてバルコニーに出ると、近所の桜の木がすっかり葉桜になっているのが見えた。

そうだよ、先週の日曜日は花見をしたし、翌月曜日は奈穂の三十二歳の誕生日を祝ったばかりだ。金も時間も使って楽しんだじゃないか。どうしてあのテンションを持続できないのだろう。心の中でぶつぶつ言いながらトイレを置く場所を微調整し、天日干しにする。

グリが外へ出ないようすぐにガラス戸を閉めてふりむくと、今俺が歩いてきたルートを示す水滴《すいてき》が、床に点々と落ちていた。すぐにそれを拭きとる気にはどうしてもなれず、雫《しずく》の作った道をぼんやり眺めていた。脱衣所のほうから機械的な振動音が聞こえてくるまで。

「鳴ってるよ」

洗濯機の上に置いたままだった俺のスマホを、奈穂が運んできた。よけいな言葉を発したくなくて、うん、とだけ言って受けとる。玄関の脇にある自分の部屋に戻りながら通話ボタンを押す。聞き慣れた声が内耳に流れこんでくる。

『ああ尊、いきなりごめん』

「うん、どうした？」

『職場の先輩が退社することになったから花束贈りたいんだけどさ、今の時期でおすすめの花とかってある？』

「ざっくりしてんなあ。その先輩って女性なの？　男性？　好きな色とか知ってる？」

星夜の声には、社会からきちんと肯定されている人独特の明るさと力強さがあった。さっきまでの強張りが解けてゆくのがわかる。ああ、親友ってなんてありがたい存在なんだろう。

部屋の扉を閉める直前、リビングに突っ立ったままの奈穂と目が合った。言いようのないきまりわるさに、思わず目を逸らす。水滴を踏んでしまって足の裏が濡れたけれど、星夜の明るい声が不快感を溶かしてゆく。

第三章

マリアージュ・ブラン

Mariage blanc

奈穂《なほ》

目当ての会場が見つかると、ほっとすると同時に帰りたくなった。予約までしてあるくせに、始まる前からもう自宅が恋しくなっている。初めましての人たちの前で感じよくふるまおうとするであろう自分を思うとげんなりする。

この感覚は覚えがあるなと思ったら、衿子《えりこ》の結婚披露宴《ひろうえん》だった。同席した衿子の同僚《どうりょう》の女性たちはせっかく感じのいい人たちだったのに、最後はろくに挨拶《あいさつ》もせず、そそくさと会場を後にしたのだ。

今日は、そんな薄っぺらいふるまいはやめよう。自分を知るための手がかりが、きっとこの会場で得られるはずなのだから。尊《たける》にさえ内緒《ないしょ》にして申し込んだのだから。渋谷《しぶや》の駅前の人ごみを抜けてようやくたどりついたのだから。

ドラマ『私たちは恋をしない。』の放送が終わったあとも、わたしはずっと考え続けていた。世間の多くの人と同じように恋やセックスをしないというセクシュアリティについて、なにか研究が進んでいるのなら。同じことで悩んでいる人たちがいて、名前までつけられているのなら。わたしは、知りたいと思うのだ。そこを曖昧《あいまい》なままにしておきたいらしい尊とは、どうやらスタンスが大きく異なるようだ。

それに。星夜《せいや》くんのことが、少しずつ自分の中で消化できなくなっている。

たとえばガレット・デ・ロワを食べたときの、あの粘《ねば》っこい視線やどこか不自然な態度。それからついこの前の言い争いのあとの、タイミングのよすぎる電話。救われたような尊の表情を見たとき、疎外感《そがいかん》とも少し違う負の感情にわたしは支配されていた。未整理のままにしていたこれまでの違和感がむくむく成長して、わたしを試すように揺さぶってくる。

夫と恋愛をしてきたわけでもないのに、こんなことってあるのだろうか。この複雑な感情の正体を、輪郭《りんかく》だけでも知りたい気持ちでいっぱいになっていた。こんな気持ち、ますます尊には話せない。

インターネットの海を泳いでいるうちに、ある交流会のホームページに行き着いた。アロマンティック・アセクシュアルを自認する人たちやその周辺のセクシュアリティの人たちが集まる、定期的なイベントであるらしい。

参加費の支払いは公式ホームページから済ませていた。示されていた会場は、いくつかのテナントが入ったビルの三階にあった。スタンド看板になっているブラックボードにカジュアルな字体で書かれた「14：00～　星くず交流会」というカラフルな文字を見つめながらぐずぐずしていると、背後に人が立っていた。

「入られます？」

ドアのほうを手で示しながら親しげな笑《え》みを見せるその女性は、赤く染めた髪を肩の上で切りそろえ、針金細工《ざいく》のようなフレームの眼鏡《めがね》をかけている。目の下に散ったそばかすが肌の白さを引き立てている。個性的なオーラを放つ、年齢不詳《ふしょう》の女性だった。

「あ、はい、すみません……」

「初めて来られました？　一緒に入りましょうか」

女性はにっこり微笑《ほほえ》むと、スタンド看板の奥へと歩みを進める。自分のための磁石が現れたかのようにわたしはついてゆく。両開きの自動ドアが小さくウィンと唸《うな》り、受付の机とその奥の広いスペースが現れる。

「こんにちはあー」

明るく声をかけられた。受付に立っているのは、髪にゆるいパーマのかかった背の高い男性だ。大学生？　いや、二十代後半か。カジュアルなデザインのワイシャツの胸には、黒のサインペンで「よっち」と書かれたネームバッヂがつけられている。ああ、NPO団体の代表の吉《よし》川《かわ》さんがたしかそのような愛称だった、と公式ホームページを思いだす。写真も見たはずなのに、なぜか目の前の人物と結びつかなかった。名前の下には「アロマンティック・アセクシュアル」とあって、なんとなくどきりとする。

「あっ、カバシマさんお久しぶりです」

「お久しぶりです〜」

男性と女性は顔見知りらしく、肩の力の抜けた挨拶を交わしている。

「こちらお取りになってくださいね」

男性が主にわたしに向けて言う。受付の机の上には男性の胸につけられているのと同じネームバッヂが十個ほど並べられていて、その中のひとつに女性の指が伸びる。「椛島《かばしま》　彩音《あやね》／デミセク」と書かれているのが見えた。申し込みフォームにあった「当日に呼ばれたい名前」と「自認しているセクシュアリティ（空欄でもＯＫ）」の欄に書いたものがそのまま転記されているのだろう。フルネームできっちり書かれていることに、彼女の几帳面《きちょうめん》さが窺《うかが》えるような気がした。「Naho／?」のバッヂを見つけてわたしも手を伸ばす。

「Naho さんですね。ご参加初めてですよね、本日はありがとうございます」

出席者をチェックしているのだろう、よっちさんはわたしの手元を見ながらクリップボードに小さく書きこみをした。ぎこちなく挨拶を返していると、椛島さんは「こっちだよ」とわたしを奥へ誘った。

入口からは狭そうに見えたけれど実際は奥行きがあり、広々とした空間が広がっていた。長机をくっつけて二十名程度が座れるようにセッティングされており、既に女性がふたりと男性がひとり、少しずつ離れて着席していた。彼らに向けてなんとなく会釈《えしゃく》をしながら、椛島さんと並んで座る。

隣で椛島さんが自分のトートバッグから平べったい箱を取り出した。自ら包装紙をびりびりと破り取り、紙箱を開けて蓋《ふた》を本体の底に重ね、「こちら、よかったら」と机の中央に置く。烏龍《ウーロン》茶色の、ひと口大の饅頭《まんじゅう》が並んでいる。みんなが口々に礼を述べ、ぎこちない空気が少しほぐれた。

それぞれの座席には白い用紙とボールペンがセットされていて、用紙を裏返すとアンケート項目が並んでいる。

「今日の気分はどっち？　話したい気分・聞きたい気分」

「自分を動物にたとえたら何ですか？」

「今、あなたがはまっていることは何ですか？」

え、なんだろう。どっちだろう。動物。はまっていること。グリのことしか思い浮かばない。

「自認のきっかけはどんなことでしたか？」

「今抱《かか》えている悩みはどんなことですか？　例：子どものこと、老後のこと、etc.」

核心に触れるような内容にどきりとする。

さりげなく周りに目を走らせると、ペンを走らせている人もいれば、悩んでいる様子で手を止めたままの人もいる。隣で背を丸めて書きこんでいる椛島さんの手元で、かりかりという小さな音がする。

そうこうしているうちに、徐々に人が集《つど》い始める。椛島さんのように慣れた様子の人も、緊張を隠しきれずに身を固くしている人もいる。持ち寄りのお菓子が増えて、机の上が賑《にぎ》やかになる。

一対三くらいの割合で、男性より女性のほうが多い。ほとんどが自分と同じ三十代くらいに見えるけれど、初老に差しかかったくらいの白髪《しらが》交じりの女性や、よっちさんより若そうに見える男性もいる。みんななにかを抱えている、と思った。話したいことや聞いてほしいことが風船のようにぱんぱんに膨《ふく》れ上がっていて、それを抱えてやってきたのだ。そんな気配が部屋に満ちている。

十四時を数分過ぎたところで、よっちさんが受付からこちらへやってきた。最終的に十数名が集まっていた。よっちさんが空《あ》いている席にクリップボードを置き、にこやかに会場を見回す。

「皆さん、本日はありがとうございます。僕、『星くず教室』という団体を主宰している吉川といいます。今日はこの交流会のファシリテーターとして参加させてもらいます。お気軽に『よっち』って呼んでもらえると嬉《うれ》しいです」

そつのない喋《しゃべ》りだけれど、嫌みな感じはまったくない。情緒の安定を思わせる落ち着いたテノールの声が耳に心地よい。

「今日が初めてという方が多いですが、常連の方もいらっしゃいますよね。だいたいいつもと同じ感じでやっていくんですけど、初めての方もリラックスしてこの場を楽しんでいただければと思います。アンケートのほうはだいたい埋まりましたかね？　特に回収はしませんので、話すときの手がかりにしてもらえれば」

よっちさんが話すほどに空気が柔らかくなってゆく。そんな導入で「星くず交流会」は始まった。

「最初は自己紹介なんですが、お手元のアンケートの三つめまでを元にお話しいただくか、ご自分がお話ししたいことのみでも大丈夫です。話すのが難しい方は無理せず、いったんパスしていただいてもＯＫです。椛島さんから時計回りにお願いできますか？」

ええー、と抗議の声をあげつつも椛島さんは笑っている。ふたりの間に呼吸ができあがっているのがわかる。時計回りだと、椛島さんの右隣に座るわたしが最後になる。話す内容を頭の中でまとめる時間がありそうだ。

「椛島彩音です。ええーと、参加するのは六回目か七回目くらいかな？　今までさんざん話してきたので、今日はどちらかといえば聞きたい気分かな」

椛島さんは明瞭《めいりょう》に話し始める。手元でぱたぱたと小さく動かしている指先の、その爪《つめ》は髪の毛と同じ赤に染められている。

「自分を動物にたとえたら……そうですねえ、ナマケモノかな。家ではひたすらぐうたらしてるんで」

「えええ、そんなイメージないですよ」

よっちさんが笑いながら突っこみ、控えめなくすくす笑いが起きる。

「今はまっているのは筋膜《きんまく》リリースです。ふくらはぎとか下腹とか、筋膜ローラーでころころするとむくみが取れて気持ちいいんですよ。あ、よかったらひと口饅頭持ってきたんで食べてくださいね」

滑《なめ》らかに話し終え、その隣の男性にターンを回す。今日は話したい気分です。自分を動物にたとえたら、月並みですけど淋《さび》しがりなのでウサギです。今はまっているのは料理です。みんなどんどん答えてゆく。よっちさんは時折コメントしたり短い質問を差し挟《はさ》んだりして、場の空気を整える。

みんなの話に耳を傾けながら、それぞれの名札に書かれた性自認をそっと見る。「アロマアセク」「パンセク」「クワロマンティック」といったものもあれば、「迷い中」「アセクシュアル？」といった未確定のものもある。セクシャルマイノリティの用語について多少は調べてきたつもりだけれど、なじみの薄い単語も多い。椛島さんの「デミセク」ってなんだったたっけ……。

やがて最後のわたしの番が回ってくる。自分のターンを終えてほっとした顔の人たちの視線が自分に集まるのを感じた。嫌な視線ではなかった。

「ええと、Nahoです。今日初めて来たので、まずは皆さんの話をじっくり聞けたらいいなと思います」

こんな感じでいいのかな、と迷いながら話し始める。初めての空間に響かせる声は、自分のものじゃないみたいだった。

「はまっているのは去年から飼い始めた猫の世話で、それでなんとなく自分にも猫っぽいところがあるかもなあと思ったりします」

無難にまとめたつもりだった。無難すぎたかもしれない。オンラインで初めての生徒に接するときとはまた異なる種類の緊張感があった。

「へえ、描種は？」

カジュアルな口調でよっちさんにたずねられ、「ロシアンブルーです」と答えると、椛島彩音を含めた何人かが「おお」と声を漏《も》らした。愛猫家や猫好きな人たちなのかもしれない。

自己紹介が一巡《いちじゅん》すると、出てきた話題に触れながらの雑談タイムとなった。先程猫の話にリアクションしてくれた初老の女性が「うちも昔ペルシャを飼ってたんですよ」と言い、そこから少し猫の話題が広がった。最近料理を始めた人、インテリアに凝《こ》り始めた人、ソーシャルゲームに課金してしまったという人。全員が発言できるよう、よっちさんが巧《たく》みに話を振った。お茶が配られ、お菓子が回され、アットホームな雰囲気ができあがってゆく。先程の気持ちが嘘《うそ》のように、既に居心地のよさを感じていた。そんな自分が意外だった。

五分休憩がとられたあと、後半はテーブルをふたつに分け、それぞれでフリートークをするかたちになった。よっちさんに促《うなが》されて六、七人ずつに分かれる。わたしは椛島さんとは違うグループに入れられた。

「こちらのテーブルには、じっくり話したいことがあるとか、自認に迷っているから話が聞きたいと話してくださった方に座ってもらいました。さっき紙に書いたことでも、ただ誰かに聞いてほしいってことでも、困ってることでも、なんでもいいです。自由に話してみてください」

よっちさんがイニシアチブを取るまでもなく、「あの、私」と同い年くらいの女性が手を挙げる。わたしより早く到着していた人だ。ネームバッヂには「ゆりたん／アロマアセク？」と書かれている。

「三年前に結婚して、もうすぐ二歳になる子どもがいるんですけど」

既婚・子持ちでアロマアセク？　などという疑問を顔や声に出す者はおらず、みんな彼女の話を傾聴《けいちょう》している。

「子どもの頃から、男性に恋をするっていう感覚がよくわからないまま生きてきたんです。恋しいとかせつないってなんだろう、って。ラブソングとか聴いても意味がわからなくて。恋バナとか振られても全然対応できなくて、『理想が高すぎるんじゃない？』とか『モテないんだね』とか見当違いのこと言われるし。恋愛ドラマとか恋愛映画を観ても、どこにも自分がいなくて寂しい気持ちになるっていうか」

わかるー！　と相槌《あいづち》を打ったのは、さっきの初老の女性だった。それに力づけられるように、ゆりたんさんの声が熱を帯びる。

「親がすごい世間体《せけんてい》を気にするタイプで、『二十代のうちに結婚しないと世間から売れ残りって思われるよ』って圧力かけられて、無理やりお見合いみたいなことさせられて結婚したんですけど、夫のことを恋愛的に好きだとはどうしても思えなくて。子どもはすごくかわいいし、産んでよかったって心から思うんですけど……」

ゆりたんさんは言葉を切り、自分の頬《ほお》に手をあてた。

「でもやっと母親になったと思ったら、今度は夫がふたりめを望み始めて。もうあんなことしたくないって言えなくて。夫はただのレスだと思ってるけど、本当にもう二度としたくないんです、性的な意味を持つものから解放されたいんです。こんな自分、妻として失格なのかなって……」

声が途切れ、小さく洟《はな》をすする音が聞こえた。こんなこと人に話したの初めてだ、と半分ひとりごとのようにつぶやく声に、胸がつまった。

「僕は、人との身体接触自体がとにかくだめで。恋愛感情はなんとなくわかるんですけど」

今回が二度めの参加だと言っていた若い男性が口を開く。ネームバッヂには「カッキー／ノンセクシュアル」。

「小学生の頃フォークダンスやらされたときに、もう苦痛で苦痛で。キスとか……それ以上のことなんてもう、なんのためにするのかって感じで。でもけっして人間が嫌いなわけじゃないんですよ」

わかるー！　の声が複数重なる。あたたかい、共感の笑いが起きる。

そこからはもう、大盛り上がりだった。僕は、私は、とみんなが口々に話し始め、言葉に言葉が重ねられ、響き合い、広がってゆく。カミングアウトはどうしているか。人生設計で困っていることは。それぞれが重い荷物を下ろすように前のめりに語り、聞くほうも我が事のように真剣な眼差しで受けとめる。ドラマ『私たちは恋をしない。』に話題が及ぶと、ほぼ全員が観ていたようで、活発に感想が飛び交った。

今なら話せる。そう思った。

「わたしは、あの……」

視線が集まる。柔らかで、熱っぽい、寄り添うような視線。

「自認とか、まだよくわかってなくて」

隣のテーブルから、椛島彩音の「なんでただふたりでいるだけで恋愛関係だって思いこむんでしょうね!?」という明るい声が聞こえてくる。

「恋愛や性愛がまったくわからないわけではないんですけど……恋人関係を持ったこともあるんですけど、でも価値が見いだせないっていうか」

田瀬《たせ》くんの顔が、水面《みなも》に揺らめくように脳裏《のうり》に現れる。奈穂、とわたしを呼ぶ声も。蜃気楼《しんきろう》の向こう側から呼びかけられるように遠い声。

「そういうのに重きを置かない生きかたを誰かに肯定《こうてい》してほしくて、今は同じスタンスのパートナーも見つけたんです。でもなんか今度は、彼の親友に嫉妬《しっと》のような感情を抱いてしまっていて」

驚くほどスムーズに、自分の心が言葉になってゆく。

そうだ、わたしは星夜くんに嫉妬していたのだ。尊に恋しているわけでもないのに、どうして嫉妬が生まれるのか。どうして、いつか尊をさらわれてしまうような気がしているのか。

「恋愛はしない関係で夫婦になったのに、家庭にそんな湿った感情を持ちこむことに対する罪悪感がすごくて、このままだと彼に迷惑をかけることになるんじゃないかっていう不安に押し潰《つぶ》されそうで……だから最初はアロマンティックとか、アセクシュアルに近いのかなって思ってたんですけど、それとも微妙に違うような気がして。夫は名前なんかいらないっていうし、でもじゃあ自分たちっていったいなんなんだろうって」

「名前がなくてもいいと思いますよ。みんなグラデーションだから」

ふたつのテーブルを行き来していたよっちさんがいつのまにかわたしの隣に着席していて、

やさしく微笑みかけてくる。

「はっきりした名前とか定義してくれるものがあれば安心できるっていう人もいれば、名前をつけられるのが嫌だ、安易にカテゴライズされたくないっていう人もいます。それで全然いいんですよ。僕たちって誰しもみんな、きっかり上下左右の両極じゃなくて、グラデーションのどこかに立っているんです。すべての座標に名前がついてるわけじゃないですしね」

よっちさんの落ち着いた声とその言葉が、すとんと胸に落ちてゆく。グラデーション。そうか、自分が何者かなんて、人生を生ききってみないとわからないものなのかもしれない。

――『同じよう』ではあっても、『同じ』ではないじゃん。

尊の言っていたことの意味が、今ならよくわかる気がした。

「そうですよ。あたしは過去にレズビアンかもしれないと思ってた時期があったんですけど、今は誰とも恋したくないですし、なのに子どもは産みたいとか思ったりして。めちゃくちゃですよ、もう」

「自認には揺れがありますよね。いろんなセクシュアリティを行き来する人もいるとか。アメリカに移住したら突然同性を好きになったっていう友達もいますよ。百回異性に恋しても、百一回目は同性かもしれないって言われますしね」

驚くようなエピソードや自説がばんばん飛びだしてくる。

わたしはなんて無知なんだろう。そしてきっと、無知のまま生きることを許されてきたんだろう。そう気づいたとき、わっと泣きだしたいような気持ちになった。

三十歳を過ぎて友達が増えるなんて思わなかった。

SNSの猫アカウントのプロフィールの末尾に「Aro/Ace？」と書き足して、椛島彩音（この人のことはどうしても心の中でフルネームで呼んでしまう）、ゆりたんさん、カッキーさんとつながった。そのうちに、セクシャルマイノリティを自認する人たちとの輪が少しずつ広がっていった。もともと愛猫家アカウントとしてつながっていた女性が「実は私も揺らぎがあって……」とDMをくれたときは驚いた。確率的には左利きの人と同じくらいいる計算になるらしいのだから、考えたらちっとも珍しいことじゃない。

多くの人は、メインのアカウントではなく裏アカというやつを使って自身のセクシュアリティに基づいた発信をしているようだ。リアルの友人知人には「アセクシュアル」という言葉さえいまだに知らない人が多いのだという。カミングアウトするかしないか以前の問題だ。

カッキーさんのように接触嫌悪があり、他人と手が触れることさえ耐えられない人もいれば、プライベートゾーン以外なら触れられてもOKだから日常生活に支障はないという人もいる。フィクションの恋愛や性愛であれば不快感なく鑑賞できる人もいれば、ドラマや映画のキスシーンを見ただけで吐き気を催《もよお》す人もいる。マイノリティの中にも、さらに多様性がある。

まだまだ勉強不足でいちいち驚いてしまうわたしに、彼らは優しく教えてくれる。椛島彩音の自認であるデミセクシュアルとは、強い愛情や深い友情を持った相手に対してなど、ごく一部の場合に性的な欲求を抱くこともあるというセクシュアリティなのだそうだ。

知的で、個性的で、情緒の安定した人たち。借り物ではない、自分の言葉をたくさん持っている人たち。彼らはただ存在を主張したいのとも、世間の無理解を糾弾《きゅうだん》したいのとも違う。まずは認知の幅を広げ、齟齬《そご》をなくしたいという気持ちがひしひしと伝わってくる。SNSのつぶやきやグリの写真を通じて彼らと交流する習慣は、わたしを思いがけない深度で癒《いや》し、同時に刺激してくれる。自分の世界がみるみる開けてゆく。ほどけたように見えた糸が、ひとつ知識を得てまた絡《から》まったりもする。それでも、また丁寧《ていねい》にほどいてゆきたい。そのうちに、自分がぴったりあてはまる言葉に突然たどりつくかもしれない。海を泳ぎ回っているうちに、足の先が海底に触れるみたいに。

けれど、SNSにはやはり落とし穴がある。

タイムラインに流れてきた写真が目に入った瞬間、紙やすりで肌をこすられたような痛みと違和感が走り抜けた。

やめておけと叫ぶ心を無視して指が勝手に動き、その投稿を凝視《ぎょうし》してしまう。スーツ姿で腕組みをしている、ぱりっとした顔つきの男性。オンラインプログラムやデジタルコンテンツやセミナーの提供が云々《うんぬん》と書き連ねられている。テキストの末尾には小さく「プロモーション」の文字があり、どうやらお金を払って無差別に表示させている広告であるらしい。

よせばいいのに、タグ付けされたアカウントに飛ぶ。“Masahiro Tase”。経営戦略コンサルタントとかいう長い肩書きを冠したその名前は、ローマ字表記されていた。

「アクセントは平板ではなく頭高《あたまだか》で、『タセ』です！　好きな食べ物は寿司《すし》とチョコレートです。よろしくお願いします」

社会人三年目、東京で迎える七度目の春だった。

大学で農業工学を専攻したわたしは、卒業後はその知識を特に役立てることもなく、都内にある食品加工会社のどこにでもいるＯＡ事務として働いていた。そこに札幌支部から異動してきたのが、ひとつ年上の田瀬くんだった。

よく通る声、ぱりっとした顔にぴんとした姿勢、さりげない自己主張。田瀬くんには「好青年」というあだ名がつけられた。

実際、好青年だった。入社四年目で地方の支部から東京本部に異動というのは、出世コースを約束されたものと社内では相場が決まっていたけれど、謙虚な姿勢を崩すことなく、誰に対しても平等な態度で接した。大きな契約をとるたび「皆様に支えていただいたおかげです」と感謝を述べ、ミスをすれば速《すみ》やかに謝意と誠意を示して対応に走る。そんなあたりまえのことができる男性社員が多くなかったこともあって、田瀬くんは社内に吹いた新しく鮮やかな風だった。

彼とわたしの距離が縮まったのはその夏だった。社内で行われた納涼祭《のうりようさい》でビンゴ大会があり、昔からそんなにくじ運のよくないわたしが珍しく二等になった。景品はゲーミングチェアだった。

「でも、持って帰るの大変そう」

ずっしりと重い箱を受けとって思わずつぶやくと、いつのまにか隣に立っていた田瀬くんがはいっとさわやかに手を挙げた。

「よかったら僕、おうちまで運びますよ。なんなら組み立てもやりますし」

「おお、いいじゃないか石井《いしい》、やってもらえ」

「田瀬なら変なこともしないだろ」

当時の上司や先輩たちにも後押しされ、成り行きで田瀬くんと一緒に帰ることになった。帰りの電車は混みあっていて、ほかの乗客とぶつかりそうになるわたしを田瀬くんはたびたびかばってくれた。大きくてかさばる荷物をわたしの代わりに運んでくれた人に、家の前で帰れと言い渡すのは難しかった。

ひとり暮らしのアパートの部屋にするりと入りこんできた田瀬くんは、魔法のようにすばやくゲーミングチェアを組み立てると、「石井さんのことすごい好きです。付き合ってもらえませんか」と好青年らしくまっすぐに気持ちをぶつけてきた。

その頃のわたしは、相変わらず恋愛も性愛もよくわからないまま生きていた。でも、この人に恥をかかせちゃいけないな、と思ってしまったのだ。

まっすぐな人と交際するのは悪くなかった。自分の視野を広げてくれ、おいしいものやきれいなものを共有できるという意味では、誰かと定期的に会い密接に関わることがわたしは嫌いではなかった。ときめいたりせつなくなったりすることはなくても。会いたくて震《ふる》えたりしなくても。

田瀬くんが週末にわたしのアパートに泊まりにくる習慣ができると、彼はわたしの名前を呼び捨てするようになった。彼を知るほどに、彼の育ちのよさやそれゆえのこだわりがよくわかった。健康や環境に気を配り、食べるものと身につけるものは多少高くても品質のよいものを。部屋にスナック菓子を常備し、ブランドにこだわりのないわたしとは、少しずつ歯車がずれていった。彼といると、自分を卑《いや》しむべき人間と思ってしまう瞬間が増えるのだった。

それでも交際期間が半年を過ぎる頃から、田瀬くんは結婚をほのめかし始めた。結婚。自分にそんなものができるのだろうか。まっとうな人生を送るために、結婚制度にはいつか乗っからなければならないのだろうとぼんやり思っていた。けれど、ちっとも楽しくないセックスを毎晩のようにする日々が待っているのかと思うとぞっとした。田瀬くんは無理強《むりじ》いはしない人だけれど、いったん夢中になってしまうとわたしの心を置き去りにすることもあった。

そんな交際は結局、一年足らずで幕を下ろすことになった。

「どうして奈穂はそんなにためらいなくファストファッションを買うの?」

待ち合わせた池袋《いけぶくろ》西口公園で、心から悲しそうな顔で言われた日のことを、わたしは忘れられない。田瀬くんの視線は、量販店で買ったわたしのワンピースに注《そそ》がれていた。

「今夜、ちょっといいお店予約してたんだよ。言いづらいけど、そんな服じゃ連れていけないよ」

「……ごめんなさい」

謝ったのがまずかったのか、田瀬くんはひとりで過熱していった。

「そもそもそういう素材って結局すぐにへたって捨てなきゃいけなくなるから、全然経済的じゃないでしょう。そんなのちっともサステナブルじゃないよ」

たくさんの人が行き交う芸術劇場の敷地の、巨大なオブジェの前で、わたしは断罪されていた。観に行く予定だった映画の上映時刻がじりじりと迫っていた。

「それにさ、ファストファッションって発展途上国の人たちを悪質な環境で過酷《かこく》な労働させて作られてるんだよ？　そのくらい知ってるでしょう、奈穂なら」

知ってる。そんなこと知っている。

でも、わたしは花形の営業部の男性社員であるあなたほど給料をもらっていない。生活を回すのに精いっぱいだ。あなたみたいに服や靴《くつ》にお金をかけられるような身分じゃない。ノーブランドだけれど気に入っているショルダーバッグの紐《ひも》をきゅっと握り、心の中だけで反論した。

「利益追求のために誰かを搾取《さくしゅ》する社会とかさ、そもそもの大量生産・大量消費っていう悪循環をさ、俺たちの世代で終わりにしなきゃいけないと思うんだ。奈穂となら一緒にアクションを起こしていけるかもって思ってたのに」

いかにも失望したような声の響きに、わたしは顔を上げた。背の高い田瀬くんを見上げ、その精悍《せいかん》な顔を見つめた。丁寧に髭《ひげ》の剃《そ》られた顎《あご》や、わたしに吸いついたらなかなか離れてくれない唇《くちびる》を見つめた。

「……志《こころざし》が高いのはすごくいいことだと思うよ。実践できることはどんどんすればいいと思う。でも、誰もがそんなエシカルな暮らしができるわけじゃないってことも知ってほしい」

反論を予期していなかったのだろう、田瀬くんの目は驚きに見開かれた。わたしだって自分に驚いていた。

「田瀬くんはさ、チョコレートを食べないの？　ガーナのカカオ農園で児童労働によって生産されたカカオを食べないでいられるの？」

「……最近はできるだけフェアトレードのチョコを選んでるよ」

急に歯切れ悪く、弱々しい声になった。

「じゃあさ、パソコンやスマホを使わないの？　レアメタルがコンゴとかの鉱山で、子どもたちを含む労働者に過酷な労働をさせて、死亡事故まで多発させながら採掘されてること、知ってるよね？　知っていたら田瀬くん、パソコンもスマホも使わずに生きられるの？」

困ったら、へらへら笑ってなんとなく切り抜けてきた。でもそのときは、言葉を呑《の》みこみ続けることがどうしてもできなかった。自分の中に溜《た》まっている言葉の蓄積に気づいてめまいすら覚えるほどだった。

映画の上映時刻はとっくに過ぎていた。息を切らしながら、わたしはゆっくりと田瀬くんに背を向けた。無価値とみなされたワンピースの裾《すそ》をひるがえし、三千九百円で買った中国製のパンプスの踵《かかと》をかつかつ鳴らして、雑踏に身を投じた。

そのときは追いかけてこなかった田瀬くんだけれど、その夜、アパートの部屋のチャイムを鳴らした。どんなに気まずくなったあとでも、セックスすれば仲直り。彼はそんな単純思考を持つ人間だった。

インターホンに向かって「ちゃんと話し合おう」と呼びかけてくる田瀬くんを、わたしは拒絶した。

「話し合いだけが目的じゃないんでしょう。悪いけどわたし、セックスって全然好きじゃないの。むしろ一生したくないくらいなの。知らなかったよね？」

近隣の耳も気にせずそう返した。モニターに映る引きつった顔を無感動に見つめた。

とにかく中に入れて、頼むから。懇願《こんがん》されて、やむなく鍵《かぎ》を開けた。そのまま叫ばれ続けたらさすがに苦情が来るかもしれないと思って。

一応は紳士的《しんしてき》な態度で上がってきた田瀬くんに、わたしはお茶も出さなかった。小さなソファーに彼だけを座らせて、わたしはキッチンのシンクに寄りかかって立っていた。

「レストランで言うつもりだったんだけど、俺、来年名古屋に異動することが決まってて。そのとき奈穂も連れていくつもりだったのに」

「そうなんだ」

あなたの「つもり」にわたしの人生を巻きこまないで。そう言うのだけはなんとか留《とど》めた。

「っていうかさっきの、なに？　一生セックスしたくないとか……嘘だよね？」

「その通りの意味だけど」

「俺、そんなに下手《へた》だった？　奈穂のしたいことちゃんと話してくれたらあれこれ頑張ることだってできるのに、なんで『一生』とかって極端な話になるの？」

「そうじゃないの。もともと好きじゃないの、そういうことが」

「なんで？　そんなん言ってたら将来子ども産めないじゃん」

「だから産む気なんかないっていう話なんだけど」

長い長い沈黙が訪れた。目を逸《そ》らしてはいたけれど、田瀬くんの驚きと失望は空気で伝わった。将来は子だくさんのパパになりたいと同僚に話しているのが聞こえたことがあった。思えばあれはわたしに聞かせるかのような、どこかわざとらしい声量やトーンだったなと思う。

「期待に応《こた》えられなくてごめんね。これからも仕事頑張ろうね」

これが最後の会話になる、そう思うと心はどんどん清々《すがすが》しくなっていった。これでわたしたちの関係もすっきり終わる。社内で関係を知っている人たちにはてきとうに説明して、ひとりのわたしに戻ってゆこう。自分の人生を取り戻そう。もう二度と、心や体に誰かのスペースを作ったりすることはないだろう。

そんな気持ちでいっぱいだったから、田瀬くんが血走った目で立ち上がったとき、わたしは半笑いみたいなおかしな表情だったと思う。

「そしたら、奈穂になにができるの？」

――は？

言葉の意味を考えていると、田瀬くんは壁に拳《こぶし》をごん、とひとつ打ちつけた。わたしがすくみあがっている間に、乱暴にドアを閉めて出ていった。

会社で顔を合わせても、互いに感情を殺して無機質に接した。その翌年に名古屋へ異動した田瀬くんと、さらにその翌年に退職したわたしとは、もう二度と会うことはなかった。

そんな相手がSNS広告になって再び自分の前に現れたことに、うっすらと吐き気を覚えていた。水の中で目を開くような消極的な気持ちで、わたしはそのアカウントのプロフィールに目を通す。

『大手企業の営業を経て独立！　実績多数！　デジタルマーケティングを軸とした経営戦略やweb集客のコツを、斬新な提案ときめ細かいサポートでお手伝いします』

実態がまったくよくわからないけれど、どうやらコンサルティング会社のようなものを起こしていきいき活動しているらしい。去年渋谷で見かけたときのスーツ姿が、そのプロフィールとすんなり重なった。

そっかあ、そうなのかあ。今、そんなふうになってるのかあ。あんなに評価されていた会社、辞めたのかあ。サステナブルな社会がどうのと言っていた田瀬くんが本当にやりたいことって、これだったんだ。

タイムラインをそっと離れ、目頭を揉《も》んだ。次回のレッスンでfugaくんに出題するための簡単なテストを作ろうと思っていたのに、その前にSNSを開いたのがいけなかった。

キッチンに紅茶を淹《い》れに行く。湯を沸《わ》かし、アールグレイかダージリンか迷って、ダージリンをミルクティーにする。

サーモマグを持って自分の部屋に戻ると、職場で昼休みを過ごしているらしい尊からメッセージが届いていた。今夜は仕事のあと、星夜くんと韓国料理を食べに行くことになったのだという。「楽しんでね」と絵文字もスタンプも添えずに送り、スマートフォンのモニターをOF

Fにした。

家の外で一緒に気晴らしのできる相手がいる尊が、純粋にうらやましかった。考えたら、わたしには気軽に呼びだせる相手はいない。少なくとも、今はもう。

尊に錠剤《じょうざい》を入れてもらった日々の記憶が、まだ体の中に残っていた。ためらいながら入ってきた指は、わたしの深いところに薬を届けてくれた。彼の頑張りのおかげで、長引きやすく再発しやすいと言われたカンジダ症をどうにか一週間で抑《おさ》えこむことができた。

あの一週間。生きてきた中で、最も不思議な感覚を味わった日々かもしれない。あの指を、わたしは怖くなかった。いたわりの言葉や遠慮がちな視線を、いとおしいと思った。記念日にデートしたり高いプレゼントを贈り合ったりするよりもずっと夫婦らしい時間を持てたことが、嬉しいとさえ思った。

でも、そのスキンシップのせいだろうか。あれから、以前ほど気軽にふたりで呑み会を開くことができていなかった。あのデリケートな接触を思いだしてぎくしゃくしてしまうせいもあったし、言葉を費やすことより大切なものもあるような気がしてしまっているせいでもあった。そうこうしている間に、いつになく尾を引く喧嘩《けんか》モードに突入してしまった。

このままいけば、人生最後にセックスした相手は田瀬くんということになるけれど、わたしはそれでいいのだろうか。

本当にそれでいいのだろうか。

「ボンジュール」

「ボンジュール、マダーム。セ・プ・コンビヤン・ドゥ・ペルソネ?」

「デュー・ペルソネ」

「ダコール。パリシ・シルヴプレ」

Towaさんの発音が滑らかになってきている。長めのセンテンスも話せるようになってきた。胸の中だけで拍手する。

今日はレストランでの会話を習得することを目的に、客と店員《ギャルソン》としてロールプレイングをしていた。前回のレッスンで、「丸暗記してきてください」とテクストを指定して宿題にしていたのだ。「何名様ですか」「二名です」「かしこまりました、こちらへどうぞ」といった簡単なやりとりとはいえ、長いほうの店員の台詞《せりふ》をなにも見ずに言えるのはかなりの上達だ。

「ヴォワラ、ユヌ・キッシュ」

「メルスィー」

すごいすごい、ここまでノーミスだ。言葉選びに迷いがない。発音も悪くない。少し前までは、もっとずっとたどたどしかったのに。

念願叶《かな》ってようやくフランス旅行が実現しそうだとTowaさんから打ち明けられたのは先月のことだった。ルーブル美術館とセーヌ川クルーズをメインにした七月上旬出発の観光ツアーに申し込むつもりなのだという。

受講レッスンを「初めての楽しいフランス語」から「旅するための実用フランス語」に切り

替え、しかもひとコマ二十五分ではなく五十分のレッスンにしたい。決意を告げられたわたしは使命感に燃えた。

初心者向けの簡単な内容から一歩進んだより実践的なフレーズを、丁寧に叩《たた》きこんだ。Towaさんにはほとんど出したことのなかった宿題を出し、翌レッスンの冒頭でそれを導入に用いる。強化した甲斐《かい》あって、わたしはTowaさんのフランス語力に伸びしろがあったことを存分に見せつけられていた。

さて、キッシュを食べた客のわたしは、無事にクレジットカードで精算できるだろうか。

「セ・テ・トレ・ボン、メルスィー。ラディシヨン、シルヴプレ」

とてもおいしかったです、ありがとう。お会計をお願いします。そう伝えたわたしにTowaさんが「メルスィー」と応じたときだった。画面の中のTowaさんの顔が、急に何者かに遮《さえぎ》られた。

「ちょっと！」

突然割りこんできた若い女性は、画面越しに叫んだ。

「なんなんですか、まったく！」

長い黒髪を振り乱し、ものすごい形相《ぎょうそう》で憤怒《ふんぬ》をあらわにしている。あまりのことに驚きで喉《のど》が引きつり、言葉が出ない。一瞬ののちに、心臓がばくばく鳴り始めた。

「ちょっと、ミワコ」

Towaさんの困惑《こんわく》の声が聞こえる。どういう状況？　なにこの闖入者《ちんにゅうしゃ》？

「『ちょっと』じゃないでしょおばあちゃん！　なんなのよこの茶番みたいな会話、聞いてらんない。『メルシー』『シルブプレ』なんてやるためにまさか、高いお金払ってるんじゃないでしょうね⁉　ぼったくりだよぼったくり！」

「ちょっ……すみません、あのっ」

「いいわけなんか聞きませんよ！」

なんとか言葉を差し挟もうとするも、Towaさんの孫であるらしき女性の勢いは止まらない。カメラに近づきすぎて、目の下の薄いシミや鼻の頭の毛穴まで映っている。思わず体を後ろに引いた。

「今時フランス語会話なんてweb上にごろごろ転がってるでしょ！　喋りたければＡＩが相手してくれる時代でしょ！　あなた老人の無知につけこんでぼったくってるんでしょ⁉　ねえ⁉」

唇がわななく。返すべき言葉は舌の上まで押し寄せているのに、絶望感が口を開かせない。全身をギプスで固定されたように動けない。

「おばあちゃんはもう、こんなのに騙《だま》されちゃだめ！　はい、おしまいおしまい！　手続きとかあるならあたしがやっとくから！　っていうか、この程度のフランス語ならあたしでも教えられるからね⁉」

最後はろくにこちらを見ることもなく「退室」ボタンが押され、わたしはデフォルトの黒い画面の中に取り残された。

落ち着きを取り戻すには、少しばかり時間を要した。

第三者によるレッスンの妨害、中傷、強制終了。一連のできごとを事務局に報告し、フィードバックをもらうまで、新規のレッスンは休ませてもらうことにした。とはいえ事務局の対応は早かった。

『当該《とうがい》生徒様の代理人と仰《おつしや》る方より、退会のご連絡がありました。

妨害行為のあったレッスンに関しましては、ポイントは通常通り消費されたものとして扱わせていただく旨《むね》、了承がとれております。

本件のような事案は大変イレギュラーで、事務局としても重く受け止め、再発防止策を考えて参る所存です。

Naho 先生におかれましてはご心労のほどいかばかりかと存じます。

もし必要であれば、事務局スタッフとのオンラインカウンセリングも可能です。

よろしければお気軽にお声がけください』

講師用の公開スケジュール表を編集して新規の申し込みが入らないように調整していたら、事務局からのメールが入ってきた。

連帯を示してくれているのはありがたいけれど。自分のために淹れ直したはちみつ紅茶に口をつける。カップに息を吹きかけて熱いお茶をひと口啜《すす》り、ふう、と甘いにおいの息を吐く。

この文面からすると、あの孫娘から謝罪の言葉が述べられるようなことはなかったのだろう。「ぼったくり」などとサービスそのものを侮辱《ぶじょく》されたわりには、温度感が低めな気がした。あと一歩踏みこんだ対応や人間らしいメッセージを期待した自分は、求めすぎだろうか。

『迅速《じんそく》にご対応いただきまして、ありがとうございます。

カウンセリングが必要なほどではありませんが、お気遣《きづか》いいただいたこと感謝いたします。

ただ、今回の件は講師としての尊厳を傷つけられた気がしました』

さらに返信しようとして、ふいに虚《むな》しくなり、指が止まる。しばし画面を見つめ、打ちかけの文章を削除した。

はちみつ紅茶の甘さで、舌が軽く痺《しび》れている。はちみつだけでなく、人工甘味料もふんだんに使われているお茶。この世に本当に純粋なものなんてあるのだろうか。

Towaさんの笑顔や、穏《おだ》やかな声や、一生懸命な姿を思いだす。退会にあたって彼女の意志がどこまで示されたのか、もうわからない。

Towaさんが無事にフランス旅行へ行けますように。Towaさんの覚えたフランス語が、彼女の中に長く留まってくれますように。それが叶うなら、非常識な孫娘に踏みにじられたわたしの尊厳なんてどうでもいい。

それにしても、ああ。小野田《おのだ》さんもTowaさんも自分の生徒からいなくなり、新規獲得していかなくてはならないのに、わたしはなにをやっているのか。このままでは、来月は月々の貯金ができない。グリが急に病気になったりしたらどうするのか。

今、尊と話せたらいいのに。いつもの呑み会のときみたいに笑い飛ばしてくれたらいいのに。ソーサーの上でくたりとなったまま乾いてゆくティーバッグを見るともなく見ているうちに、おかしなエネルギーが体の底から突き上がってきた。

パソコンのモニターに向き直り、ブラウザから新しいウィンドウを立ち上げる。キーボードを勢いよく叩き、検索窓にアルファベットを打ちこむ。

Chloé Anna Dubois
Monique Emma Dubois
Louise Sarah Dubois

濃密な時間をともに過ごし、大人の都合によって二度と会えなくなった三人の名前。わたしの至らなさで、文通さえ続けられなかった。

それぞれの和名はファーストネームとの相性を考えて世界で通用するような名前になっており、それゆえにフルネームで検索してもぴたりと個人がヒットしない。「Paris」と「Japon」を補《おぎな》ってもまだ、部分的に名前の重なる別人たちが出てくる。思いきって「Shimotsuma」を足し、祈るような気持ちで Enter キーを叩いた。

——あ。

記憶にある顔が、二十一年も前に別れたきりの顔が現れた。大学の卒業式で撮られたのか、いわゆる Cap and Gown に身を包んで微笑んでいる。

黒いアカデミック・キャップからこぼれるチョコレート色の髪。透けるように白い肌に散らばるそばかす。くっきりとしたアイラインで囲まれた薄い瞼《まぶた》、青い瞳。濃いめの化粧が入っていてもわかる。ルイーズだ。

息を呑みつつ、画像をクリックする。フランスのサイトにページは遷移《せんい》し、画像の全体が現れる。八年ほど前の記事だ。「Honneurs《栄誉》」という大きなフォントが目に飛びこんでくる。大学を首席で卒業する学生の簡単な生い立ちを紹介した、ローカルな新聞記事のweb版だ。幼少期に日本の茨城県下妻《しもつま》市で三年間を過ごした旨が、プロフィールの中に簡潔に記載されていた。

すごい、本当にあのルイーズだ。黒装束《くろしょうぞく》に身を包んでいてもわかる。わかるよ。首席だなんてすごいじゃん。え、法学部だったんだ。今は弁護士かな、検事かな。ほんとにかっこいいよ、ルイーズ。

親愛の情が、あの頃の熱を伴って呼び覚まされる。ガレット・デ・ロワで当たりを引けなくて泣いていたルイーズ。春になると、河原でつくしを摘《つ》むのが好きだったルイーズ。「h《アッシュ》」を含むわたしの名前をうまく発音できなくて「ナオ」と呼んでいたルイーズ。

どうしてもっと早く検索しなかったんだろう。わたしはなにを怖れていたんだろう。今はもう、よほどの早口でなければネイティブと会話できる程度の身ではあるのに。あの頃の不義理を自分の言葉で謝ることができるのに。

勢いづいたわたしはスマホをつかみ、SNSを立ち上げる。一か八《ばち》か、ルイーズのフルネームに弁護士を意味する「avocate」を加えて検索する。狙《ねら》い通り、「ルイーズ・デュボワ弁護士事務所」なるアカウントがヒットした。運営しているのはルイーズ本人のようだ。ごく簡単なPR以外は仕事のことにはほとんど触れず、主にオフショットや心に浮かぶことを発信しているらしい。

　胸をつまらせながらスクロールしていくと、家族写真があった。個人情報に配慮してか全員後ろ向きで、海に向かって肩を組んでいる。海水浴客で賑わうビーチ。バカンスでニースに行ったときのものであることが、前後の文章からわかる。ああ、クロエにモニック。両親の髪が白髪と地毛の区別がつかないほど真っ白であることが、時の流れを示している。

　この投稿にひとことリアクションすれば、気づいてもらえるかな。「あなたが小さかった頃、下妻で一緒に過ごしたナホ・イシイだよ」、そう言えばわかるかな。それとももしかして、「ナホだよ」だけで伝わるかな。感じたことのない種類の興奮が体中に満ちてゆく。

　投稿の下の吹き出しマークに震える指を置いたとき、ふとその下の投稿が目に入った。

“mariage《マリアージュ》 blanc《ブラン》”

　上級者向けのレッスンで扱ったテーマの中にあったから、知っていた。

　途上国からフランスに移住してきた人が、滞在許可証やフランス国籍を得るために現地人と結婚しようとすることがある。フランス人にとっても、移民と結婚することで国から何十万円かの一時金を支給されるため、利益の一致により愛のない結婚に至る。空白の結婚。ペーパー婚。マリアージュ・ブラン。

「外国籍者が滞在許可証、あるいはフランス国籍取得の目的を果たした後に離婚するケースが増えています。金銭による配偶者名義貸し・借りにあたります。近年このマリアージュ・ブランの摘発《てきはつ》が増加傾向にあります。偽装結婚と判断されれば軽犯罪とみなされ、外国人は国外追放、フランス人側も罰金対象となります。そうでないことを証明するには――」

ふたりの間の愛情の有無、知り合ってからの期間の長さ、結婚後の生活の目途《めど》、そういったものを調べられますよ。弁護士ルイーズ・デュボワの言葉は続いている。画面をスクロールしてその文章を追いながら、ついさっきまでの高揚がみるみる引いてゆくのを感じていた。

マリアージュ・ブラン。初めて知ったわけでもないその言葉が妙《みょう》に胸に引っかかり、思考が先に進まない。

尊とわたしは、偽装結婚なんかじゃない。離婚する予定もない。でも、「利益の一致による愛のない結婚」ではないのかと問われたら、なにも言えなくなる。

これまで続けてきた生活が、どうしようもなく後ろめたいものに思えてくる。ごまかしを積み上げてきた虚《うつ》ろな日々。いつか誰かに断罪されるかもしれない。怖い。Towaさんのことで心が弱っているせいだとわかっているのに、叫びだしたくなる。助けてほしい。なにに？　誰に？

椅子の上で抱えた膝《ひざ》に顔を埋めた。こんな日にかぎって、尊は遅番だ。八時半を過ぎないと帰ってこない。春とはいえ夕方は冷えこみ始め、窓の外はもう薄暗くなりかけている。自分がこの世にたったひとりのような気がしてくる。

実は尊も最近、あまり元気がない。ドラマの感想をめぐって喧嘩になる前からだ。そのことに自分がとっくに気づいていたと、わたしは認めざるを得なかった。

たわいないことで笑い合っていても完全な笑顔になっていなかったし、夜自分の部屋へ引きあげるタイミングが前より早くなっていた。無自覚なのだろう、溜息《ためいき》が頻繁《ひんぱん》に漏《も》れていた。アマプラに観たかった映画が来たと報《しら》せてくることもない。ゴールデンウィークの予定も立てないまま、あの喧嘩に至ってしまった。

彼の変調はホテルサンマルジェラで仕事してきたあとからのような気がするけれど、その前からおかしかったような気もする。明らかに、なにかひとりでずっと抱えこんでいる。わたしでは手を差し伸べられないようなことだろうか。普通の夫婦なら打ち明けてもらえただろうか。恋愛結婚をし、夜には肌を重ね、ともに子どもを育てている夫婦であったなら。

かくいうわたしだって、自分のすべてを尊に話しているわけではない。星くず交流会に参加して、己《おのれ》のセクシュアリティの名前を探そうとしたことも。その会を通じて友達ができたことも。尊はなにも知らない。まだ知ってほしくないと思っている。

じじっ。傍らでスマホが振動した。

『生徒よりメッセージが届いています』

レッスンの事務局からの自動メールだった。もしやTowaさんかと飛びつく。冷静に考えたらそんなはずはないと気づいたのは、fugaくんの名前を見たあとだった。虚ろな顔に戻ってURLからサイトの講師ページに飛び、メッセージの詳細を確認する。

『Naho 先生、こんにちは。

さっき先生のスケジュールを見たら新規受付不可になってたので、なにかあったのかなと思って連絡しちゃいました。来週の僕とのレッスンは予定通りでいいんですよね？』

講師と二十四時間リアルタイムにチャットができるものだと思いこむ人がたまにいるので、普段は生徒からのメッセージにこんなに早くリアクションしない。でも今は、fuga くんの連絡に救われた気がした。スマホからパソコンに切り替えて、返信を打ちこむ。

『fuga さん、ありがとうございます。

ちょっとショックなことがあり、気持ちが落ち着くまで新規の生徒さんのレッスンは受け付けないことにしました。

でもレギュラーのレッスンは通常通りですよ。

気にかけていただきありがとうございます』

我ながら、ガードがゆるゆるの文章だとわかっていた。だから、こういう返信が来るのはある程度予測できていたことだった。

『Naho 先生、大丈夫ですか⁉

ショックなことってなんですか、気になってしまいます。先生がひとりで悲しんでいるかと思うと僕まで落ち着かない気分になります。

僕でよければいつでも話を聞きますよ！　ＬＩＮＥのＩＤを書いておくので、よかったら連絡ください。

もし不適切だったらスルーしてください』

「相模原《さがみはら》のほうって、奈穂は行ったことあるんだっけ」

いやに明るい声でたずねられたのは、それぞれの自転車のかごを荷物でいっぱいにして帰る途中だった。

似たような色の車が数台続けて目の前を通りすぎてゆく。それらが巻き起こした風が、わたしの髪の毛先をふわりと丸めて消えてゆく。

「え、神奈川の？　うーん、ないかも」

昨夜もつまらないことで言い争いになった。いつも食器棚をぴっちり閉めないのをなんとかしろと言われて、尊のほうこそ冷凍庫の氷をもっと頻繁に作ってほしいと言い返してしまった。奈穂は飽きっぽくていいかげんなところをどうにかしたほうがいい。尊は目に見えない菌の繁殖《はんしょく》とかそういうのにもっと気をつけてほしい。以前のようなふざけたトーンではなく、そのまま人格攻撃へと発展しそうな気配さえあった。

普段は行かない大きなスーパーへ一緒に買い出しに行こうと尊が提案してきたのは、その後味の悪さを引きずりたくなかったからだろう。少なくともわたしはそう解釈していた。

日曜の午後三時過ぎ。駅方面へ向かう人たちと何度もすれ違い、赤信号で止まったとき、唐突に切りだされた。

「そうだよね。俺もあっちのほうはあんまり縁がなかったんだけどさあ」

明るさの裏に本題を隠したような響き。尊にしては珍しく、前置きをたっぷりとったような話しかただ。わけもなく胸がざわりとする。

「神奈川のあの辺って、意外にキャンピングエリアが充実してるんだって。キャンプと言えばさ、首都圏だと埼玉のイメージがあったよね」

「うん……」

「宮ヶ瀬《みやがせ》ダムのほうはコロナの影響とかでデイキャンプのみになったりしてるらしいんだけど、相模原だと予約不要のキャンプ場とかもいろいろあるんだって」

「へえ……」

なに？　なにが言いたいのだ。周辺から攻めていくような回りくどさは、およそ尊らしくないものだった。これはわたしを誘っているのではない。直感的に悟っていた。

「……え、それで」

「それで今度さ、……一泊してきても構わないかな？　キャンプ場に」

——誰と。

訊《き》かなくてもわかっているのに、訊いた。

「俺が最近なんか元気ないからって、星夜が急に誘ってきてさ」

みぞおちに拳を叩きこまれたような衝撃を覚えた。

わたしだって、そのずっと前から尊の不調に気づいていたのに？　ここのところの気まずい雰囲気だって、ちゃんと再構築して元に戻したいと考えていたのに？

「ゴールデンウィークさ、みんなが三連休をとれるように、添田《そえだ》さんがシフト組んでくれたんだ。そのうち二日を星夜と使っちゃうことになっちゃうから悪いんだけどさ。バンガローとかシャワーとかちゃんとあって施設は充実してるらしいんだけど、とはいえ野外だし、奈穂に付き合ってもらうわけにはいかなくて」

本題に切りこんだあとは急に饒舌《じょうぜつ》になり、尊はぺらぺらと話しだす。そうなんだ、とかすれ声で返すのがやっとだった。

信号が青に変わり、尊がペダルを踏みこむ。歩行者を避けながらすいすいと走りだす。石を呑みこんだような気分でその後を追った。ぱんぱんに膨れた買い物袋を乗せた前かごが急に重く感じられて、よろけないように必死で自転車を走らせた。

男同士のキャンプ。星夜くんと、尊だけの。既に決定事項であるらしいことが、その口ぶりからわかる。尊の了承を得た星夜くんは、勝利の笑みを浮かべているだろうか。勝利の――いや、勝ち負けとかそういうことじゃないだろう。でも。でも。

自宅へ向かう最後の曲がり角でふらつき、通行人のおじさんにぶつかりそうになった。思いきり舌打ちされる。すみません、と反射的に謝り、車体を立て直す。わたしの様子に尊はまったく気づかないまま、ずいぶん先を走っていた。白いウインドブレーカーの背中が、風を取りこんで膨らんでいる。

マリアージュ・ブラン。あの言葉がフラッシュバックする。空疎《くうそ》なわたしたちだから、今、こんなにも遠い。

頻繁に電話がかかってくるようになってきた。星夜くんから尊への電話だ。

キャンプの詳細について、口頭で打ち合わせておく必要のある事項がたくさんあるらしい。電話が鳴るたび尊は「ちょっとごめんね」と手刀《てがたな》を切り、自分の部屋へ入ってゆく。ぱたりと閉められるドアの響きを、漏れ聞こえる笑い声を、わたしがどんな気持ちで聞いているか考えてもみないであろう尊。

でも、わたしのほうにも高頻度でメッセージを送ってくる相手がいる。

『Naho先生、僕、うざいですか？　うざかったら控えるので言ってください。よかったら22時頃から通話しませんか？』

本名は、「風雅」と表記するのだそうだ。それを知ったときから、fugaくんは風雅くんになった。「フーガ」と聞けばクラシック音楽の技法が頭に浮かぶけれど、漢字を知った今は和のイメージがそれを上回っている。涼しさと雅《みやび》な雰囲気を併せ持つ、すてきな名前だ。自分では「なんかホストっぽいですよね」と言っていたけれど。

『全然うざくないよ。むしろ救われてます。

22時、大丈夫です。待ってますね』

この温度感で話せる友人がいなかったことを、わたしは認めなければならなかった。薫《かおる》や花音《かのん》には相談できない。もちろん衿子にも。交流会で出会ったみんなにも。

友情結婚や性自認のことを含めてすっかり打ち明けてしまうと、気持ちがずいぶん楽になるのを感じた。あとはただただ、風雅くんの深いいたわりのにじむ言葉を浴びていればいいのだから。

講師としては失格だろう。生徒と私的に交流することはたしか、禁止事項にあったような気がする。尊との結婚生活の実情ばかりか、小野田さんやTowaさんとのトラブルについてまで話して聞いてもらっているのは、もはや明確な禁止行為だろう。

でももう知らない。流行《はや》りの自己責任というやつだ。風雅くんだって、今の法律ではもう未成年じゃないのだし。沖へと流されていきそうなとき、流木にしがみつくことのどこが悪いのか。やけくそな気分で、わたしは風雅くんの優しさや気遣《きづか》いに甘え続けていた。

『先生、本当に大丈夫ですか？　嫌なことは嫌って伝えたほうがいいですよ』

以前のふざけた調子はなく、切実そのものだ。布団《ふとん》を頭からかぶり、スマホを耳に押しあてて、わたしはその甘く優しい言葉の響きを味わう。こんなにも誰かに真剣に心配されたことなど、かつてあっただろうか。

「でもさあ、なんだかそれじゃ、いわゆる男女間の嫉妬みたいじゃない？　この間も話したけど、わたしたちってたぶんアロマンティック・アセクシュアルっていうやつな気がするんだよ。なのにこんなのっておかしいじゃない」

困っているはずのわたしの声も、どこかゆとりのあるトーンになる。戯《たわむ》れみたいなものだ。

『ねえ、いっぺん会って話しませんか？　僕も東京住んでるって言いましたよね。無料でレッスンしろとかじゃなくて、生身のNaho先生に会いたいんです』

「ええ、光栄だなあ。そんなん言われたの初めてだわ」

この心地よさはなんだろう。年下から懐かれるというのは、こんなにも安心感を与え自己肯定感を高めてくれるものだったのか。パフェの最下層から掘り出されたゼリーのように震えるその声は、痛みや不安を麻痺《まひ》させる。まるでモルヒネだ。

『もちろん変な意味じゃないですよ、ほんとに。友達として話を聞きたいんですよ。誰かに直接ぶちまけるだけでも楽になるじゃないですか』

友達として、か。友達ってなんだろう。言ってみれば、尊だって風雅くんだって友達だ。

「ありがとう。考えとくね」

対面を果たしたがる風雅くんの言葉を柔らかくあしらいながら電話を切る。すっかり熱を持った端末を枕の下に押しこみ、照明の紐《ひも》を引っぱる。このほわほわした気持ちのまま眠りの世界に行けるなんて最高だ。

コンコン。ノックの音に、びくりとして身を起こす。遠慮がちに開かれたドアの向こうから、パジャマ姿の尊が顔を出す。彼は彼で、例によって星夜くんと電話していたのだ。右手にはスマホが握られたままだった。

「あっごめん、もう寝てたんだ」

「ううん、今電気消したばっかり」

「そっか。あのね、キャンプなんだけど、五月の三日と四日に決まったから。星夜も正式に休みの調整がついたんだって」

背後から射すリビングの光に輪郭を縁取《ふちど》られた夫の顔は、いきいきと輝いていた。ここ最近まとっていた憂鬱《ゆううつ》は影をひそめ、生気《せいき》に満ちた顔で無邪気《むじゃき》に報告してくる。

「そうなんだ。よかったね」

え、まだ仕事を休めるか確定していない状態で尊を誘ってたってこと？　湧《わ》きあがる疑問をぶつけるのを、意志の力でこらえる。

「キャンプ場さ、いくつかある中でも虫が少ないって言われてるところを選んでくれたんだけどさ、どうしても電波は届きにくいみたいで」

「ああ……電話もつながらないってこと？」

「そう、ＬＩＮＥとかも。そこだけは申し訳ないから事前に奈穂さんに伝えとけって、星夜が」

わかった、という声が震えそうになった。

キャンプの話が出る前から、星夜くんの様子は妙だった。しばらく訪問がないかと思えば、わたしの誕生日に仕事帰りの尊と一緒に家に現れて、花束だけ渡して帰っていった。

いや、思えばずっと変だった。とっくに気がついていたことと、わたしはとうとう正面から向き合う。

この部屋で三人で過ごしていたって、星夜くんはいつだって尊だけを見つめていた。尊の視界に入ろうとしていた。

夫婦のイベントのたびに尊に大量にＬＩＮＥを送りつけて、自分の存在をアピールしていた。グリを連れてきたことだってそうだ。この家に常駐できない自分の身代わりとして、猫をよこしたんじゃないの？　と今なら思う。アイコンに使用する写真をすべてグリの顔にしているのも、単にかわいいからではないような気がする。男同士ならではの距離感なのかと思っていたけれど、少し度を超えていないだろうか。

勝手な被害妄想《もうそう》かもしれない。でも今、星夜くんは電波の届かないような場所にわたしの夫を連れていこうとしている。二日間も独占しようとしている。間接的に宣戦布告されたように受けとるのはおかしいだろうか。テントの中でなにか起こったりしないのだろうか。

「俺明日早番だから、朝、眠かったら寝てていいからね」

わたしが以前ほどみちみちにレッスンを入れていないことを知っている尊は、気遣いの声をかけてくれる。おやすみ。声が重なり、ドアが静かに閉じられる。

尊は本当に気づいていないのだろうか。自分に向けられた星夜くんの気持ちに。尊を見つめるあの眼差《まなざ》しは、どう考えたってただの友達のものじゃないだろう。それともまさか気づいていて、知らないふりでキャンプへ行くのだろうか。

いや違う。尊は人の気持ちをもてあそぶようなことをする人間じゃない。わたしじゃあるまいし。

今夜、一緒に寝てほしい。今すぐ部屋を飛びだして尊にそう伝えたら、どんな反応が返ってくるだろうか。困惑や戸惑いを見せず、笑顔で了承してくれるだろうか。

それは怖い想像だった。今度こそ布団をかぶり、固く目を閉じる。

悔しいくらいの好天に恵まれた。

キャンプ場は入場する際混み合うことが多いらしく、ほとんど早朝と言える時間に星夜くんの車はやってきた。深緑色のミニバン。バーベキューセットなんかはキャンプ場で借りられるらしく、跳《は》ねあげられた後部ドアの向こうに見えた荷物はすっきりとまとまっていた。テントらしき円筒形の収納袋、寝袋らしき大きな筒、ステンレスのクーラーボックス、折り畳《たた》まれた椅子とテーブル、マット、そしてカーキ色の大きなリュック。それらの隙間《すきま》に尊の黒いリュックが押しこまれる。

「あ、待って」

部屋から持ってきたものを、わたしは尊に手渡す。藍色《あいいろ》のコインケース。去年の結婚記念日におそろいで作った革製品だ。

「小銭入ってるから、丸ごと持っていって。ほら、野外だとカードとか使えないだろうし、なにがあるかわからないでしょ」

「いいの？　まあたしかに俺、現金そんなに持たなかったかも。ありがとね」

尊はコインケースを受けとり、紐の部分をリュックのカラビナに取りつけた。星夜くんの冷ややかな視線を感じた。

「じゃあ、気をつけて」

「悪いね。グリのことよろしくね」

わたしの心情も知らずに、尊はにこやかに手を振って助手席に乗りこむ。ばたんとドアが閉まったとき、わたしは既になにかを失ったような気がした。

運転席のドアを開ける星夜くんがこちらを見た。

視線がぶつかった。

一秒か、二秒か。

ふたりとも真顔だった。

走り去る車の後ろ姿を見ながら、わたしは確信していた。わたしに気づかれていることに、星夜くんは気づいている。

マンションの階段を病人のようにふらふらと上り、ひとりの部屋に戻った。グリがすかさず玄関に飛んできて、細く唸ってご飯を催促《さいそく》する。

「はいはい、待ってね」

抱《だ》き上げてその顔に頬を擦《こす》りつけた。いつのまにかずっしりと重くなった。強く抱きしめすぎたのか、グリは身をよじらせてストンと床に着地した。

いつもの缶詰を専用容器にあけてやり、がつがつと旺盛《おうせい》に食べるグリをしゃがんだままぼんやり眺《なが》める。バルコニーから差しこむ朝の光に縁取られ、神聖な生き物のように見える。目の色はグリーンだ。ロシアンブルーは子猫から成猫への成長過程で目の色が変わるなんて、グリに出会わなければ一生知らなかったかもしれない知識だ。淡いブルーの瞳の子猫だったグリが、もうよく思いだせないくらい遠い。

さっきの星夜くんの目を思いだす。あらゆる感情を宿しすぎて、いっそ空っぽに見えたあの瞳。熱く静かな決意の眼差し。

信じられないほど巨大な不安がせり上がってきた。

星夜くんは、尊をちゃんと返してくれるのだろうか。相模原よりもっとずっと遠い場所へと連れ去ったりしないだろうか。やっぱり、引き留めるべきだったんじゃないだろうか。

自室のベッドで二度寝したいと思うのに、体が動かない。グリのいる空間から動きたくない。ひとりになったら、本物の孤独と恐怖に呑みこまれてしまいそうで。

怖いのは、自信がないからだった。

わたしたち夫婦が体でつながっていない以上、わたしを星夜くんと差別化するものは、法的なパートナーであることと共同生活者であることしかない。尊とわたしはたまたま男女だったから結婚できた。でも、もし日本で同性婚が認められていたら、尊はわたしを選んでいただろうか。

わたしとの再会より一年早く出会っていた星夜くん。全幅の信頼を置き、わかりあい、同性ならではの絆《きずな》で結ばれている尊と星夜くん。そんな親友と張り合えるほどの価値や魅力が、はたしてわたしにあるだろうか。夫からきれいだともかわいいとも愛してるとも言われたことのない事実が、こんな今更《いまさら》になって不安を煽《あお》る材料になる。

千々《ちぢ》に乱れる心を抱えたまま、ソファーにどさりと倒れこんだ。全力で泳いだあとのように、ひどく体がだるい。

テレビの横に置いてあるフェイクグリーンのポトスの鉢が、目の高さにある。その葉にこんもりと埃《ほこり》が積もっているのが見えた。いつから拭《ふ》いていなかったのだろう。ぞっとした瞬間、ダイニングテーブルの上に置いたままのスマホが短く振動した。

そういえば今朝《けさ》はまだ漫画アプリやゲームアプリのログインボーナスをもらっていないことを思いだしながら、ソファーから身を剝《は》がすように起き上がった。尊が車窓からの景色でも送ってきただろうかと期待してディスプレイを確認するも、表示された名前は予想外のものだった。

『ご無沙汰《ぶさた》でーす！　このたび第一子を妊娠《にんしん》しました。秋にはママになるよ♥』

衿子だった。彼女と花音と薫とわたし、四人のグループトークに投下されたメッセージには、黒っぽい写真が添えられていた。

エコー写真に映る、二頭身くらいの影。頭部には眼窩《がんか》の窪《くぼ》みが確認でき、小さいながらもう人の形をしているのがわかる。安定期に入っているということなのだろう。だから報せてきたのだろう。子どもを持たないわたしにまで律儀《りちぎ》に。

「――どうして」

どうして喜べないのだろう。おめでとうという祝福の言葉がスッと出てこないのだろう。自分はこんなにも狭量《きょうりょう》で嫉妬心の強い人間だったのだろうか。別に子どもがほしいわけでもなんでもないのに。――いや、本当に？　本当に無関心だっただろうか。

星夜くんと自分とを差別化するために、こんな不安にとらわれなくて済むように、子どもがほしいと思った瞬間がなかっただろうか。あったとしたらそんなの、最低じゃないか。

夫がいて、夫の親友がいて、自分の親友がいて。なんでも持っているはずだった。でも今、なにもかもが遠い。いつのまにこの手からこぼれ落ちていたのだろう。

「だめだだめだだめだ」

心の欠損を埋めてくれる相手は、ひとりしか思い浮かばなかった。

LINEのトーク履歴《りれき》に戻り、風雅くんとのトークルームを開く。画面の右上、受話器のマークをタップする。

彼に自分から電話するのは初めてだった。

まだ朝の八時にもなっていない。こんな時間に電話なんて、いくら自分が慕《した》っている相手からでも迷惑だろう。

切ろうとしたときコール音が途切れ、「Naho先生?」という声がした。驚きといたわりをたっぷり含んだ声だった。


池の水面が輝いている。垂《た》れ下がる柳《やなぎ》の枝の向こう、いくつも浮かんだ白いスワンボートがゆったりと進んでゆく。

「リスの小径《こみち》」でリスを見て、池の周りをゆるりと散策し、ベンチに腰を下ろしている。家族連れと同じくらい、男女のカップルの比率が高い。

電話をした昨日はさすがに急すぎて予定を動かせなかった風雅くんは、しかしその翌日の今日、井《い》の頭《かしら》公園まで会いにきてくれた。隣で長い脚が組み替えられるのを、コーヒーを啜りながらそっと見つめる。屋外で飲んでいることもあってか、普段は紅茶派のわたしにもうんとおいしく感じられる。

実物の風雅くんは、画面越しではわからないまばゆい光を放つ若者だった。

背丈《せたけ》は尊と同じか、わずかに高いくらい。色素の薄い瞳は、幼い頃のグリの目の虹彩《こうさい》を思わせた。つやつやと健康的に輝く頬に、薄く肉づいた顎。すらりと伸びたしなやかな手足。金髪というよりプラチナに近い髪。ベビーフェイスなのに声はうんと低くて、初回のレッスンのときそのアンバランスさにはっとしたことを思いだした。

「いやーまぶしいよ、ぴっかぴかの若者って。三十代にはまぶしすぎるよ」

思わずそんな言葉が口を突いて出る。「そんなことねーっすよ」と風雅くんは顔を仰向《あおむ》けて笑った。

「まぶしいどころか俺、日陰者ですよ。闇属性《やみぞくせい》っすよ」

「いやいや光属性でしょう、どっからどう見ても」

「いやガチで。いじめられてたって言っても、誰も信じてくれないんですよね。わりと本気で死にたい時期もあったくらいなのに」

目の前を人が歩いているのを意に介さず、そんなことをさらりと口にする。誰もわたしたちを気に留めない。その無関心が心地よかった。そう、都会は無関心で満ちている。他人のプライバシーに平気で足を突っこみあう田舎《いなか》よりずっと生きやすい。そのことを久しぶりに思いだした気がした。

柳の枝をしならせた風が、さらさらと前髪を乱してゆく。日陰にいれば紫外線はそれほど気にならず、ほどよい湿度が心地いい。梅雨《つゆ》入り前のこの時期は、本当に過ごしやすい。

「Faire le pont《フェルルポン》」

思わずつぶやいた。

「ふぇるるぽん？」

「そう。発音ばっちり。どういう意味でしょう」

「え……ここまで来てレッスンっすか」

苦笑しつつも、風雅くんは顎に手をあてて考える。ふとした身のこなしに育ちのよさが感じられる。

「Faireは英語のdoだから……pontはポン・ヌフとかのポンだから、橋……」

「えっすごいすごい、合ってる合ってる」

「『橋をする』って変だな……『橋を作る』？」

「そう！　正解！　すごーい、やるじゃん」

けっして大げさではなく褒めたたえた。生徒の上達を目《ま》のあたりにできるなんて、なんて貴重な機会だろう。もともとこの子は大学でフランス語を学んでいて、わたしのおかげだけというわけではけっしてないだろうけれど、それでも嬉しい。

「でね、直訳するとそうなんだけど、祝日と祝日をつなぐように休みをとるっていう意味で使われるの。“Tu fais le pont cette semaine?”《テュフェルルポンセッツメン》とかね」

「へええ」

フランスでも、五月は最も祝日が多い月だ。祝日に挟まれた平日に休みをとって連休にすることを、「橋を架《か》ける」と言う。わたしの好きなフレーズだ。

得意分野の話をすることで落ち着きを取り戻す自分が十九歳の男の子よりも幼く感じられて、きまりわるさを打ち消すようにコーヒーに口をつけた。風雅くんの買ってきてくれたオーガニックコーヒーは冷めてもおいしい。どのへんがオーガニックなのかわからないけれど。

「あなたの夫もご友人も、やっぱりどうかしてますよ」

先にコーヒーを飲み終えた風雅くんが、紙コップをぐしゃりと握り潰す。強い感情の発露《はつろ》を見た気がして、少しどきりとする。

「こんなにきれいで教養ある奥さんがいるのに、連休を男同士で遊びに行っちゃうとか、意味がわからない。ばちがあたりますよ」

いつもならステレオタイプにとらわれていると感じるであろう言葉も、今のわたしの耳には快く響いた。きっと誰かに言ってほしかった言葉たち。

ふいに妹たちのことを思った。地元に根を下ろし、家庭も農園も回している美穂《みほ》と里穂《りほ》。彼女たちのようにまっとうな結婚生活をしている人たちを前にすると、自分たちの歪みが鮮明になってゆくように感じられて、いつも心のどこかが苦しかった。

そんなわたしのために、なにか大いなる力が風雅くんを遣わしてくれたのかもしれない。まるで本当の弟みたいに温かくてかわいくて癒される。まあ、弟にしては歳《とし》が離れすぎているけれど。

「……でも、わたしも別に止めなかったし」

「行かないでって言ったら行くのやめたんですかね？　そうは思えないなあ」

視線を空に向けたまま喋る風雅くんに倣《なら》って、わたしも肩をベンチの背もたれに預《あず》けてみる。東京の空の青みは薄い。それでも黄砂《こうさ》のせいでずっと黄色っぽい空が続いた春先よりはましだ。

この空の下を、尊は星夜くんと過ごしているのだ。

昨日は「自然の中ってやっぱり最高だね！　夜は星がすごそう！　明日は昼前にこちらを出るのでよろしくね」というＬＩＮＥのメッセージと、バーベキューの写真が送られてきた。どうやら電波の入るポイントがあったのだろう。でも、それきりだった。なにを「よろしく」すればいいのかわからず、返事の代わりにグリの写真を送り返した。風雅くんと会う約束を取りつけていなければ、もっと余裕のない対応になっていたかもしれない。

十時にここ井の頭公園で風雅くんと落ち合い、そろそろ十一時になるところだから、尊はキャンプ場を出て帰路についた頃だろうか。それとも荷物をまとめたあと、宮ヶ瀬ダムのほうを回ったりどこかでランチしたりして楽しんでくるのだろうか。星夜くんとふたりで。

「捨ててきますよ」

ベンチから立ち上がった風雅くんが、こちらに向かって手を広げている。その意図に数秒かけて気づき、いつのまにか空になっていたコーヒーの紙コップを大きな手にそっと託《たく》す。

ひとりになると、ふう、と大きな溜息が漏れた。オフラインで生徒と会うという非日常体験の最中でも落ち着いている自分が不思議だった。さっきの「捨ててきますよ」が、なにか別のもの――たとえばネガティブな感情のことを指しているような気がしたことも、なんだかおかしい。

ひとりくすくす笑っていると、ショルダーバッグの中のスマホが振動した。確認するとそれは業者からのDMで、でもそのひとつ前に尊からメッセージが届いていたことに気づいた。受信時刻は一時間以上前だ。

『おはよう！　もう起きてるかな？　わりと早めに帰ることになって、東京方面へ向かってます。一緒にお昼食べれたりするかな？』

へえ、そうなんだ。乾いた感情でその文面をなぞる。自分はこれを無視することだってできるのだ、という考えをしばしもてあそんだ。

まあいいや、昨夜と同様、写真だけ送ってやろう。フォトフォルダからさっき撮ったばかりのリスの写真を一枚選び、タイムラインに載せる。さあて、ここはどこでしょう。既読がつくのを見届けてから、スマホをバッグにしまいこむ。

「奈穂」

突然、頭上から声が降ってきた。記憶の回路に今も残っている声。

「えっ……」

「やっぱり奈穂だった。さっきから似てるなって思ってて」

田瀬くんは、笑みを顔いっぱいに広げてわたしを見下ろしていた。

学生みたいに真っ白なポロシャツが、日に焼けた肌によく映えている。ぴしりとアイロンのかかったチノパンは黒く、短めに刈りこまれた髪も黒く、全体的に意識して色彩を抑えているのがわかった。作りだされた健康美というのだろうか、さわやかな人というより、さわやかだと思われたい人に見えた。

彼のSNSで見たなんとかコンサルタントという単語が浮かび上がったものの、正確にはなんというのだったか思いだせない。

「家族で来てるんだ。うちのやつと息子が今、ボート乗ってて」

なにもたずねていないのに、田瀬くんは長い腕を池のほうへ伸ばして指し示す。言葉を発しないわたしの頭から爪先《つまさき》までを視線でなぞる。家族で来ているのに、わたしを見かけて追いかけてきたということ？　「似てるな」と思っただけで？　頭が疑問で埋めつくされる。

「奈穂は？　さっき一緒にいたのって彼氏？　旦那《だんな》さん？」

彼の視線がわたしの左手に落ちるのを感じ、さりげなく右手で左手を隠すように重ねた。

ああ失敗した、と苦く思う。どんなに世の中が変わっても外出時はずっとマスクを着けていたのに、今日に限って外《はず》してきた。屋外で会うのだからと気が緩《ゆる》み、無防備になってしまった。顔の下半分を覆《おお》っていたら、気づかれずに済んだかもしれないのに。

「ああ、いきなり話しかけたからびっくりしたよね。っていうか奈穂、この辺住んでるの？」

はきはきと喋るその声やテンポが、出会った頃は心地よいと感じていた。いつからだめになったんだっけ。彼の中に横たわっている無神経なほどのポジティブさが、いつから受け入れられなくなったんだっけ。

——そしたら、奈穂になにができるの？

思いだしてしまった。秀《ひい》でた能力とか、誰かの役に立つ性質とか、そういうものを持たない相手に価値を見いだせない人間の台詞だった。性交も出産もしたくない女を蔑《さげす》む視線だった。

許していない。ずっとずっと許していなかったんだと気づく。インド綿のワンピースの膝の上で、固く拳を握りしめる。

「奈穂、退職したあとうまく転職できたのかなって心配したんだよ。まあ俺も結局、名古屋に二年いたあと退職して起業したんだけどね。今、東京で事務所構えてて——」

「呼び捨てしないで」

「え？」

「呼び捨てしないでほしい」

田瀬くんは口をつぐんだ。その顔からゆっくりと笑みが消えてゆくのを感じながらわたしはうつむき、自分のスニーカーの爪先に視線を固定する。

池のほうから子どもたちのはしゃぐ声が聞こえる。その中には田瀬くんの子どものものも混じっているのかもしれないけれど、心底どうでもよかった。わたしがやっとありついた安らぎの時間を返してほしい。

足音が近づいてきて顔を上げると、風雅くんが金髪を風に揺らしながら走ってくるところだった。わたしの前に立ちはだかっている男性の存在に、いぶかしげな表情を浮かべている。わたしの視線をたどって田瀬くんが背後をふりむき、ふたりの男性が顔を合わせる。

「お待たせ……あの……こちらは？」

「昔付き合ってた人」

えっ、という風雅くんの声がつらかった。心中は複雑だろう。わたしの性自認について打ち明けられたばかりなのに、かつての恋人という相手が現れたのだから。まあ「恋」していたわけではないのだけれど、そこまでの説明は不要だろう。

「どうも」

田瀬くんが儀礼的に頭を下げる。もう立ち去ってくれればいいのに、風雅くんを無遠慮に観察している。こんなにもさわやかな五月《さつき》晴れの空の下にいるのに、吸いこめないほど重苦しく硬い空気がわたしたちを取り巻いている。

と、風雅くんが風のように動いて、ベンチに座るわたしの手首をつかんだ。その勢いのまま走りだすので、急に引っぱられたわたしは転びそうになる。それでも若者の脚力に合わせて足を動かす。

「待って、待って風雅くん」

突き出た木の根に足を引っかけそうになりながら、木立のほうへと向かって走る風雅くんについてゆく。わたしの声が聞こえないかのように風雅くんは走り続ける。すれ違ったカップルに肩がぶつかり、謝ることもできないまま走る。強くつかまれている左手首がじんじん熱い。

足元の落ち葉の間からなにかがしゅるりと走り抜け、蛇《へび》かもしれないと気づいたときには、雑木林の奥のほうまで来ていた。クヌギやコナラの樹々が枝を差し交わし、空の面積をうんと小さくしている。

走るたびにショルダーバッグが体にあたって飛び跳ねる。その中でさっきからずっとスマホが鳴っているけれど、出ることもできない。

「ちょっと、ねえ、ほんとにもう止まろ」

再び声をかけると、風雅くんがいきなり止まったので前につんのめった。風雅くんのグレーのシャツの肩甲骨《けんこうこつ》に、額がめりこむ。ごめん。謝ろうとしたとき、背中に痛みが走った。体を木に押しつけられたのだ。

声も出なかった。唇を塞《ふさ》がれたから。

——やめて。離して。

小柄な体からは想像しにくいほど、風雅くんは強い力を宿していた。自分の体の前面でわたしを木の幹にべたりと押しつけ、唇で唇をこじ開けてくる。熱い舌がぬるりと入ってきて、わたしの口の中を掻《か》き回す。全身に鳥肌《とりはだ》が立った。おぞましいのに、口の中の感覚だけが鋭敏《えいびん》になってしまったかのようだった。

——助けて。

恐怖と不快感で頭が真っ白になり、全身が氷のように固まっている。悲鳴を上げて彼を突き飛ばし、この場を走り去る自分のイメージが脳内を激しく飛び交うけれど、実際には凍《こお》りついたように動けなかった。喉がきつく締まり、脳に酸素が回らない。風雅くんの鼻息が吹きかかり、めまいがしてくる。

――助けて。助けて。尊。

尊

飯盒《はんごう》の底が、めらめらと炎に包まれてゆく。

「ね、大丈夫なの、これ」

アウトドアに熟練した星夜を疑うわけではないが、不安になって思わずたずねてしまう。

「大丈夫だって。一度沸騰《ふっとう》させて吹きこぼすんだよ。そしたら少し火を弱めるから」

星夜の自信に満ちた声にほっとして、風に形を変えてゆく炎を見つめる。

今時の飯盒って四角いんだね。思ったままを言うと、それは「メスティン」というのだと教えられた。飯盒の進化系で、アルミ製の弁当箱のような形状をしており、米を炊《た》くだけでなく煮物や炒《いた》め物など幅広い調理ができる優《すぐ》れものであるらしい。メスティン。インドア派の俺はまったく知らない道具だった。自分の預かり知らぬところで、文化やテクノロジーは発展を遂《と》げてゆく。今この瞬間もどこかで、そのジャンルの常識を打ち破るものが生まれているのかもしれない。

野鳥の鳴き声がする。チョチョ、チーチーチーチー、ツィッツィー。あまりというか全然聞いたことのない声だなと梢《こずえ》を見上げると、ややくすんだオリーブ色の鳥が枝から枝へ飛ぶのが見えた。

「あ、ウグイスかな」

俺と同じほうに目をやった星夜が「いや、あれはビンズイだね」と即答したので、いささか驚く。

「ビンズイ？」

聞き慣れない名前で呼ばれた鳥は、まだ近くの木の枝に止まっている。喉元から白い腹にかけて、縦縞《たてじま》模様が走っているのがかすかに見える。

「体が緑がかった褐色《かっしょく》だからウグイスに似てるけど、眉斑《びはん》が白いでしょ」

「びはん？」

「目の上の色。ウグイスは眉斑が淡い灰色だし、鳴き声も違うから」

ウグイスはウグイス科。ビンズイはセキレイ科。バーナーに目を戻しながら、星夜は歌うように言う。

いくら自然やアウトドアが好きだとはいえ、そんなに野鳥に詳しいなんて初耳だった。空を見上げると猛禽類《もうきんるい》と思《おぼ》しき鳥が羽をめいっぱい広げていて、「トンビかな」と言ったら「いや、ノスリだね」と訂正された。自然いっぱいの下妻で育った俺なのに、いかに興味を持っていなかったかを突きつけられた気がしてちょっと情けない。

それでも、大好きなアウトドアでいきいきしている星夜の姿は俺まで愉快な気持ちにさせてくれる。渋谷の商業ビルの中、窓もない店舗で働いている星夜より、きっとこちらのほうが本来の彼なのだろう。

テントの設営は意外なほどシンプルだった。ワンポールテントというやつで、放射状にペグを打ちこみ、支柱をテントの中心部に据《す》えるだけ。星夜はさらにポールを二又化《ふたまた》するパーツを駆使《くし》して、テント内をより広く、安定させた。

山間《やまあい》に夕陽《ゆうひ》が溶けるように沈んでゆく。昼間は川やテントサイトのあちこちで若者の集団が派手に騒いでいたが、日が沈む前にはあらかたいなくなった。

「デイキャンプの人が多いから、夕方になったらうんと空《す》くよ。夜はクワイエットタイムって言われてて、マナーのある人たちは静かにするのが常識だから」

星夜が言った通りだった。うるさいグループが撤収《てっしゅう》して静かになると、野鳥の声や川のせせらぎや樹々の葉擦《はず》れの音がよく聞こえ始めた。

レンタルしたバーベキューセットで肉や野菜を焼き、メスティンで炊いた御飯を食べた。信じられないくらい美味《うま》かった。

「どう？　魂のデトックスになるっしょ」

「うん」

即答した。子ども時代以来のキャンプは、疲れてくすんだ心を驚くほど清め、癒してくれている。日常の些末《さまつ》な情報に意識が向かないから、心がずっとクリアで健康だ。もしかしたら俺は長いこと、潜在的にこういうのを求めていたのかもしれない。

「やっぱさ、男同士っていいよね」

「うん……」

奈穂の顔が浮かんで消える。夕食はなにを食べただろうか。

かろうじて電波が入るのはこの炊事場エリアのみで、テントサイトでは電話もＬＩＮＥもできない。網の上で焼ける肉や野菜をスマホで撮り、簡単なメッセージを添えて奈穂に送った。

「こっちの肉も焼けてるよ」

星夜に声をかけられて、スマホをポケットにねじこむ。浮世の些事《さじ》などどうでもいい。空気は澄《す》んでいて、炭火焼の肉は美味で、目の前には親友が笑っているのだから。


満天の星を心ゆくまで眺めていると、夜風が強くなってきたのでテントに入った。ランタンを吊《つ》り下げたテントの中でふたりごろごろしながら、とりとめなく話をする。初めて会った日の居酒屋での会話みたいで、無限に楽しい。

準備にぬかりのない星夜はシュラフをふたつ持参していて、新しくて大きいほうを俺に譲《ゆず》ってくれた。クイーンサイズというのか、親子や恋人同士で一緒に入れそうなほど大きいし、中綿がしっかり詰まっていて寝心地がいい。フライパンみたいに平べったい形状の防虫線香をテントのすぐ外で焚《た》いているおかげで虫も来ず、快適だ。まるで林間学校みたいだ。

夕食時に奈穂に送ったメッセージには、グリの写真だけが返ってきた。自分だけ非日常を楽しんでいる夫に対して、文字を打つ気にはなれないのかもしれない。

奈穂だって疲れているのだと、リュックに取りつけた藍色のコインケースを見ながら思う。イニシャルの刻印を、指先でそっとなぞる。

俺と違って通勤のための移動がなく、画面越しにしか人と会わない仕事だから、知らずにストレスを溜めこんでしまうんだろう。どんなニュースだってまともに直視し続けたら心の負荷になり、他人の感情を引き受けすぎてしまうのに、奈穂ときたら多方面にチェックしすぎだ。だから心が疲弊《ひへい》して、会話が嚙《か》み合わなくなってゆくのだ。

メンタルだって消耗品《しょうもうひん》なのだから、定期的にこうして自然の中で自分自身を日干しして、原始に返るのがいいんだろう。遠出が苦手な奈穂だけれど、誘えば次は一緒に来るだろうか。風呂はなくシャワーだけ借りられる環境だけれど、平気だろうか。

「それ、いいよね」

星夜が言う。視線は俺の指先のコインケースに注がれている。

「あ、これ？」

「うん」

「お目が高い。これ、革職人の作ったすげえちゃんとしたやつなんだ。去年の結婚記念日に奈穂とおそろいで作ってもらったの。高円寺《こうえんじ》の商店街にある個人店でさ。ほら、素材も色合いもすげえいい感じじゃね？　あ、これは奈穂のなんだけど、俺のはブックカバーで……」

「そっかー」

もう少しなにか感想が聞けるような気がしたのだが、星夜にしてはドライな反応のあと沈黙が訪れた。朝から運転してテントを設営して料理して、活躍しっぱなしだから疲れて眠いのかもしれない。しかしなにか意味のある沈黙のようにも思えて、俺は次の言葉を待った。

「ガレット・デ・ロワを食べたときさ」

唐突に話題が切り替わった。その明瞭な口調に眠そうな気配はない。

「うん？」

「ガレット・デ・ロワをさ、食べたじゃん、一月に」

「うん、まあ、食べたねえ」

揺らめくランタンの炎が星夜の輪郭を赤く縁取り、髪の毛を明るく透かしている。

「あのときさ、実は俺さ、フェーヴが入ってるのがどれかわかってたんだよね。包丁《ほうちょう》の刃がぶつかる感覚があったから」

「……」

星夜の言わんとしていることを理解して、俺は気まずく黙りこむ。横目でちらりとこちらを確認した星夜は、またランタンを見上げて言葉を継ぐ。

「尊もわかってたよね」

「あ……いや……」

「わかってて、あの皿が奈穂さんに行くようにしたよね」

ささやかな記憶が立ち現れる。星夜が切り分けたガレットの、ひとつのピースの断面に、ちらりと異物が見えたこと。反射的に「じゃあこれが奈穂」と指差していた。

「あれ微妙にショックだったんだよね、俺」

「いや、深い意味はないんだって」

本当に、そこまで深い意味はない。でもランタンの炎に照らされた星夜の横顔は、いかにも傷ついた者のそれだった。

謝るべきなのだろうと、心ではわかっていた。でも謝ってしまうと、あのときふたりに優劣をつけたことを認めることになってしまう。それに、今の今まで忘れていたことも事実だ。そのくらい、俺にとってはどうということもない些末なことだったのだ。

また沈黙が流れた。昼間とは違う野鳥の声が聞こえる。星夜はもう、その声の主の名を教えてくれなかった。

こんなふうに会話が不自然に途切れることなんて今まであっただろうか、と思った次の瞬間、星夜が口を開いた。

「奈穂さん、猫アカウントやってるんだよ。知ってる？」

「猫アカウント？」

「グリの写真撮ってSNSにアップしてるの。尊、知ってた？」

なにかが胸の底をざらりと撫でた。なんだろう、と心に投げこまれた小石の正体を考える。

「猫の写真ってさ、手っ取り早く人気が出やすいじゃない。インフルエンサーでも目指してるのかな、奈穂さん。ちょっと意外だよね」

心に広がった水紋が消えてゆくのと同時に、ねっとりした声が蘇《よみがえ》る。

――カップルアカウントを、やらない？

俺にぴったりと密着しながら見せてきたスマホの画面。独特の甘い香水。カップルインフルエンサー。吊《つ》り上がった目元。涙と鼻水。尖《とが》った声。床に叩きつけられたティッシュボックス。

――男としてありえない。

――女ひとり幸せにできないんだね、尊は。そういう人生で本当にいいのね。

「『猫にも肖像権ってあるのかな』とか言ってたわりに、ちゃっかりそういうのやってるんだもん。やっぱ女ってこえー」

「え、それ女とか男とか関係なくね？」

急に性別の話になって俺はかすかに困惑し、そして一瞬の悪夢から醒《さ》める。柚香《ゆずか》と奈穂が重なるなんてあり得ない。

「関係あるよ。自称インフルエンサーみたいな人って女が多いのは事実でしょ。やっぱさ、女って難しい生き物だよね」

どうしても「女」の特徴の話にしたいらしい。星夜の口調には力がこもっていた。

「星夜の元カノもそうだったの？」

その問いには答えず、星夜はランタンに手を伸ばしてかちかちとボタンを押し、ライトの色味を切り替えた。テント全体が、まろやかなみかん色に照らされる。

「尊はなんで結婚したの」

今日の星夜は、どこかおかしい。意図がつかめない言葉ばかり投げてくる。

「なんでって……」

そりゃあ、奈穂のことが好きだから。価値観が合うから。一緒にいたいから。普通にそう答えたら、ただ恋愛的な意味にとられて終わってしまう。今まではあえて誤解させておいたようなものだが、あらためて嘘を言うのも気が引けた。それにもしかしたら、星夜はなにか気づいているのかもしれない。どこか試されているような気配を感じた。

「……いいタイミングで奈穂と再会したし、孤独死したくないし」

「孤独死孤独死って言うけどさ、そもそも孤独死ってなに？　単身世帯の自宅死ってみんな『孤独』なの？　家族に看取《みと》られるのだけが正解なの？　そうやって決めつけるの、すげえ無神経だと思う」

瞬間、なぜか心があの設計事務所時代に飛んだ。指示書に色番を書き間違えたことが発覚した、あの悲劇の現場に。ただしそのイメージの中で俺自身はあのときの俺ではなく、間違った色の塗料をせっせと窓枠に塗っていたあのおじちゃんに置き換わっていた。

なんだ、この強烈な感じ。すぐには名前や説明を与えられないこの感情を、俺はいったん思考の隅に寄せる。せっかくのこの夜を気まずく過ごしたくなくて、焦燥《しょうそう》がちりちりと胸を焼く。さっきまでのテンションを取り戻すための話題を懸命に探していると、強めの風がテントの生地を揺らした。

「風、出てきたな」

星夜がむっくりと身を起こした。

「尊、寒くない？」

「いや俺は平気。このシュラフまじあったかいから」

宙に浮いたままの問いに答えられずにいる俺を責める様子のない星夜にほっとして、必要以上に明るい声を出す。

「俺は寒い。風邪《かぜ》引きそう」

「え、まじか。場所交換しようか？」

「いや……そっち行っていい？」

へ？

俺の返事を待たずに、星夜は支柱の向こうからもぞもぞとこちらへ移動してくる。

「別にいいけど……狭くね？」

「体温のほうがあったまるから。お邪魔しまーす」

封筒型のシュラフの端がめくり上げられる。俺は仰向けのまま端に身を寄せた。

たしかに大きめのシュラフだが、成人男性ふたりとなると四肢《しし》の可動範囲はぐっと狭くなる。星夜の体の側面の体温が伝わってきて温かいのはいいけれど。

「……あったけえな」

星夜が満足げなので、まあいいかと思う。微妙にピリついた空気も元に戻ったし。そもそもこのキャンプはなにもかも星夜のおかげだし。あとはもう眠気に身を委《ゆだ》ねるだけだし。

「ほんと今日はありがとな、いろいろ。おかげでリフレッシュできたよ」

「うん。俺もソロキャンよりずっと楽しかった」

「それならよかった。そろそろ寝る？　明日の朝ってそこそこ早いんでしょ」

「うん……あのさ」

「ん？」

「俺、同性婚が認められたら、生きかたがもっと広がると思うんだよね」

隣に横たわる男からまたもデリケートな話題が飛びだして、俺はとうとう困惑を越えて笑いだしてしまう。

「なになに、今日のテーマは結婚なの？」

「そういうんじゃないけど……なんかほら、日本ってまだまだ異性愛規範がごりごりに強い国でしょ。でも男女に限らず法的なパートナーになれたら、人生の楽しみがもっといろいろ広がるのにって思うと悔しいんだよね」

俺はようやく、星夜の体が細かく震えていることに気づいた。

「そういうの、考えてみない？　たとえばこのままもっと遠くに行ったりしてさ。老後は山奥にロッジでも買って、いいカメラそろえて、ふたりでバードウォッチングして暮らすの。わりと最高な気がしない？」

「なんだよ、それ」

笑いつつも、星夜の話を脳内で映像に変換してみる。それはたしかに楽しそうな暮らしに思えた。しかしそれが自分のイメージなのか夢なのか、徐々に判別できなくなってゆく。急激に眠気に襲われていた。

「なあ、考えてみない？　尊」

星夜がこちらにぐるりと体を向けたところまでは記憶にある。そこから先はもう、眠りの世界に足を踏み入れていた。

ホウ、ホウ、ホウ。猛禽類の鳴き声と星夜の吐息をぼんやりと感じながら、深い眠りに落ちていった。尊、ともう一度名前を呼ばれた気がするが、気のせいかもしれない。


奈穂からリスの写真が届いたときには、車はもう自宅近くまで来ていた。

ＬＩＮＥのトークルームの奈穂はまるで、猫からリスに変身したように見える。

「なんだ？」

なんでいきなりリスなんだ。小さくつぶやいたときにはもう見慣れた住宅街に入り、我が家の茶色いマンションの壁が見えていた。星夜は無言のまま、エントランスの前に車をつけた。

「悪いね、送ってもらっちゃって。むしろ俺が星夜んちで荷物の上げ下ろし手伝うべきだったのに」

「別に」

「せっかくだからグリに会っていく？」

「いや、いい」

必要最小限の言葉だけが返ってくる。伸ばした手を軽くはたかれたような感覚に、途方に暮れてしまう。

朝テントの中で目覚めたときから、星夜はずっとこんな調子だった。ひどくよそよそしく、表情は硬く、テンションが低い。星夜との隔《へだ》たりをこんなに感じることはこれまでになく、テントを畳んでいる間も相模原からの車中もずっと気づまりだった。

昨夜、俺がなにかまずいことでも言っただろうか。話題が結婚制度に及んだことまでは覚えているが、その先の記憶がおぼつかない。会話のひとつひとつを精査するべきなのだろうけれど、気絶するように眠りに落ちた直前のことなどろくに覚えているはずもなく、お手上げ状態だった。

ミニバンが再び駆動する音がした。

「あ、じゃあ気をつけて」

「じゃあ」

星夜は俺と視線を合わせないまま、軽く左手を上げた。そのまま車を方向転換させ、大通りのほうへと走り去ってゆく。なんなんだよ、せっかく楽しいキャンプだったのに。帰りは宮ヶ瀬ダムに寄ろうなどと昨日は話していたのに。困惑を抱えたまま、リュックを背負って四階までの階段を上った。踊り場で、カナブンが腹を見せて死んでいた。

「ただいま」

相手がいてもいなくても、俺たちは自分の鍵を使って出入りする。荷物で両手が塞がっているような状況でないかぎり、中にいる相手にドアを開けさせることはしない。

俺を出迎えたのはグリだった。腹が減っているのだろう、低く喉を鳴らしている。奈穂は出かけているようで、部屋の中は静まりかえっている。

さすがに今は出迎えてほしかったな。そんな勝手な思いを抱きながら青いキリムの玄関マットの上にリュックを下ろし、グリをぐしゃぐしゃと撫でる。昼にはまだ少し早いが、いつものキャットフードを皿に盛りつけてやると、飛びかかるようにして食べ始めた。

奈穂のスマホを鳴らしてみる。二度鳴らしても応答はない。

こんなこと、今まであっただろうか。俺に行き先も告げないで、グリをひとりきりにして。言い表せない不安に包まれる。

どんなに喧嘩したって、これまでの奈穂はコミュニケーションを放棄《ほうき》するようなことはしなかった。写真は無言のメッセージに違いない。あるいはそのあとでなにか不測の事態が起こり、応答したくてもできない状態とか――。

玄関の壁に取りつけたキーボックスから自転車の鍵をつかみとり、ジーンズのポケットに突っこむ。さっきまで履《は》いていたトレッキングシューズではなく、いつものスニーカーに足を入れる。

「ごめん、グリ」

愛猫を再び部屋に残して、鍵をかける。階段を走り降りて駐輪場に駆けこむ。水色の自転車に鍵を差してまたがり、ストッパーを蹴《け》った。

心臓が嫌な具合に跳ねている。

俺の足に踏みつけられるたび、落ち葉がざくざく鳴った。走りながら時折電話を入れてみるもののやはり応答はなく、望ましくない想像がみるみる広がってゆく。魂のデトックスをしてきたばかりのはずなのに、もう黒煙のような不安に心を支配されている。

この辺でリスといったら、井の頭公園しかない。町田《まちだ》のリス園は遠すぎるし、写真の背景からして動物園のものではなかった。撮影日時もついさっき撮られたもので間違いなく、フリー素材や拾い画像ではなかった。そんな小学生レベルの推理に、俺は必死にすがろうとする。

通りすぎるのはカップルや家族連れが多く、ひとりで歩いている女性はほとんどいない。それでも周囲にせわしなく視線をやりながら園内を走る。リスのいるエリアってこっちのほうで合っているだろうか。

雑木林の中の道を突っ切ろうとしたとき、なにかが俺の意識を引っぱった。木立に紛《まぎ》れて見え隠れする白い色。誰かの服。奈穂のお気に入りの白いワンピースじゃないか、あれは。なんであんなところに。

焦燥に心を焼かれながら、自分に出せる最大限のスピードで走り寄る。やっぱり奈穂だ。金髪の男に木の幹に押さえつけられているのがわかったとき、俺は初めて他人に対して殺意に近い憎悪を抱いた。

「なにやってる！」

威嚇《いかく》というより悲鳴に近いその声は、情けなく裏返った。しかし手を触れずしてふたりの体を引き離す効果はあったようで、男はぎょっとした顔でこちらを見ると、木立の向こうへいちもくさんに駆けていった。子どもみたいにつるっとした顔の、若い男だった。

男を追いかけてどうにかしてやりたい思いに身を引き裂かれながらも、妻に駆け寄り安全を確認する。

「奈穂」

白いワンピースに黒のショルダーバッグを提《さ》げた奈穂が、硬直した表情のまま俺を見た。

唇の周りが薄赤いものを擦りつけられたように汚れていてぎょっとするが、外傷ではなく口《くち》紅《べに》が乱れたのだと気づいた。ぐちゃぐちゃになった髪が紅潮《こうちょう》した頬に張りつき、肩を震わせながらぜいぜいと息をしている。しかし着衣に異常はなく、最悪の想像は除外してよさそうだった。でもこれ、「無事」と言えるのだろうか。そもそも「無事」ってどんな状態なのか。

「今のなに、なにされたの、大丈夫なの？　ねえ」

俺に肩をつかまれた奈穂は、呆然《ぼうぜん》と俺を見つめたまま、瞳を細かく揺らしている。

「なんなのあの男、ねえ、なにがどうなったの」

「わたしが……」

「え？」

「わたしが油断したの。わかってたのに」

それだけ言うと膝の力が抜けたようで、奈穂は俺の胸に倒れこんだ。その小さな体を抱きとめる自分も脚の付け根からがくがく震えていることに、俺は気づいた。

襲われたら、振りきって逃げればいい。スマホに撮って証拠を保全すればいい。そんな持論を軽々しく口にしてきた自分の想像力の欠如《けつじょ》を、未熟さを、無神経を、殴《なぐ》り倒したかった。

実際に襲われたわけではない俺ですら、あの光景を目にしただけで思考が完全にホワイトアウトしたし、情けない声しか出せなかった。ましてや体格差や筋力差のある女性になにができるというのか。俺とほとんど背丈の変わらなそうな小柄の男でも、ああやって覆いかぶさられた状態から押しのけて逃げられそうにはとても思えなかった。

そして、ああ、俺はなにを呑気《のんき》にキャンプへなど出かけたのだろう。不用意に異性とふたりで出かけるような妻ではないのに。俺たちの間にできた溝《みぞ》を丁寧に埋める作業もせずに、なぜふわっと奈穂から離れたりしたのだろう。棘《とげ》のような自責の念が襲ってきて、息もできないくらいだった。

——少なくとも俺は自分の半径五メートル程度のことで精いっぱいだってこと。

いつか自分の放った言葉がガラス片のように突き刺さる。奈穂をその五メートルに入れないでどうする。ばか、ばか、ばか。

「ごめん奈穂、ごめん」

小さな手が震えながら動いて、俺を抱きしめ返してきた。その体温を感じたとき、激情に近いなにかが体の奥で生き物のように暴れ、さらに胸を苦しくした。

風が吹いて、樹々の緑を揺らす。このままふたりだけの世界に閉じこめられたいと、強く思った。

エピローグ

Epilogue

気に入っていたくすんだ苺《いちご》ミルクティー色の口紅《くちべに》は、使いきることなく燃えないごみに捨てた。

「キスしても落ちない」は嘘《うそ》だったことがあんな嫌なかたちで証明されてしまったな、と苦々《にがにが》しく思う。尊《たける》と一緒に公園から帰る前に、ペットボトルの水で何度も口をゆすぎ拳《こぶし》で唇《くちびる》をごしごし擦《こす》ったけれど、その時点で色味はほとんど残っていなかったから。

風雅《ふうが》くんから荒々しい支配欲に満ちたキスをされた口はもう、その一部が自分のものではなくなってしまったかのようだった。何度うがいしても、アルコールで除菌しても、元には戻らない。

だからせめて、いろいろな口紅やリップティントと呼ばれる類《たぐい》の化粧品を試すようになった。明るいオレンジや、クールなベージュや、さくらんぼみたいな赤や。とにかく被害を受けたあの日とはまったく異なる色で彩《いろど》りたいのだ。

そう、あれは「被害」だった。当時は混乱していたけれど、二か月経《た》った今ならはっきりと自覚できる。大きな手で胸も揉《も》まれたし、下半身の硬いものも押しつけられた。思い返すだけで吐き気や震《ふる》えがやってきてわたしを苛《さいな》む。

おかしな話かもしれないけれど、自分にも明確な落ち度があるのが救いだった。油断した し、侮《あなど》っていた。オンライン講師としても、異性の知り合いとしても、明らかに判断を間違え た。だからある程度は、自分のせいにできる。風雅くんだけを憎みすぎなくて済む。

でもそれを言うと、尊が怒る。

「違うでしょ。盗難だって放火だって、どんなに油断してたとしたって犯人が悪いでしょ。性加害のときだけなぜか被害者の落ち度をあげつらうのって、おかしいでしょ」

まるで少し前のわたしみたいなことを言う。いつのまにかたくさんの文献やテクストにあたったらしい尊は、あのドラマをもう一度観直してあらためて感想戦をしたいなどと言ってくる。

「いつまでもその場から動きたくない人間ほど、他人の変化を嫌うんだよね。奈穂《なほ》が俺《おれ》とは違う視点で生きてるってわかったら焦《あせ》っちゃって、先回りしていろいろ言っちゃったんだと思う、俺」

謝られるのは違う気がした。というより、そんなに言葉を尽くさずとも尊の気持ちはもう充分伝わっていた——井《い》の頭《かしら》公園からの帰り道、自転車を押していないほうの手でしっかりと手を握ってくれたときに。言葉や行動以上に雄弁に感じられるエネルギーが、手のひらや指先を通してじんじん伝わってきたのだ。

それに、わたし以上に尊が怒ってくれたから。怒りや悲しみを引き受けてくれたから。だからわたしは、どうにか前を向いてやっている。苦しくて暗い場所に心を置き去りにせずに生きている。この世界で手を携《たずさ》えてゆくことができるのはお互いだけなのだと、以前よりも強く確信している。

そしてそれを証明するために、わたしは自分の中のハードルをひとつ越えようとしている。

尊と一緒に。

「いやー、やっぱり水が心配かな。フランスの水って硬水だから、石灰《せっかい》分で髪がぱさぱさになったり肌が荒れたりするらしいんだよね」

「げ、それ出発前夜に言わないでよ。シャワーヘッドかなんか買って持っていくべきなんじゃね？」

「そう思ったんだけど、日本のシャワーヘッドじゃたぶん規格が合わないんじゃないかな。どうしても困ったら現地調達してもいいなと思って」

「フランスの家電屋かあ、観光地にあるかなあ」

明日から、尊とフランスへ行く。一週間かけて、パリとリヨンとニースを回る。刹那的《せつなてき》な散財をしないようにと貯金に回してきたぶんをそれぞれ出し合ったら、一度の海外旅行くらいなら充分可能な金額になるとわかった。

学生時代にオーストラリアへ行って以来だという尊にとっても久しぶりの海外で、わたしたちの気合の入れようはすごかった。旅慣れないぶんを補《おぎな》って余りあるほどの情報とアイテムを仕入れ、緻密《ちみつ》で合理的なスケジュールを組み、ふたつのスーツケースは三日前からぱんぱんだ。出国祝いと称して、こうして前夜にふたりで呑み会をするゆとりが生まれるほど万全にしてある。洗い物が出ないよう、紙コップに果実酒を注《そそ》いで。

遠出すると家に帰りたくなる気持ちは、きっと今もそんなに変わっていない。でも今のわたしにとって、自宅を自宅たらしめているものは尊じゃないかと気づいたのだ。尊がキャンプで不在にしたあの夜、自分がいつもの家にいる気がまるでしなかったから。

『グリくん、いい子にしてますよ〜』

椛島彩音《かばしまあやね》からのメッセージに、苺《いちご》サワーで満たした紙コップを放りださん勢いで飛びつく。きれいに並んで皿に頭を突っこんでいる三匹の猫たちを真上から撮った写真が添えられていた。アメリカンショートヘア、マンチカン、そしてロシアンブルー。すかさずフォトフォルダに保存する。尊が「グリ!?　見せて!」と頭を寄せてくる。

『最初はまさに借りてきた猫だったけど、すっかりリラックスしてくつろいでる!　うちのマロンとコンブも気になってる様子!　みんなでごはん食べてるとこ超かわいいから見て〜』

よいペットホテルを知らないかとSNSで質問を投げかけてみたら、高円寺《こうえんじ》に住んでいる椛島彩音が「二匹も三匹も同じだから、うちで預《あず》かるよ」と申し出てくれたのだ。

彼女とのトークルームのすぐ下に、昨日やりとりしたばかりの衿子《えりこ》の最新のメッセージが表示されている。グループではなく、一対一のトークルームだ。

『奈穂の猫の写真、見せてもらい損《そこ》ねちゃってた。今更《いまさら》だけど名前も教えてくれない?』

渋谷《しぶや》でお茶したとき以来の個別の連絡に最初は驚き、嬉《うれ》しさを戸惑《とまど》いが上回った。妊娠《にんしん》報告へのお祝いメッセージを送るのが薫《かおる》や花音《かのん》より出遅れたので、むしろますます距離ができたかと思っていたから。

玲子にしては珍しく長いメッセージはいくつもの吹き出しに分かれ、その文体には窓ガラスに張りついた結露《けつろ》のような湿り気があった。

『結婚式の集合写真を見返してたら、やっぱりここに薫や花音がいないのはおかしいなって思って。妊娠したら、守るべき命を持つってことが前よりわかる気がするんだ。あのときはただ二つ返事で行くって言ってほしかっただけなのに、なんでなげやりになっちゃったのかなってくよくよしちゃって。マタニティーブルーかな』

それに続く言葉は、わたしをさらに驚かせた。

『みんなみたいな人並みの結婚がうらやましかったのかもしれないって今思う。小豆島《しょうどしま》で電撃的に出会ったってことにしてるけど、本当は結婚相談所が企画した集団お見合い旅行だったんだ』

『できることなら奈穂たちみたいに普通の出会いかたで、自然な流れで結婚したかった。そういう長年の憧《あこが》れとは違うかたちだったこと気にして見栄《みえ》を張るなんて、テツくんにも失礼だよね。今時アプリで出会って結婚する人だって珍しくないのにね』

奈穂たちみたいに普通の。人並みの結婚。衝撃は大きかった。玲子は玲子でずっと屈託《くったく》を抱えていたらしいということも、視点の角度や判断基準を変えれば自分が「普通」や「人並み」側に括《くく》られる場合があるということも。

人並みって、いったいなんだろう。個人の感覚や経験によってとらえかたは違うし、時代に合わせてその定義はどんどん更新されてゆくものかもしれない。長いこと憧れ続けていたものの輪郭《りんかく》がぼやけ、曖昧《あいまい》になってゆく。マスゲームだと思っていたものは、ソロの競技の集まりに過ぎなかったのかもしれない。

パリではルイーズに会うことになっている。最大限に緊張しながら彼女のSNSにメッセージを送り、「ナホを忘れるわけがないじゃない！」と返信をもらったときは、ぬるい涙がだくだくと頰《ほお》を伝った。止まっていた時がようやく動きだしたというより、ただ自分自身が止まっていただけだった。時が止まったことにしていたのは臆病《おくびょう》さと怠慢《たいまん》だった、ただそれだけのことなんだろう。

うまくいくかはわからない。二十一年ぶりの再会がすんなり成功するなんて過度に期待してはいけない。それでも、ルイーズに今のわたしを見てほしい。新しい環境に身を置くわたしを。長い歳月をひたすらうじうじしていたわたしを。彼女の今も見せてほしい。マリアージュ・ブランについても直接たずねたい。わたしたち夫婦がそれにあてはまらないことを確認するために。

たしかTowaさんも、七月上旬のツアーだと言っていた。もしかしたらパリの街角や観光地で、ばったり会えたりしないかな。もしも会えたら、フランス語で話しかけるんだ。

そして、お土産《みやげ》をうんとたくさん買ってこようと思う。家族にも、椛島彩音にも、薫にも、花音にも、キャンプ以降まったく我が家を訪れなくなった星夜《せいや》くんにも。それがまたなにかのきっかけになるかもしれないし、ならないかもしれない。衿子にはベビーグッズも選ぼう。いや、そういうのは無事に生まれてからにしたほうがいいって美穂《みほ》たちが言っていたっけ。帰国したら、ちゃんといろいろ教えてもらおう。わたしに足りないものを、真摯《しんし》に向き合って指摘してもらおう。

適量のアルコールのせいか、思考がふわふわとあちこちへ漂《ただよ》う。苺サワーを啜《すす》りながらそれを楽しむ。そうだ、自分自身にもたくさんお土産を買うんだ。まずは免税店で、使ったことのない色の口紅を買おう。Towaさんが塗っていたような薔薇色《ばらいろ》のチークも手に入れたい。現地では、尊にも内緒でお土産を買おう。一緒に旅をしながら尊の好きそうなものをこっそり手に入れて、帰国後に渡すんだ。

自分の思いつきの数々にすっかり気をよくしながら、スーツケースが並んだ玄関のほうを見遣《みや》る。もうこれ以上は触らないと決意しても、やっぱりまだなにか入れ忘れているような気がしてしまう。現地調達しづらいものを忘れたらどうしよう。そんなハプニングも楽しめるだろうか。尊と一緒なら。

旅のあいだは、ずっと尊と同室に泊まる。こんなこと初めてだ。初めてだらけを詰めこんだ、八日間の合宿だ。

「奈穂、眠れそう?」

「うーんどうだろ。なんか頭の中ふわっふわ」

「眠れそうになかったらしりとりでもする? 地名しりとり」

「それは……謹《つつし》んでご遠慮いたそうかな」

興奮と一緒にベッドに潜《もぐ》りこんで、幸福な眠りに就く。十二時間後は、尊と一緒に空に浮かんでいる。

＊

奈穂の手は小さかった。でも、強い意志の宿った大人の女性の手だった。

クヌギの木の下で震える奈穂を抱きしめながら、いつまでもそのままそうしていたいと思った。同衾《どうきん》した夜にさえ覚えたことのないそんな気持ちは思いがけず強く長く俺を満たしていて、代わりに俺は奈穂の手を握った。男に貪《むさぼ》られた口を念入りにゆすいで顔を洗う奈穂を見守って、一緒に井の頭公園を出て帰るときに。

手をつないだのはそれが初めてだった。しっかりと指を絡《から》めたとき、熱いものが電流のように体中を駆けめぐった。性欲とは違う、でもきっとそれよりも大きくて強いかもしれないなにか。

あとから聞けば、めちゃめちゃな話だった。十九歳の大学生だというレッスンの生徒と奈穂が会っているところに、奈穂に呪《のろ》いの言葉を吐いた男が現れた。困惑している奈穂をその男から引き剝がすように、大学生は木立の中へ奈穂を引っぱっていった。そして——。

生徒の男には奈穂が自分から電話したと聞いて、ちりちりと胸が焦《こ》げた。嫉妬《しっと》とは、恋愛とは無縁のところでも起こるらしい。いやきっとそれは恋愛だからだよ、と言う人もいるだろう。別にもう、どう捉《とら》えられたっていい気がしている。この手に奈穂を取り戻したのだから、もうなんだって。

あれから二か月が経ち、星夜と久しぶりにやりとりしたのは先週になってからだった。さっぱり音沙汰《おとさた》がなかったのに、「来週フランス行ってきます」という短いメッセージを送ったら数分後にスマートフォンが震えた。通知バナーを見てひと目で星夜からだと気づかなかったのは、アイコンの写真が変わっていたせいだ。グリの顔から、青空の写真に。相模原《さがみはら》の空だと、俺はすぐにわかった。

『奈穂さんと行くの？　いつまで？　パリオリンピック観るの？』

『うん、奈穂と。一週間。オリンピックは観ない。お土産てきとうに買ってくるね』

『グリはどうするの？』

『奈穂が知り合いの愛猫家さんに頼んで、預かってもらった』

以前のようなラリーが続くことに安堵《あんど》を覚えながら、軽さを心がけて返信を打つ。星夜のメッセージは、以前のように「！」が多用されることはなかった。

やりとりはそこでいったん完結したかと思いきや、成田《なりた》空港行きのリムジンバスに乗っているとき、またメッセージが届いた。

『このあいだ言ったことはいったん忘れて。奈穂さんと思いきり楽しんできてね』

その文章を通知バナーだけで読んで、スマホをしまいこむ。窓際に座る奈穂は、過ぎゆく車列を眺《なが》めながらとろとろと眠そうに瞬《まばた》きしている。夜が明ける前に起床するのなんて、いったいいつ以来なのか思いだせないほどだ。

テントで眠った翌朝から星夜の様子がおかしかった理由に、あれから何日も経ってようやく俺は思い至っていた。もっと早く気づくべきだった。星夜がシュラフに潜りこんできたときから。いや、最後に家に来たときか。もっとずっと前かもしれない。もうわからない。自分の無自覚な残酷《ざんこく》さが恐ろしい。

マイノリティとして生きているのは、身近なところでは自分たちだけだと思っていた。雑にラベリングされたくなくて、性自認や性的指向の名称で括《くく》られたくなくて、ただ人並みに憧れて、どうにか社会に適応して生きてきた。でもまさかこんな近くに、別の種類の生きづらさを抱える人間がいたなんて。もしかしたらひそかにずっと苦しんでいたかもしれないなんて。

孤独死という言葉についても認識を改めなければならなかった。誰かの人生の終わりを孤独と決めつけることの暴力性について、自覚的であるべきだった。そもそも、どんなにたくさん家族がいたって自分が最後のひとりになる可能性もあるんだし。俺と奈穂だって、どちらがいつどうなるかなんてわからないのだ。

それでも。

それでも俺は、奈穂と生きたいと思う。

奈穂が襲われているのを見たときの恐怖を思いだすたびに、うっすら具合が悪くなる。その身を思って心臓があれほど早鐘《はやがね》を打つのは、奈穂に対してだけなのだと思い知らされた。彼女が誰かに救いを求めた原因が自分かと思うと、激しい後悔に胸が焼けただれる。

もう二度とあんな思いをしたくないし、させたくない。浮ついた気持ちでいたくない。いかに星夜が人間として魅力的でも、奈穂の代わりにはなれない。いつかどこかの世界線で男同士添《と》い遂げるのもいいけれど、この世では奈穂といる。それはもう揺るぎないことなのだ。孤独死を回避するための便利な人材などではなくて。

フランスから帰ってきたら、星夜にそれを正直に伝えようと思う。花束みたいにきれいに整えられなくても、陳腐《ちんぷ》でも、自分だけの言葉で。本音から逃げないことが、相手への誠意だと思うから。

帰国したら結論を出さなければならないことが、もうひとつある。顧客を裏切らず、売上を安定させ、スタッフに留《とど》まってもらえる花屋のありかたについて、添田《そえだ》さんとも熊倉《くまくら》さんともちゃんと向き合って話したい。理想論をぶつだけでなく具体的に提案できるよう、ヒントを探す旅にしたい。パリやリヨンの街で花屋を見かけたらしっかり観察して、写真もたくさん撮ってくるつもりだ。

世間の夏休みやお盆のシーズンを外《はず》した日程なのに、成田空港のロビーは混み合っていた。事前にeチケットで搭乗券を手配し、webチェックインしておいたのは正解だった。こんなに円安だというのに、みんなどこへ行くんだろう。自分たちを棚に上げてそんなことを考えてしまうのがおかしかった。いや、出発する人ばかりではない。すれ違う人々の髪や肌の色も耳に入ってくる言語もさまざまで、ここが既に異国であるような気もする。

第1ターミナルの四階までエスカレーターで上がり、案内サインに従って直進する。エールフランスのチェックインカウンターは、北ウイングのCだ。スーツケースを預けて身軽になると、奈穂は子どものようにはしゃいで免税店へ向かってゆく。既にあてがあるのか、外資ブランドの化粧品を迷いのない様子で手にとっている。

――尊のいない自宅より、尊と一緒の旅行先のほうがずっといい。

フランス行きを決めたとき奈穂に言われた言葉を、俺は生涯大切に胸の中にしまいこみ、時折取りだしては噛みしめてにやけるのだと思う。これもきっと、恋愛っぽいと言われそうだ。でも、やっぱり思うのだ。男女が一緒にいる理由は、恋愛や性愛じゃなくたっていいのだと。誰に説明する義務もないのだと。

そういえば、結婚四年目は花婚式《はなこんしき》というらしい。花屋で働く身にふさわしくめいっぱい花を贈ろうと、今から決めている。一度しかない人生を、俺の妻として歩んでくれる奈穂に。

「Attention, please……」

世界各国の言語でアナウンスが流れる。そのうち日本語しか理解できない俺だけど、奈穂は違う。幼なじみと再会してフランス語で会話する奈穂を、早く見たい。結婚当初よりずっと、奈穂のことを知りたい。恋じゃなくても、体の関係がなくてもいい。いつまでも俺の「めやすき人」でいてほしい。

まずはシャルル・ド・ゴール空港までの空の旅が待っている。その間にどれだけ奈穂のことを知れるんだろう。胸をはずませながら、もうオレンジ色の「DUTY FREE」の袋を持っている妻のもとへと駆け寄った。

謝辞

フラワーショップ及び内装設計事務所については、花屋ワインバー「Sukima 半蔵門」のデザイナー三谷眞也さんに取材させていただきました。

深く御礼申し上げます。

本書は書き下ろし作品です。
本書はフィクションであり、実在の人物・団体とは一切関係ありません。

〈著者略歴〉

砂村かいり（すなむら　かいり）

2020年に第5回カクヨムWeb小説コンテスト恋愛部門〈特別賞〉を『炭酸水と犬』『アパートたまゆら』で二作同時受賞し翌年デビュー。軽やかな筆致と丁寧に書き込まれた人物造形で織りなす人間ドラマに注目が集まる。著書に『黒蝶貝のピアス』『苺飴には毒がある』がある。

マリアージュ・ブラン

2024年10月22日　第1版第1刷発行

著　者　砂村かいり
発行者　永田貴之
発行所　株式会社ＰＨＰ研究所
東京本部　〒135-8137　江東区豊洲5-6-52
文化事業部　☎03-3520-9620（編集）
普及部　☎03-3520-9630（販売）
京都本部　〒601-8411　京都市南区西九条北ノ内町11
PHP INTERFACE　https://www.php.co.jp/

組　版　株式会社PHPエディターズ・グループ
印刷所　大日本印刷株式会社
製本所　東京美術紙工協業組合

ISBN978-4-569-85784-8